知の遺産シリーズ 6

狭衣物語の新世界

後藤康文
倉田　実
久下裕利　編

武蔵野書院

緒言

◇新しい世紀をむかえながら、国文学界の停滞は目に余るものがあります。

大学の改編や経済不況の煽りで時代の影響を受けたこともありますが、若い人たちに対して学問研究に関心を寄せてもらえるような話題性を提供する努力の乏しかったことが、最も大きな原因ではないかと思われます。

学界の閉塞的な状況を乗り越え、個々の研究者の良心を鼓舞し、新たな飛躍を期すために、変革の礎となるべく私たちは本書を編集しました。

◇『知の遺産』と銘打つのは、過去の研究業績に敬意を表す意であります。そこから新たな展望を拓くために、従来の知見を見据え、疑問を提示し、解決の糸口を探る方向を示唆することによって、新たな作品世界へと踏み入れるよう配慮しました。

前へ向かって一歩進むのは、本書を手に取った読者諸賢であることを切に願います。

編者

目次

文学史上の狭衣物語
――〝衒学〟の美学――

後藤康文

一　はじめに

衒学（pedantism）というと、通常良い意味で用いられることはない。ペダンティストとはすなわち、薄っぺらい知識をあたりかまわず高飛車にひけらかし、自分がいかにもいっぱしの学者であるかのような振る舞いをする愚か者の謂いなのである。そのことは重々承知のうえで、あえて「文学史上の狭衣物語」を、〝衒学〟の美学に貫かれた希有の傑作であると捉えてみたい。畳み掛ける先行文学の引用、巧妙に張りめぐらされた伏線、見事な象徴と暗示の手法。――わかる者にしかその妙味がわからない、そうした境地を極限まで追求した空前絶後の女房文学。『無名草子』が『源氏物語』の次に世評が高いと述べた[注(1)]『狭衣物語』の真骨頂は、このような意匠の凝らされた文章表現・文章設計の秀逸さにこそあるといえるのではなかろうか。

以下、巻一冒頭の斬新巧緻な場面描写の分析をとおして、その一端をあらためて明らかにしていこうと思う。なお、本稿の性質上、従来指摘済みの事項をいきおい多く含むこと、また、西暦二〇〇〇年以降に発表された新見以外、その出所を逐一断らないことをあらかじめ諒とされたい。

二　引詩・引歌の重層と連鎖

『源氏物語』が切り拓いた境地が土台としてすでにあるとはいえ、『狭衣』の起筆はやはり衝撃的だ。注(2)

a　①少年の春は惜しめどもとどまらぬものなりければ、三月の二十日あまりにもなりぬ。御前の木立何となく青みわたりて木暗きなかに、中島の②藤は松にとのみ思はず咲きかかりて、③山ほととぎす待ち顔なるに、④池の水際の八重山吹は、井手のわたりにことならず見渡さるる夕映えのをかしさを、ひとり見たまふも飽かねば、侍童のをかしげなるして、一枝折らせたまひて

b　①少年の春惜しめども留らぬものなりければ、三月も半ば過ぎぬ。御前の木立、何となく青みわたれる中に、中島の②藤は、松にとのみ思ひ顔に咲きかかりて、③山ほととぎす待ち顔なり。④池の汀の八重山吹は、井手のわたりにやと見えたり。光源氏、身も投げつべし、とのたまひけんも、かくやなど、独り見たまふも飽かねば、侍童の小さきして、一房づつ折らせたまひて

最初の一文からいきなり奏でられる、惜春の詩と歌の二重奏。傍線部①には、それがあたかも所信表明であるかのように、次の二つの出典が足取りも確かに踏まえられている。

・燭ヲ背ケテハ共ニ憐レム深夜ノ月／花ヲ踏ンデハ同ジク惜シム少年ノ春

（白居易／『白氏文集』巻一三・『和漢朗詠集』春夜―一二七・『千載佳句』春夜―八二）

・惜しめどもとどまらなくに春霞帰る道にし立ちぬと思へば

（在原元方／『古今集』春下―一三〇）

加えて、後者の元方歌の表現には、

・惜しめどもとどまらなくに桜花雪とのみこそ降りてやみぬれ

（西本願寺本『躬恒集』九〇）

という同工の躬恒歌までをも享受者に想起させる作用が認められるのではないか。いや、それだけでは終わらない。①にはさらに、『狭衣物語』の作者六条斎院宣旨の自作、

・惜しむにもとまらぬものと知りながら心砕くは春の暮れかな

（「天喜四年閏三月六条斎院禖子内親王歌合」二四）

までもが、さりげなく重ねられているのだから驚きである。開巻劈頭早々に見せつけられるここまで複雑な引詩・引歌の重層は、物語史上かつてない斬新な手法というほかないであろう。それは、高度な教養人以外ははじめからお呼びではないのだといった、一種の排除宣言とも受け取れるのではないか。

そして、ここで重要なのは、白詩句に基づくレトリック＝「少年の春」が発揮する暗示力なのである。むろん計算された効果にほかならないわけだが、ここでの「少年」は原詩のいわゆる〝青春〟の意味を少々曲げて、主人公がいまだ思春期のまどろみの中にいた〝少年〟時代を指示し、その時期がいよいよ終わりを告げて今まさに〝大人〟の恋の季節を迎えようとしていることを、惜春の情に託してひっそりと告げる役割を担っているのであった。

さて、重層のあとは連鎖である。すなわち、傍線部②は、

・夏にこそ咲きかかりけれ藤の花松にとのみも思ひけるかな

（源重之／『拾遺集』夏―八三）

③は、

・わが宿の池の藤波咲きにけり山ほととぎすいつか来鳴かむ　（よみ人しらず／『古今集』夏―一三五）

・わが宿の池の藤波咲きしより山ほととぎす待たぬ日ぞなき（凡河内躬恒／西本願寺本『躬恒集』九二）

の両首、④は、

・いとやらむかたのなきかな池水のみぎはに咲ける八重の山吹　（小弁／『夫木抄』二〇四五）

と、凝りに凝った引歌表現がこれみよがしにつづくのだ。中でも、④の典拠と目されている歌の作者が、禖子内親王の姉であり日常的交流の深かった祐子内親王家の女房小弁である点は、先にみた宣旨自作歌の引用とも相俟って、『狭衣物語』の一次享受の場の様子を伝えるようでとりわけ興味深い。

ところで、右傍線部①〜④の引歌・引詩表現とは別に、本節掲出本文中には『源氏物語』からの引用が最大二箇所認められる。

はじめに、二重傍線部ⅰについて。分断される格好になっているが、この「御前の木立何となく青みわたり」（ⓐ）「御前の木立何となく青みわたれる中に」（ⓑ）・「折らせたまひて」という、うっかり素通りしてしまいそうな表現は、実のところ、藤壺との間に生まれた不義の皇子と対面したあとで、光源氏が二人の仲立ちとなった王命婦に手紙をしたためる『源氏物語』紅葉賀巻の一場面、

御前の前栽の何となく青みわたれる中に、常夏のはなやかに咲き出でたるを折らせたまひて、命婦の君のもとに書きたまふこと多かるべし。

「よそへつつ見るに心は慰まで露けさまさるなでしこの花

花に咲かなん、と思ひたまへしもかひなき世にはべりければ」とあり。

（新編日本古典文学全集①・三三〇頁二行〜九行）

に負うものだったのである。注(3) そして、その意図はおそらく、主人公狭衣と義妹源氏の宮の将来が光源氏と義母藤壺の関係をなぞる展開を、可能性としてほのめかすところにあったと考えられる。『源氏物語』を熟知している享受者にだけ伝わる巧妙な仕掛けと評せようか。

ついで、[b]にのみ見えるiiに移ろう。この部分のオリジナリティに関してはさしあたり不問に付すとして、「身も投げつべし」の典拠については従来二説がある。すなわち、『源氏物語』若菜上巻で、再会した朧月夜に対して詠まれた光源氏の歌、

・沈みしも忘れぬものをこりずまに身も投げつべき宿の藤波

と、同じく胡蝶巻において、玉鬘をはげしく恋慕する螢兵部卿の歌に応じた兄光源氏の歌、

・ふちに身を投げつべしやとこの春は花のあたりを立ち去らで見よ

の二つなのだけれども、古くから指摘されているとおり、『狭衣物語』の冒頭部は胡蝶巻の巻頭描写、

三月の二十日あまりのころほひ、春の御前のありさま、常よりことに尽くしてにほふ花の色、鳥の声、他の里には、まだ古りぬにやとめづらしう見え聞こゆ。山の木立、中島のわたり、色まさる苔のけしきなど、若き人々のはつかに心もとなく思ふべかめるに、唐めいたる舟造らせたまひける、急ぎさうぞかせたまひておろし始めさせたまふ日は、雅楽寮の人召して、船の楽せらる。親王たち、上達部などあまた参りたまへり。

（新編日本古典文学全集③・一六五頁四行〜一一行）

以下を念頭に置いて書き進められたと考えられる点、また、次節で詳述するように、源氏の宮の造型には玉鬘のイメージが確実に重ねられている点などを考慮するに、「身も投げつべし」は句またがりにはなる

ものの後者に拠る引歌表現とみるのが妥当といえよう。注(4)「花のあたり」の「花」とはほかならぬ玉鬘の比喩だが、同時に、藤壺中宮をも連想させ得る「藤」の花を指している。

三　光源氏と玉鬘の心象

もしもそれが「藤」であったならば、描き始められたばかりの物語の行方は、前述の『源氏』引用にまっすぐ導かれて、まったく別の様相を呈することになったかもしれない。しかしながら、その可能性はすぐさま摘み取られることになるのである。なぜならば、主人公が差し出した枝のうち、源氏の宮が実際に選び取ったのは、左傍線部本文に見るごとく「藤」ではなく「山吹」の方であったからだ。

a源氏の宮の御方に持て参りたまへれば、御前には、中納言・中将などやうの人々候はせたまひて宮は御手習ひ、絵などかきすさびて添ひ臥させたまへるに、「この花の夕映えこそ、常よりもをかしく侍れ。春宮の『盛りにはかならず見せよ』とのたまはするものを」とて、うち置きたまふを、宮、すこし起きあがりて、見おこせたまへる御まみ、つらつきなどのうつくしさ、花のにほひ藤のしなひにもこよなくまさりて見えたまふを、例の、胸ふたがりまさりて、つくづくとまぼられたまふに、「花こそ花の」ととりわきたまひて、山吹を手まさぐりしたまへる御手つきの、いとどもてはやされて、世に知らずうつくしげなるを、人目も知らず我が身に引き添へまほしくおぼさるるぞ、いみじきや。

b源氏の宮の御方へ持て参りたまへれば、御前に中納言、少、中将などいふ人々、絵描き彩りなどせさせて、宮は御手習せさせたまひて、添ひ臥してぞおはしましける。「この花どもの夕映は、常よりもをかしう侍るものかな。東宮の、盛りには必ず見せよ、とのたまひしを、いかで一枝御覧ぜさせてしがな」とて、うち置きたまふを、宮少し起き上がりたまひて、見おこせたまへるまみ、つらつきなどのうつくしさは、花の色々にもこよなく優りたまへり。例の胸うち騒ぎて、つくづくとうちまもられたまふ。「花こそ花の」と、とりわきて山吹を取らせたまへる御手つきなどの、世に知らずうつくしきを、人目も知らず、我が身に引き添へまほしく思さるるぞ、いみじきや。

一瞬立ち現れた光源氏と義母藤壺との禁断の恋の物語。だが、そのイメージはここで前景化した「山吹」によってあえなく打ち消され、一転光源氏と養女玉鬘との妖しい関係の心象へと切り替えられる。何ともあざやかな手際ではないか。享受者たちは、『源氏物語』真木柱巻の、次の場面をただちに想起しなければならないのであった。注(5)

三月になりて、六条殿の御前の藤、山吹のおもしろき夕映えを見たまふにつけても、まづ見るかひありてゐたまへりし御さまのみ思し出でらるれば、春の御前をうち棄てて、こなたに渡りて御覧ず。呉竹の籬に、わざとなう咲きかかりたるにほひ、いとおもしろし。「色に衣を」などのたまひて、

「思はずに井手のなか道へだつともいはでぞ恋ふる山吹の花

顔に見えつつ」などのたまふも、聞く人なし。

（新編日本古典文学全集③・三九三頁一二頁～三九四頁九行）

晩春の花の「夕映え」に催され、六条院を去った玉鬘のことを偲びかねて、彼女のかつての居室をおとなう光源氏。庭の垣根に折しも咲きにおう山吹の花。――傍線を付した箇所から如実に知られるように、この記事もまた、確実に『狭衣』冒頭部の典拠となっている。

『源氏物語』において玉鬘が「山吹」に擬えられる女性であったことはことさら説明するまでもないと思うが、ここで特に注意したいのは、光源氏の独詠の中で玉鬘の代名詞「山吹の花」が「へだつ」ということばとともに詠み込まれている点なのであり、「山吹」は男女関係の「へだて」を象徴する語として機能しているということなのである。「山吹」の「へだて」を詠んだ和歌は実際にはそれほど多くはないのだけれども、注(6) 右真木柱巻の一場面を踏まえた『狭衣物語』の仕組みは、源氏の宮が「山吹」を手に取った意味をその出典の世界にまで遡って読むように出来ているのであった。

光源氏と藤壺から光源氏と玉鬘の心象へ。——その転換はとりもなおさず、ここに至ってこの物語の主役二人がついに結ばれることのない今後の展開を、したたかに予告しているといえるのだけれども、さらに、もう一点だけ触れておくならば、光源氏と玉鬘との関係は、のちの別の場面においても狭衣と源氏の宮を象る役目を担うことになる。

すなわち、『源氏物語』螢巻の、有名な〝物語論〟の直後の場面における光源氏と玉鬘との贈答、

「さてかかる古事の中に、まろがやうに実法なる痴者の物語はありや。いみじくけ遠き、ものの姫君も、御心のやうにつれなく、そらおぼめきしたるは世にあらじな。いざ、たぐひなき物語にして、世に伝へさせん」と、さし寄りて聞こえたまへば、顔をひき入れて、「さらずとも、かくめづらかなることは、世語にこそはなりはべりぬべかめれ」とのたまへば、「めづらかにやおぼえたまふ。げにこそまたなき心地すれ」とて寄りゐたまへるさま、いとあざれたり。

「思ひあまり昔のあとをたづぬれど親にそむける子ぞたぐひなき

不孝なるは、仏の道にもいみじくこそ言ひたれ」とのたまへども、顔ももたげたまはねば、御髪をか

きやりつつ、いみじく恨みたまへば、からうじて、
ふるき跡をたづぬれどげになかりけりこの世にかかる親の心は
と聞こえたまふも、心恥づかしければ、いといたくも乱れたまはず。かくしていかなるべき御ありさまならむ。
（新編日本古典文学全集③・二二三頁八行～二二四頁八行）

が、『狭衣物語』では、主人公狭衣の例の〝告白〟の歌、
a よしさらば昔のあとをたづね見よ我のみまよふ恋の道かは
（巻一・四四頁一二行～一三行）
b よしさらば昔の跡を尋ね見よ我のみ惑ふ恋の道かは
（巻一・五八頁一四行）

とその後の宮の様子を描写した部分、
a 源氏の宮は、古き跡尋ねたまへりし後、さやかにも見あはせたまはず、ことのほかなる御気色を、「さればよ」とつらく心憂きに
（同・七一頁一行～二行）
b 源氏の宮は、古き跡尋ね出でたまへりし後、思しうとみたるけしきを、さればよ、と心憂きに
（同・九一頁四行～六行）

云々とに分割されるかたちで利用されているのである。注(7) まったくもって見事な手腕というほかない。

四　実方と娍子の心象

こうした『狭衣』作者の〝衒学〟ぶりは、とどまるところを知らない。主役二人の上には、さらなる人物関係が揺曳することになる。それは、平安中期の代表的風流人として名を馳せた藤原実方と、三条天皇

妃となった美しい藤原娍子の心象である。

[a]「くちなしにしも咲きそめけむ契りこそ、口惜しけれ。心のうち、いかに苦しかるらむ」とのたまへば、中納言の君、「さるは、ことのはは多く侍るものを」と言ふ。

①いかにせむ言はぬ色なる花なれば心のうちを知る人ぞなき

と思ひ続けられたまへど、げに人も知らざりけり。「立つをだまきの」とうち嘆かれて、母屋の柱に寄り居たまへる御かたちぞ、なほ類なく見えたまふに、よしなしごとにより、さばかりめでたき御身を、②「室の八島の煙ならでは」とおぼしこがるるさまぞ、いと心苦しきや。

[b]「くちなしにしも咲きそめけん契りぞ、口惜しき。心の中、いかが苦しかるらむ」とのたまへば、中納言の君、「さるは言の葉も繁く侍るものを」と言ふ。

①いかにせん言はぬ色なる花なれば心の中を知る人はなし

と思ひ続けられたまへど、げに知る人なかりける。立つ苧環の、とうち嘆かれて、母屋の柱に寄り居たまへる御容貌、この世には例あらじかし、と見えたまへるに、よしなしごとに、さしもめでたき御身を、②室の八島の煙ならではと、立ち居思し焦がるるさまぞ、いと心苦しきや。

まず押さえておかなければならないは、『狭衣物語』が披露する作中歌二百余首の最初を飾る①の歌である。かつて明らかにしたところだが[注(8)]、この狭衣の心中詠は、その実驚くべき技法によって成り立っているのであった。何はともあれ、次の資料を御覧いただきたい。

堀川の院にて、御屏風のうしろに、小馬の命婦のゐたるに、かみから山吹の花を投げ取らせたまへるに、うへのおはしますと心得て、

・八重ながら色も変はらぬ山吹の九重になど咲かずなりにし
御返し、
・九重にあらで八重咲く山吹の言はぬ色をば知る人もなし
また、御返り、
・衛士がゐし火焚きに見ゆる花なれば心の中に言はで思ふかも
うへの御、
・御垣よりほかの火焚きの花なれば心とどめて折る人もなし
（建治本『実方集』一〇〜一三／『円融院御集』八〜一一）

これら四首の歌は、藤原実方とすでに退位した円融院との、それぞれの胸中を八重「山吹の花」に託した応酬であり、一組目の贈答は、のちに『新古今集』にも採られている。注(9)

さて、今注目すべきは、右のうち二首目と三首目の詠作にほかならない。初句に「いかにせむ」の五文字を据え、以下この両首の傍線部分をうまく合成することで、主人公狭衣の「言はで思ふ恋」の懊悩を湛えた一首、

a〔いかにせむ〕言はぬ色なる花なれば心のうちを知る人ぞなき
b〔いかにせん〕言はぬ色なる花なれば心の中を知る人はなし

が、たちどころに出来上がるという寸法なのである。のみならず、②の措辞もまた、

・いかでかは思ひありとは知らすべき室の八島の煙ならでは
人にはじめて

（藤原実方／建治本『実方集』九〇・『詞花集』恋上―一八八他）

という実方の詠歌を引いたものであり、かつ、「室の八島」が「忍ぶもぢ摺り」[注10]とともに以後作中において狭衣と源氏の宮に関わる重要な象徴表現となることを[注11]思えば、こうした〝実方引用〟の連続は、次に述べるとおり明確な意図に基づいて意識的になされたものとみなければなるまい。それはつまり、こういうことなのである。

実方は、この世に生を享ける前後に実父藤原定時を亡くしたため、叔父済時の養子となり、はじめは小一条殿で養育される身の上となったらしいが、養父済時の源延光女との結婚等を契機に、その後かなり長い期間、小一条殿に隣接する枇杷殿で暮らすことになった。そしてそこは、済時と延光女との間に生まれた美貌の姫君娍子が同居する空間だったのである。娍子は実方にとって少なくとも一回り以上年下の従妹かつ義妹ということになるが、彼女は、当代きっての風流人ともっぱらの評判だったこの義兄の存在を誇らしく思っていたといわれ、一方、娍子の方もただ美しい容貌に恵まれていただけではなく、村上天皇相伝の箏の奏法を父よりも優れて習得していた名手でもあり、済時はそうした娘を鍾愛したと伝えられる。[注12]

一つ邸内で育てられた従兄と従妹。ひときわ世に優れた義兄と義妹。――こうした史実がおのずと誘発するのが、何を隠そう狭衣と源氏の宮の〝物語〟であったのだ。『狭衣物語』の作者は、実方の境涯から可能性として導き出せる〝義妹恋慕〟の構図までをも自らが創出した主人公狭衣の上に重ね合わせるという、きわめて手の込んだ趣向を凝らしていたのであった。[注13]

以上、物語はその始発からして、ここまで多様かつ高度な教養を、少なくとも第一次享受者たちに要求しつづけていたのである。逆にいえば、そうした磐石の受け皿を前提にしてはじめて、『狭衣物語』は誕生し得たのだとも評せよう。

五　おわりに

ことさら〝衒学〟の美学と呼んでみたものの正体とは、およそ以上のごとくである。もちろん濃淡はあるものの、この特質がまずは本作全篇の基調となっているわけだ。そして、その緊密な構成とも相俟って、この美学があったればこそ、『狭衣物語』は日本文学史上に今なお独自の光彩を放ちつづけているのだと、そう捉えることが許されるのであるまいか。

王朝文化が爛熟期を迎えた〝頼通時代〟[注(14)]ならではの、研ぎ澄まされた技巧を極限まで追い求めた作品。──それがほかならぬ『狭衣物語』であった。そして、それゆえにこの物語は、言語美の極致〝新古今時代〟の到来を予感させる先駆的文芸作品ともなったのである。

果たせるかな、当然のごとく『狭衣』は、物語・和歌をはじめ謡曲・能・連歌・俳諧等のちの様々なジャンルの文学に、『源氏』と肩を並べる勢いで受容されていくことになる。[注(15)]だからこそ最後に、『狭衣物語』の秀逸さが現代の読者に再認識され、近世期までの人気が復活することを希って、拙い考察を終えたいと思う。

注

（1）『無名草子』の『狭衣』評は次のように始まる。

また、「物語の中に、いみじともおぼされむこと、おほせられよ」と言えば、「そもそらには」などはばかりながら、「『狭衣』こそ、『源氏』に次ぎては世覚えはべれ。『少年の春は』とうちはじめたるより、言葉遣ひ、何となく艶にいみじく、上衆めかしくなどあれど、さして、そのふしと取り立てて、心に染むばかりのところなどはいと見えず。また、さらでもありなむとおぼゆることもいと多かり（下略）。」（新編日本古典文学全集・二二〇頁四行〜一一行）

（2）本稿では、『狭衣物語』の本文をやや煩雑になるが二種の注釈書に拠り便宜並列して引用する。すなわち、[a]は、鈴木一雄『新潮日本古典集成 狭衣物語上』（新潮社、昭和60〈一九八五〉年）の、[b]は、小町谷照彦・後藤祥子『新編日本古典文学全集 狭衣物語①』（小学館、平成11〈一九九九〉年）の提供する本文である。なお、引用に際してはルビを省略したほか、一部レイアウトを変更した部分があることをお断りする。また、和歌等の引用は、原則新編国歌大観に拠る。

（3）石原美雪「『狭衣物語』における『源氏物語』引用—冒頭部「何となく青み渡れる中に」を中心に—」（「国語国文研究」第百三十号、平成18〈二〇〇六〉年8月）の指摘に拠る。

（4）参考までに、胡蝶巻の当該場面を掲出しておく。

兵部卿宮、はた、年ごろおはしける北の方も亡せたまひて、この三年ばかり独り住みにてわびたまへば、うけばりて今は気色ばみたまふ。今朝もいといたうそら乱れして、藤の花をかざしてなよびさうどきたまへる御さまいとをかし。大臣も、思ししさまかなと下には思せど、せめて知らず顔をつくりたまふ。御土器のついでにいみじうもて悩みたまうて、「思ふ心はべらずは、まかり逃げはべりなまし。いとたへがたしや」とすまひたまふ。

むらさきのゆゑに心をしめたればふちに身なげん名やはをしけき

とて、大臣の君に同じかざしをまゐりたまふ。いといたうほほ笑みたまひて、

ふちに身を投げつべしやとこの春は花のあたりを立ちさらで見よ

と切にとどめたまへば、え立ちあかれたまはで、今朝の御遊びましていとおもしろし。

（新編日本古典文学全集③・一七〇頁四行〜一七一頁四行）

（5）拙著『狭衣物語論考　本文・和歌・物語史』（笠間書院、平成23〈二〇一一〉年）第Ⅱ部1「『狭衣物語』作中歌の背景・巻一」一五三頁。

（6）「山吹」と「へだつ」とを同時に詠み込んだ歌の確実な先行例としては、

近きほどに渡らせたまひて、おとづれ聞えさせたまはねば、女三宮より

へだてけるけしきを見れば山吹の花心ともいひつべきかな

（西本願寺本『斎宮女御集』一）

が見出だせる程度ではないかと思う。また、ほかならぬ『源氏物語』胡蝶巻中には、秋好中宮の一首、

こてふにもさそはれなまし心ありて八重山吹をへだてざりせば

がある。こうした観点からも、『狭衣物語』冒頭部と『源氏物語』真木柱巻の当該場面との強固な関連性が確認できよう。

（7）前掲注（5）書第Ⅱ部1「『狭衣物語』作中歌の背景・巻一」一三一頁〜一三三頁参照。

（8）前掲注（5）書第Ⅱ部1「『狭衣物語』作中歌の背景・巻一」一二二頁〜一二四頁参照。

（9）巻第十六雑歌上に、次のようなかたちで載る（一四八〇・一四八一）。

円融院位去りたまひてのち、実方朝臣、馬命婦とものがたりし侍りける所に、山吹の花を屏風のうへより投げこしたまひて侍りければ

実方朝臣

八重ながら色も変はらぬ山吹のなど九重に咲かずなりにし

御返し

円融院御歌

九重にあらで八重咲く山吹の言はぬ色をば知る人もなし

投影。

（10）『伊勢物語』初段所載歌「陸奥の忍ぶもぢ摺り誰ゆゑに乱れそめにし我ならなくに」（源融／『古今集』恋四・七二四）を典拠とする象徴表現。主人公狭衣の造型には、「女はらから」（＝妹）に恋した〝在原業平〟像も投影。

（11）今、ａ本文（巻三は下巻）のみに拠って該当箇所を紹介する。

①中将の君は、ありし室の八島の後、宮のこよなく伏目になりたまへるもいとつらう心憂きに、「いかにせまし」とのみ嘆きまさるを我が心にも慰めわびたまひて、「おのづからもや紛るる」と忍び歩きどもに心入れたまへど、ほのかなりし御手あたりに似るもののなきにや、姨捨山にのみぞおぼさるる。

（巻一・五五頁六行～一〇行）

②限りなき御有様もことわりにうつくしうおぼえたまふにも、まづかの室の八島の煙立ちそめし日の御腕は、様ことに思ひ出でられたまうて

（巻二・一四一頁六行～八行）

③さばかり飽かぬところなく、らうたげにうつくしかりし御有様をだに、「なほ室の八島には立ち並びたまはざらむ」と、せちにおとしめ思ひやりきこえたまひし御目のならひに、ことわりぞかし。

（巻三・九八頁四行～七行）

右三例のうち、①はあの暑い夏の日の告白それ自体を、②はなお消えやらぬ源氏の宮の感触を、③は源氏の宮その人を、それぞれ想起させる機能を果たしている。

（12）以上、『栄花物語』巻第一「月の宴」および巻第四「見果てぬ夢」。

（13）以上、より詳しくは前掲注（5）書第Ⅲ部1「「室の八島」の背景」を参照されたい。

（14）『狭衣物語』の時代的背景を論じた近年の主な論稿には、

・倉田実「頼通の時代と『狭衣物語』」（『日本古典文学史の課題と方法』和泉書院、平成16〈二〇〇四年〉年）

・久下裕利「狭衣物語の位相─物語と史実と─」(『平安文学史論考』武蔵野書院、平成21〈二〇〇九〉年のち、『源氏物語の記憶─時代との交差』武蔵野書院、平成29〈二〇一七〉年)
・倉田実「『狭衣物語』の浄土寺院と浄土庭園─道長の法成寺と頼通の平等院の影─」(「国語と国文学」第八十八巻第三号、平成23〈二〇一一〉年3月)

などがある。

(15) 中世王朝物語への影響を論じた近年の論稿には、たとえば、
・田淵福子「「飛鳥井物語」の変貌─『小夜衣』女性主人公像を中心として─」(『論叢狭衣物語3』新典社、平成14〈二〇〇二〉年)
・木村朗子「欲望の物語史─『狭衣物語』から『岩清水物語』へ─」(『『狭衣物語』を中心とした平安後期言語文化圏の研究』翰林書房、平成19〈二〇〇七〉年)
・武久康高「『あきぎり』考─『狭衣物語』引用を軸に─」(「解釈」第五十九巻第九・十号、平成25〈二〇一三〉年9・10月)
・大倉比呂志「『苔の衣』の構想─『狭衣物語』との関連を中心に─」(昭和女子大学「学苑」第八百七十九号、平成26〈二〇一四〉年1月)
・毛利香奈子「『いはでしのぶ』の碁と氷─交差する『源氏物語』『狭衣物語』─」(「日本文学」第六十六巻第九号、平成29〈二〇一七〉年9月)

等々があり、中世和歌への影響に関する調査・考察には、
・濱本倫子「俊成卿女の『狭衣物語』摂取について─後鳥羽院歌壇期の詠作を中心に─」(「和歌文学研究」第八十六号、平成15〈二〇〇三〉年6月)
・井上新子「『狭衣物語』における歌ことばの形成と中世和歌への影響─「後枕」・「葦のまよひ」・「古き枕」

に着目して―」（『狭衣物語』を中心とした平安後期言語文化圏の研究』翰林書房、平成19〈二〇〇七〉年）
・江草弥由起「名所「虫明」をめぐる『狭衣物語』受容歌」（『平安文学の古注釈と受容　第二集』武蔵野書院、平成21〈二〇〇九〉年）
・江草弥由起「正徹の物語歌摂取考」（「中世文学」第五十九号、平成26〈二〇一四〉年2月）
などがある。

『狭衣物語』の成立とその作者

久下裕利

一　はじめに

『狭衣物語』は、季節感に富む情景描写や花の象徴性にゆだねた首尾の照応などの構成力や物語展開の緻密で連関性を持続する構造は、物語形態の卓抜性という点においては『源氏物語』をも凌いで成立していることは、平安後期物語の代表的物語としての一画を『狭衣物語』が占めている証しともなろう。

そうした斬新性をひとえに作者の力量として評価することはできないけれども、物語をどのように展開していくのかとする構想よりも、いかなる場面を構築して『源氏物語』を合理的に配置していくのかという方法にこそ『狭衣物語』の物語生命ないし真価があったのだとすれば、その「源氏」取りの方法にも例えば巻四における斎院での蹴鞠の場面を投入することで、光源氏没後の世界を継承し再構築しようとしたのではないかとする後藤康文の指摘[注(1)]に加えて、西本寮子はそれゆえ作中の時代が現実の世界に近づくとの認識をも示すから、注(2)頼通の時代性へとその磁場形成が連鎖的にすすむ方法的目論みを読み取るべきかもしれない。

またおそらくそれは『狭衣物語』制作の目的の一つであっただろう主家禖子内親王家における天喜三（一〇五五）年五月三日に盛大に開催された物語歌合の一番右『玉藻に遊ぶ権大納言』の作者宣旨の力量を見込んでのことではあっただろうし、何よりもこの現場を体験した中心的な禖子家の女房作者であったからこそ、その記憶を書きとどめる役割として「記念碑」注(3)的に提出された物語を摂り込み書き残すことが可能となったのであろう。

かくして『狭衣物語』の成立とは、頼通時代を象徴する物語として、当時の物語創作と読者層の主体であっただろう禖子家の女房ばかりではなく、物語歌合に参加した祐子家など他家の女房たちへのアピールとしての意味をもちつつ、みずからを禖子サロンの記念碑的作品として完成樹立し得ている物語でもあった。本稿はいくらかでもその実体を明らかにしてきた研究史的足跡の一端を繰り返して述べることで、知の遺産のささやかな記録としたい。

二　作者宣旨とその周辺

『狭衣物語』作者である六条斎院宣旨は、源頼国の何人かいる娘たちの一人であることが知られている。しかも早稲田大学文学研究科蔵『後拾遺和歌集』の勘物に注(4)「禖子内親王乳母、源頼国朝臣女、母同頼実」と記されていて、作者伝に貴重な資料が提供されて今日に至っている。注(5)

後朱雀天皇嫄子中宮所生で姉に祐子内親王がいる禖子内親王の乳母として頼国女が抜擢されたのは、それなりの理由があってのことと思われる。祖父頼光の時代から摂津源氏として地方に根をはると同時に、京では武門源氏として生き延びる方策よりも積極的に摂関家に取り入れをはかり、その奉仕に奔走するとともに、文化的な係累作りや営為をはかることを惜しまなかったとみられる。そういうことで摂関家の信頼を積み上げていった結果であったのだろう。

例えば、頼光の最大の奉仕として知られるのは、寛仁二〈一〇一八〉年六月、道長の土御門邸再建に際し調度類一切を献上して世人を驚嘆させたことなどがまず挙げられよう。注(6)『御堂関白記』寛弘七〈一〇一〇〉年十一月四日条に拠れば、土御門第に、犯土の禁忌があるゆえ頼光宅に移ったことが記されているように、寛弘年間以降の奉仕が極立つが、息文章生頼国は敦成親王家別当を定む時に同家蔵人を拝命している（『御堂関白記』寛弘五〈一〇〇八〉年十月十七日条）。また父頼光も後一条（敦成）天皇即位式の翌日、初めて昇殿が許されたことが「昇殿内蔵頭頼光」（『小右記』長和五〈一〇一六〉年二月八日条）と記されていて知られるが、これなどは即位の雑具について奉仕したことの明らかな見返りであろう。

頼光・頼国父子の摂関家への密着奉仕が功を奏していることからすれば、その娘の一人であった宣旨が、後年長暦三〈一〇三九〉年八月、禖子誕生時にその乳母となることへの道筋はある程度確保されているとみられる。また姉妹の一人に藤原師実の妻となった美濃がいるが、若き日、四条宮寛子に仕え天喜四〈一〇五六〉年四月三十日の「春秋歌合」に出詠している。美濃という女房名は頼国が美濃守（『尊卑分脈』）であったことからの命名だろうが、祖父頼光もまた美濃守であった経歴があり、このような受領国守の歴任がこの父子の蓄財を豊かにさせ摂関家に取り入る糧となっていたと察せられよう。

ところで、宣旨が乳母となって七年後、つまり寛徳三（一〇四六）年に禖子が斎院に卜定された折に宣旨女房となったらしいが、彼女の前夫高定とはその頃離別していたはずで、禖子が退下した天喜六（一〇五八）年以降に『宇治大納言物語』の編者として知られる源隆国と再婚したと思われ、そうした環境を得て『狭衣物語』制作を始動させる機会となったといえよう。

一方、能因とともに後期歌人として名を残した女流歌人相模は、頼光の養女だった可能性があり、こうした相模をも抱え込む頼光家の文化的志向が単に武門源氏としてではなく、京の貴族らしい教養をこの一族は身につけていこうとしていたのであり、頼光の娘には道長の異母兄道綱に嫁した女《ひと》の他、道長の正妻倫子の甥であり信任の厚い源済政の正妻となった娘、さらに末娘（異母姉妹か）だろうが、済政の嫡子資通の妻となった娘たちがいた。済政・資通父子は宇多源氏として有職故実に通じ、その上管絃の道にも長け、そのような点からも頼光が娘たちの婚姻先として執着したのであったろうし、済政の娘婿には才人藤原公任の息定頼がいた。なお琵琶の名手である資通は『更級日記』作者孝標女が憧れた貴公子としても知られる。

さて宣旨の「母同頼実」とあった実弟頼実[注(7)]の和歌活動もそうした恩恵と志に支えられて、和歌六人党の初期を主導していた。頼実の庇護者となったのは源大納言師房（家集勘物）でその家人であったが、師房は禖子家の家司であり、六条斎院と言われる所以であるから、宣旨と頼実との関係は姉弟以上の強固な絆で結ばれているといえよう。

長久四（一〇四三）年冬、西宮邸に於ける「落葉如雨」の歌題のもと、頼実の名歌「木葉散る宿は聞き分くことぞなき時雨する夜も時雨せぬ夜も」（『頼実集』93、『後拾遺集』冬382）が生まれる。頼実は三十歳で夭逝するが、『狭衣物語』の作中歌をみれば、そうした宣旨の環境下での影響も察せられるし、また逆に宣旨の『源氏物語』（特に宇治十帖）傾倒の影響が、例えば宇治に向かう薫の独詠歌「山おろしにたへぬ木の葉の露よりもあやなくもろきわが涙かな」（橋姫巻）などが頼実詠にもたらされた可能性がなかったとは言い切れまい。注(8)

三　『狭衣物語』の成立時期とその時代背景

『狭衣物語』の成立時期に関して従来説の多くは白河朝初頭承保年間（一〇七四～一〇七六）というものだが、もちろん宣旨の没年寛治六（一〇九二）年二月二十二日からすれば、それ以前ということになるのだが、とにかく作者の晩年近くになってからの作品ということはいえよう。

成立年代の考証において物語内容と史実との対応関係について最も詳細に論じたのは石川徹で、注(9)それは以下の如く十六項目に及ぶ。

1「堀川大臣の事」2「源俊房と前斎院娟子の密通事件」3「今上后妃を皇太后宮と称し奉る事」4「後拾遺和歌集との類似」5「みづからくゆる物語以後である事」6「前九年の役以後であるらしい事」7「木幡の僧都」8「朝倉・寝覚との先後」9「高野詣・粉河詣」10「女院の呼称のある事」11「神殿の内高く鳴る事」12「袖ぬらす物語の引用」13「皇族出の女性の立后続く事」14「一品宮が二人ある事」15「御譲位と疫病流行」16「大弐乳母が大弐三位となる事」

以上十六項目に関して、再考を要したり追加補綴したりする形で以後の検証がすすめられていると言ってもよかろう。特に2は密通事件の反映として石川氏は前斎院である一条院皇女一品の宮との思はぬ結婚へ導いた構想への転化を考えているようだが、物語内の密通事件は狭衣と嵯峨院女二の宮との間で実行されていて、これもどちらを主体に考えるべきか問題を残し、さらに史実としての密通事件は、女の方の乳母が絡む寛仁元（一〇一七）年に起きた道雅（伊周息）と前斎宮当子内親王との密通の方が、狭衣・女二の宮事件の背景として適する点は吉田文子が指摘したところである。注(10)

しかも、道雅の恋愛事件の反映は、これにとどまらず、飛鳥井君の父が平帥中納言と設定されるのも、平惟仲の娘大和宣旨との一件が想定されてこよう。また大和は天喜三（一〇五五）年の物語歌合に『菖蒲かたひく権少将』を提出しているし、大和の姉妹は六条斎院宣旨の伯父頼家（頼通の家司）の母でもあって、惟仲の娘たちには親類としても関心を持ち続けたのであろう。注(11)

このように一瞥しただけでも十六項目を挙げる石川説には、一部に散佚物語を挙げる不確定要因もあって疑問が生じたり、また三谷榮一によって仏典引用や禖子の仏道帰依の可能性から治暦四（一〇六六）年以後との指摘注(12)などを加えても総体的な検証の結果としては否定すべくもない。

筆者は既に「狭衣作者六条斎院宣旨略伝考」の〔解説〕として「作者の時代」注(13)を書き下した中に『狭衣物語』の成立時期に関して石川説を検討していた。その前提として頼通の存在ばかりを重視するのではなく、禖子の家司である師房や後年夫となる隆国との関係に着目することを述べて、筆者は「承保年間に於ける執筆完成を考え、宣旨五十六歳から五十八歳、つまり五十歳代後半の『狭衣物語』成立と結論」づけたのであった。

それは後藤康文が覚暹や素意の歌と『狭衣物語』との影響関係をも参酌して、承保元（一〇七四）年末から承暦三（一〇七九）年の間の成立と推定していたから、注(14)私見との大差もないことになり、従来説とも承保から承暦年間ということであれば大過ないこととなろう。さらなる成立年代の限定へと検証はむかうべきものの、幅をもたせた結果を優先的に現状では受け入れざるを得まい。

その後も『狭衣物語』の成立時期に関しては有馬義貴などによって検討が続けられているにしても、注(15)従来からも物語の時代設定あるいは時代背景との混在的指摘もあって、むしろ作者の同時代的営為に直結する内部徴証の確認をいま一度見直してみることも必要で、例えば石川氏が前に挙げた9「高野詣・粉河詣」などは、高野詣から粉河詣へと一連の行程から永保元（一〇八一）年の師実の例より永承三（一〇四八）年十月の頼通の場合を想定して、粉河における普賢菩薩出現の条の着想に結びつける先行研究を掬い上げる同じく有馬義貴の論があり、注(16)続けて狭衣の二位中将という若年の高位にも着目し、頼通が寛弘五（一〇〇八）年、十七歳で従二位だが、寛弘三（一〇〇六）年の『御堂関白記』には「三位少将」の記述が三例あり、また二男頼宗（明子所生）は二位中将（『御堂関白記』長和二〈一〇一三〉年十月六日条）ではあったが、当の頼通は中将の官職を経ないものの、注(17)高位の摂関家嫡子像のイメージは形成されよう。

また倉田実は、狭衣の父堀川関白の存在を頼通の養子となった師房の可能態として史実に前例のない源氏の関白出現を仮設する『狭衣物語』を「太政大臣公季と関白左大臣頼通という史実に想到していたのかも知れない」とするが、注(18)『夜の寝覚』が源氏太政大臣と藤原関白とを並存させた設定とも通底するかもしれず、ひとまず頼通の同時代的な範疇の作意とみておきたい。

このような時代背景は道長時代から頼通時代へと移行する過程をも踏んだ事象とみた方が適切かもしれず、それがまた『源氏物語』を引き継ぐ『狭衣物語』の物語的位相ともなって顕在しているやもしれず、些細な点ながら、もう一、二点付け加えておきたい。まず嵯峨院の女一の宮で後一条帝の女御が女宮を出産した場面が巻四に次の如く描かれている。

四月一日に、院の女御、いたうも悩みたまはで、女御子生みたてまつりたまへり。「同じうは、などか」と、嵯峨院などには、いと口惜しう聞かせたまへど、内裏には、いかにもいかにも、まだならはせたまはぬことなれば、御佩刀や何やと扱はせたまふも、珍しううれしきことにぞ思しめしたる。御湯殿の儀式ありさま、九日の夜までの御産養ひども、書き続けずとも思ひやるべし。

（小学館『新編全集』②二五一頁。傍線波線久下。以下同じ。）

誕生したのが皇位継承に関わる男皇子ではなく、女皇子であったため父嵯峨院は残念がっているが、後一条帝にとっては、はじめての御子なので喜びもひと潮ということで、早速守り刀である「御佩刀《みはかし》」を贈る用意をするという内容となっている。問題となるのは、生まれたのが女皇子であるにも拘らず、「御佩刀」を贈ることが何のためらいもなく当然の如く書かれているところである。

ところで『栄花物語』巻十一「つぼみ花」では、三条天皇の中宮妍子（彰子の妹）が禎子内親王誕生の場面を次の如く書き記している。

世になくめでたきことなるに、ただ御子何かといふこと聞えたまはぬは、女におはしますにやと見えたり。殿の御前いと口惜しく思しめせど、さはれ、これをはじめたる御事ならばこそあらめ、またおのづからと思しめすに、これもわろからず思しめされて、今宵のうちに御湯殿あるべくののしりたつ。内には、けざやかに奏せさせたまはねど、おのづから聞しめしつ。御剣いつしかと持てまゐれり。例は女にておはしますには御剣はなきを、何ごとも今の世の有様は、さきざきの例を引かせたまふべきにあらねば、ことのほかにめでたければ、これをはじめたる例になりぬべし。

（『新編全集』②二二一〜二二頁）

父道長の期待に反して生まれたのが女皇子（禎子内親王）だったため残念さが一時的に込み上げてきたものの、気を取り直したと描くのが『栄花』だが、実のところは『小右記』長和二（一〇一三）年七月七日条に拠れば、道長は「悦バザル気色甚ダ露ナリ」とあり、九日条にも「左相国、猶、悦バザルノ気有リ」と記されているから、道長は男皇子でなかったことゆえ余程不機嫌であったようだ。一方、三条天皇は嬉しさを隠し得ず、通例男皇子に限る「御剣《みはかし》」を持参させたとあり、女皇子であっても「御剣」を贈る先例となるにちがいないと『栄花』は語るのである。女皇子であるにも拘らず御佩刀が贈られる事例を歴史上に確認して、ほぼ同内容の展開に両作品の影響関係を疑わざるを得ないものの、まずその拠ってくる時代背景とは何時《いつ》なのかを明らかにできたと思われる。

さらに『狭衣』と『栄花』との叙述の対照をどう考えるのかということを皇統の問題として禎子内親王誕生の意味が後の藤原摂関家に与えた影響の重大さと関連するとすれば、『狭衣』では嵯峨院・一条院系の皇統が第二皇子でありながら臣下に沈んだ堀川関白の皇統奪回を嫡男の狭衣が果たしていく道筋としては当然男皇子ではなく女皇子が生まれねばならないのだが、嵯峨院・一条院系が自滅的末路をたどる傾向があることは、『狭衣』においては顕著な形であり、注(19) 狭衣即位へと急転回する巻四の動向下で示されていくことになる。

おそらく故先帝の一統が陰に陽に狭衣父子を支えていく中で、式部卿宮や中務宮の混乱が表面的には生じたのだと考えたいところだが、次の時代背景の問題として系図上、どうしても式部卿宮家の系譜に不審を抱かざるを得なくなるのは、式部卿宮の子息がまた式部卿宮となっている点である。巻四で狭衣の後宮に入ることとなるのが宰相中将の妹で、後の式部卿の宮の姫君ということになる。注(20)

これには三条天皇の第一皇子敦明親王が関わり、長和五（一〇一六）年正月二十九日、後一条天皇即位と同時に東宮となったが、翌寛仁元（一〇一七）年八月七日、東宮を辞し小一条院の院号を授けられた。外戚として権勢を握りたい道長の思惑による浮目なのは言うまでもないことだが、三条天皇が東宮時代、済時女娍子との間に敦明をはじめとする四人の親王と二人の内親王が既に居た。

長和二（一〇一三）年、中宮妍子が禎子内親王を生んだことによる道長の失望は前記した。その後妍子に男皇子が誕生することはなかった。ために道長は早く三条天皇の退位を迫り、冷泉系と円融系の迭立を無視できず、いったんは敦明を新東宮として冊立したのであった。しかし、道長の圧力により自ら東宮を辞するという浮目にさらされ、敦明親王が院号を受けるに当たって、敦明の子供たちは祖父の故三条天皇の養子となることで親王宣下を受けることになった。つまり親王の子息たちがまた親王となる例である。

さらに敦明親王が式部卿宮になったのは十八歳の時で、三条朝に入った寛弘八（一〇一一）年十二月十八日であった。弟の敦儀は長和二（一〇一三）年六月二十三日（『小右記』）には中務卿、同日敦平は兵部卿となったことが知られている。また敦明親王の第一子敦貞親王（母顕光女延子）も式部卿になっているが（皇胤系図）、三条天皇が譲位後、式部卿宮であった敦明親王が長和五（一〇一六）年正月二十九日に立太子した後に、式部卿になったのは一条天皇の第一皇子敦康親王のはずだから、寛仁元（一〇一七）年八月九日敦良親王の立太子後、同年八月二十五日敦明が上皇に准じ小一条院（『日本紀略』）となってから後のことであり、敦康親王が薨ずる寛仁二（一〇一八）年十二月十七日以後のことであろうし、そもそも敦貞の親王宣下は寛仁三（一〇一九）年三月四日（『御堂関白記』）だから、当然それ以後ということである。ともかく父敦明親王が式部卿であり、その第一皇子敦貞親王がまた式部卿となる事例が確かに存在したということである。

このような『狭衣物語』の時代背景を探れば、虚構の物語でも歴史的事象に支えられていることが知られ、『狭衣物語』は道長から頼通時代への時代性を背景に成立した物語でもあったということができよう。

四　むすびに代えて――扇の縁《えにし》

『狭衣物語』が模倣という方法の境界を越えて、『源氏物語』の傍に寄り添う物語世界を構築していながら、男女の出会いの構図の中で扇の役割を重視する『源氏物語』がその結末では余りにも無頓着にその扇を放棄している実体は、廃院で急死した夕顔を追懐する中で夕顔から手渡された扇が全く機能していない展開をみれば明らかなのであろう。

それとは逆に『狭衣物語』では飛鳥井君の例一つを挙げても、主人公狭衣は異常なほど執着をみせて最後まで唯一の形見として手にしている点で、「はじめに」で前記した緻密な構造を扇というモチーフで顕現していることは、物語を構造体として収斂させようとする作者の強烈な物語観に由来するのではないかと思われる。従来、当然衆目が『狭衣物語』の構造体としての理会を、その首尾の照応のみにとらわれていることからいまだ脱却することができずにいる点で、ことさらこの「むすび」において繰り返す理由としたい。

というのも、既に筆者は作中人物と扇の連関性について言及しているにも拘らず、注(21)その方法論的意匠が意味する評価について他に論じられたことを寡聞にして知らない。

後期物語において短篇物語が驚異的に拡充し、女のための女による物語として女房たちが物語の担い手であることに覚醒したことに由因があることは天喜三（一〇五五）年の物語歌合であることは言を待たないが、女たちが常に携行する、あるいは別離に際し再会を期する意味で餞別として贈る習慣がある扇の有用性が、物語において地歩を固めたのは言うまでもなく『源氏物語』に他ならなかったはずだ。だが『源氏物語』の扇は不吉な結末を予兆するモチーフにすぎなかったためか、形見の機能を獲得する方法に開眼しなかったようだ。

一方、『狭衣物語』では主人公狭衣と関わる源氏の宮にしても女二の宮にしても、その女君たちとの宿縁が実を結ばず閉ざされていく中で、むしろ喪失できない心の支えとなるモチーフとして物語に扇が獲得されたはずで、せめて手渡して恋の始発となる扇による関わりだけでも保持したいという切ない願望を型取る扇としての造形を拙論で〈哀愁の扇〉と名づけた訳だが、それを退嬰的な精神の所産として貶斥するのであれば、後期物語になじまない世界観なのであろう。

注

（1）後藤康文「もうひとりの薫」（『狭衣物語論考 本文・和歌・物語史』笠間書院、平成23〈二〇一一〉年）

（2）西本寮子「『狭衣物語』にみる頼通の時代」（和田律子・久下編『考えるシリーズⅡ知の挑発③平安後期頼通文化世界を考える―成熟の行方』武蔵野書院、平成28〈二〇一六〉年）

（3）久下「『狭衣物語』の創作意識—六条斎院物語歌合に関連して—」（『平安後期物語の研究』新典社、昭和59〈一九八四〉年）において「『狭衣物語』の形成が、天喜三年の物語歌合に提出された物語たちの残映を記念碑的に書き込むことで成り立っている」と述べた。「記念碑的」とのタームは決して神田龍身の嚆矢的それではない。

（4）上野理『後拾遺集前後』（笠間書院、昭和51〈一九七六〉年）に拠る。なお余計なことだが、筆者が早大院生の時、上野先生から直にこの件のご教示を得た。

（5）詳しくは久下『狭衣物語の人物と方法』（新典社、平成5〈一九九三〉年）「狭衣作者六条斎院宣旨略伝考」及び小学館『新編全集』解説。

（6）元木泰雄『源満仲・頼光』（ミネルヴァ書房、平成16〈二〇〇四〉年）及び朧谷寿『源頼光』（吉川弘文館、平成元〈一九八九〉年新装版）を参考とした。

（7）高重久美『和歌六人党とその時代』（和泉書院、平成17〈二〇〇五〉年）は、宣旨を頼実の同母妹とする。

（8）頼実の『源氏』摂取について瓦井裕子「歌合における『源氏物語』摂取歌—源頼実と師房歌合をめぐって—」（『中古文学』96、平成27〈二〇一五〉年12月）「九月十三夜詠の誕生—端緒としての『源氏物語』摂取—」（『國語國文』平成28〈二〇一六〉年7月）がある。

（9）石川徹『平安時代物語文学論』（笠間書院、昭和54〈一九七九〉年）及び『朝日日本古典全書』解説。

（10）吉田文子「道雅と當子の恋愛事件と『狭衣物語』の構想—六条斎院宣旨に於ける史実摂取の方法—」（広島大学「国文学攷」131、平成3〈一九九一〉年9月）。久下『源氏物語の記憶—時代との交差』（武蔵野書院、平成29〈二〇一七〉年）「物語の事実性・事実の物語性—道雅・定頼恋愛綺譚—」

（11）久下「フィクションとしての飛鳥井君物語」（『王朝物語文学の研究』武蔵野書院、平成24〈二〇一二〉年）

（12）三谷榮一岩波古典文学大系の解説。

(13) 久下注(5)前掲書。
(14) 後藤康文「『狭衣物語』の成立時期」(九州大学「語文研究」63、昭和62〈一九八七〉年6月)、のち注(1)前掲書。
(15) 有馬義貴「作り物語の〈時代〉―『狭衣物語』成立の背景―」(「日記文学研究誌」19、平成29〈二〇一七〉年7月)
(16) 有馬義貴「創作物としての物語―『狭衣物語』の同時代性をめぐって―」(注(2)前掲書所載)
(17) 平野由紀子『御堂関白集全釈』(風間書房、平成24〈二〇一二〉年)〔補説〕藤原頼通は三位中将か(二五〜六頁)。よって『御堂関白集』の一番歌詞書の「三位中将」は頼通だが、「三位少将」の誤写と判断する。
(18) 倉田実「頼通の時代と『狭衣物語』」(『日本古典文学史の課題と方法―漢詩 和歌 物語から説話唱導へ―』和泉書院、平成16〈二〇〇四〉年)
(19) 一条院系はもとより嵯峨院の皇太后にしても狭衣との密通によって生まれた女二の宮の若宮を自分の子として偽装するが、結局は狭衣にゆだねるに至る。
(20) 『下紐』「後式部卿御子」。朝日『全書』新潮『集成』の系図は「故式部卿宮┬後の式部卿宮 └坊門上」とある。『全書』巻一(上)に「坊門に、式部卿の宮と聞えし御女」(一八八頁)とあるのを根拠とする。因に深川本は「兵部卿」とある。
(21) 久下注(5)前掲書「『狭衣物語』中の扇について」

『狭衣物語』の異文と改変

今井久代

一　はじめに――『狭衣物語』にとって異文、改変とは何か

多種多様な本文の古写本が多く残る『狭衣物語』には、多くの異文があり、それらは書き伝えの際に改変が為された結果生じた、と想像される。だがその実、どれが異文で改変なのかは見定め難い。というのも、本来異文も改変も基準となる「原典」に比して成り立つ概念だが、肝心な原典が『狭衣』ではわからないのだ。『狭衣』の本文研究の成果として、大きく　○深川本系[注(1)]（第一系統[注(2)]、第一類第一種[注(3)]とも）　○流布本系（第三四系統、第一類第二種とも）　○異本系（第二系統、第二類とも）の三グループに分けて考えるのは大方の一致をみるものの、中田剛直『校本狭衣物語　巻一〜巻三』（桜楓社、一九七六〜八〇）にも明らかなように、写本の少ない異本系は別として、深川本系流布本系内に、さらにグループ分けすべきバリエーションがある。各三系統の典型（最古の形）をどう見定めれば良いのかすら、なかなか難しいのだ。

深川本系については、『狭衣』最古の写本深川本をこのグループのまずは典型としよう。だが流布本系はどうか。古活字本（室町時代の写本の活性化）が典型なのか。ここで異同が激しい天稚御子降臨場面（巻一）を例に考えたい。『源氏狭衣二百番歌合』にも載るこの場面の狭衣二首めは、諸本間に有無の異同がある。

　㋑九重の雲の上まで昇りなば天つ空をや形見とは見む

中田剛直『校本狭衣物語』で確認する（分類名は深川本系、で示す）に、深川本系A（深川本など）、流布本系C（雅章本など）E（宮内庁三冊本など）、異本系前田本に㋑歌がある。つまり三系統すべてに㋑歌をもつ写本があるのだが、逆に深川本系B（為秀本）、流布本系A（為相本など）B（蓮空本など）D（宝玲本など）F（鎌倉本など）G（京大五冊本）H（伝清範本。以下清範本と略す）I（武田本など）J（松浦本）K（押小路本）、異本系（伝為家本／伝慈鎮本。以下為家本、慈鎮本と略す）には㋑歌はない。なお一首めは諸本に共通する次の歌である。

　㋐いなづまの光にゆかん天の河遥かに渡せ雲の架け橋

天への憧れを歌う㋐歌に応えて天稚御子が降臨し、狭衣の袖を取って天に誘い、狭衣は㋑歌を詠む。㋑歌は仮定ではあるが天から地上を思いやる、だめ押しの如く昇天に傾いた狭衣の心を表明する歌である。

　天に心を惹かれる狭衣は、なぜ昇天しないのか。その理由は、天稚御子から「十善の君」が惜しむ者を連れてゆけないと拒まれる形と、狭衣が「おとど母宮の聞きたまはむこと」を思い断る形と、二つに大別できる。このうち「天稚御子から」は、深川本系Aだけに見られる形である。なお深川本系Aでは、天稚御子への狭衣の返答も「心より外《ほか》に口惜しう、かかる絆《ほだし》どもにひかへられたてまつりて、今宵御ともに参らずなりぬるよし」（四五頁）[注4]と父母への思いはさして語らず、別れの残念さのみを告げる。「国王の袖を控へて惜しみ悲しみ、親たちは、かつ見るをだにも、飽かずうしろめたげに思したるに、むなしき空を仰ぎて泣き悲しみたまはむも、かく有りがたき天稚御子の御迎へに思ひ憚る」（異本系・慈鎮本20オ）[注5]など、袖を掴んで慰留する国王の背後に父母の悲嘆を幻視するので断念する、と自ら天稚御子に決別を告げる形の他本と比べると、深川本系Aには恩愛の絆の描き方に温度差がある。

　天に昇る心境に達したことを表明する㋑歌を詠じ、地上の恩愛の絆も薄れ気味だったが、天人に拒まれて地上に残るのが深川本系Aの狭衣である。一方だめ押しの㋑歌のない流布本系ABDFGHIJKL（鎌倉後期書写の清範本や江戸の版本など）、異本系慈鎮本／為家本では、天上に憧れつつも地上の恩愛の絆を棄てられず、自ら残る狭衣を描く。なお異本系（慈鎮本など）では、自ら昇天を諦めた狭衣を哀れみ、天人が形見の笛を残すエピソードがさらに独自に加わる。帰邸後の場面では、地上に残ってくれた愛息を切なく滑稽なほどに構う母を前に、天稚御子の面影を恋う狭衣が描かれるが、異本系ではこの形見の笛に狭衣の天上への憧憬を象徴させている。心を離れない恩愛の絆に殉ずることを自ら選びながらも、天にこそ帰属するような（地上に帰属しきれない）狭衣を、「形見の笛」が浮き彫りにするのである。なお、だめ押し㋑歌を詠み、天に深く心を囚われていながら、天皇の姿に父母の恩愛を幻視し昇天を拒む雅章本などは、良く言えば感情の振れ幅の大きい、悪く言えば印象深いエピソードが混態的に混じった狭衣像と評せようか。

　㋑歌と昇天拒絶の経緯と形見の笛、この三つのエピソードにしぼっても種々な組み合せの写本が各系統に存在し、その意味では三系統の境界は曖昧である。特に流布本系に分類される写本はバラエティに富んであり、何を典型（本来の形）と見るかが難しい。例えば㋑歌は流布本系に本来あったのか、それとも深川本系と接触して加わったのか。笛の音に誘われ降臨した天稚御子に天へ誘われながらも地上に残るというプロットを共有しつつ、途中にこうした差違を多様な組み合わせで抱える『狭衣』の場合、系統内の典型さえ見定めるのは難しい。個人的には、㋑歌のような蛇足めいた歌は後人の賢しらに思うが、作中人物にともかく歌を詠ませるのが『狭衣』かもしれない。㋑歌を詠む心境は、深川本系Aぐらい天に心を囚われている方が一貫していようが、蓮空本などのような矛盾を含んで大きく感情の揺れる人物像こそ『狭衣』かもしれない。断定は難しいが、為家本の最初の部分や清範本など、鎌倉時代の写本にも古活字本にかなり近い本文が確認できるので、ひとまず古活字本を流布本系の典型と考えておく。

同じように多くの写本を現在に伝える『源氏物語』には、『狭衣』ほど大きな異同はない。青表紙本系、河内本系、別本系の三系統に大別するのが通説的理解であるが、これらは『狭衣』で言えば流布本系AとBの異同よりも小さい。この異同の小ささは、鎌倉初期に藤原定家と源光行親行父子によって本文批判が為された結果であろうが、第一に複数が原典を求めたこと、第二に別々に違う態度で本文批判を行って、さして違わない本文にたどり着いたこと、これは決して偶然ではないだろう。つまり『源氏』の場合、「原典」への尊敬が深く、本文が多様になるにつれ原典が求められ、またいざ原典を求めれば、これが原典に近いという共通理解のある写本が、現に残っていたのだろう。紀貫之『土佐日記』とは違い、さすがに紫式部自筆本はなかったが、『紫式部日記』の書きぶりから推定するに、紫式部の自筆よりも、清書した中宮彰子内裏還啓土産本、または尚侍妍子周辺での清書本（紫式部によれば草稿）に価値があったのかもしれない。いずれにせよ、御堂関白家と深く関わって世に出た『源氏』の「原典」は、重んじられるべき本文という共通理解をまとって、二百年のあいだ受け継がれていたのであろう。

翻って、多種多様な本文の写本が多数いまに伝わる『狭衣』は、『源氏』のような原典への尊敬は薄いまま書写、継承されてきたのではないか。本文批判を行う読者がいなかったのは、この作品がそう評価されていたからだろう。原典だけが特権的に尊敬されるわけでない環境で、作者と同じく熱心な『源氏』愛読者たちに迎えられて、むしろ改変が必然とも言える状況で、多数の異文を抱え込みながら書写継承されてきたのが『狭衣』なのではないか。その意味では原典を忠実に残す写本は、どこにもないのかもしれない。相応の敬意を以て伝えられてきた『源氏』ですら、草稿本の流出もあろうが、完全には原典を見極めがたいのである。原典の認定は奥書や来歴の確かさに拠るほかなく、それが無くては、どれが原典かを測るすべはない。ましてやこれほど多様な『狭衣』諸本では、土台無理な話である。

なぜ原典を求めるのか。そこには作者による原典こそが正しく、最も価値があるとの価値観がある。異文改変は劣った本文に決まっているのだ。なるほど天才紫式部が書いた『源氏』の場合、実際に原典が最も優れていたのだろう。だが多種多様な写本が書き継がれ、定家も本文批判を放棄した『狭衣』の場合、もはや一人の天才の作ではないはずだ。多数の愛読者を巻き込む、本質的に異文や改変を含み込む文学運動体として、評価すべきではないか。そこで諸氏一致して改作とする異本系本文[注(6)]を改めて読んでみよう。

二　異本系から見る『狭衣物語』の異文と改変（1）——道心、色好み、恩愛の絆

異本系本文には、流布本（版本）から最も遠くて、独自異文が多い、写本は少なくて古い（鎌倉～南北

朝）、といった特徴がある。この異本系の改変について矢部敦子氏は、「拡大化をはかったり、梗概化を意図したりするものではない」が「物語の筋は全く変化しない」平明化を目指した、要は語りくちの相違としつつ、最後に「わかりやすくすることが目的であれば、さらにわかりやすく改め得る部分があった」との評を残している。[注(7)] 改変＝劣化という先入観を棄ててみれば、拡大化でも梗概化でも実は平明化でもない異本系の改変は、むろん「矛盾がない（辻褄が合う）」[注(8)]でもなく、単純な語りの調子や態度の変容に留まらない、豊かなある種の創造性を孕んではいまいか。既に論じた部分もあるが、[注(9)] 前節に引き続き、天稚御子降臨譚と音楽の話を対象に、異本系・深川本系の特徴と流布本系の様態について考えたい。

『狭衣』では諸本共通して、源氏宮を尋ねる場面に始まり、狭衣の紹介、源氏宮紹介、五月の参内、五日の贈答、五日夜の独奏会と天稚御子降臨、と展開する。うち狭衣の紹介には、引歌や仏典引用から推察されるエピソードの位置づけなどに、かなりの違いがある。

深川本系の代表として深川本を見る。以下挿話に通し番号（①②…）をつけ、特徴的本文とともに示す。

①両親の出自。②「児のやうに」思う母宮は狭衣の昇進を恐れ、狭衣は二位中将に留め置かれる。母宮は「天人などのしばし天降り」と思う。③両親は「雨風荒きにも」不吉に思い狭衣を庇護。狭衣は「あまり苦しう、憂きは頼まれぬべき心地」。世人も「第十六釈迦牟尼仏」と狭衣を崇める。④両親は狭衣の愛する女性ならば卑しい女性でも「同じ心」に受け入れるつもりだが、狭衣は「世界不牢固」と思う。⑤狭衣の「一行」の「水茎」にも女性は心惹かれるが狭衣はつれない。⑥狭衣も「野をなつかしみ」路傍の女性に惹かれもするが「一見於女人」と簾を下げ、だが「側の広く開きたるは、え立てたまはざるべし」。「男といふもの」は「あらぬ思ひ」を抱くもの。⑦「光り輝きたまふ御容貌」をはじめすべてに優

れた狭衣は絶讃される。「いにしへの名高かりける人々の跡」と比べても「見所ある筋はことの外にまさりたまへり」との世評。⑧また「琴、笛の音につけても雲居を響かし」「天人も驚かしたまひつべ」き楽才に「いとゆゆしう」思う両親は「をさをさせさせたてまつりたまはず、我もことに心留めて何事もしたまはず」ゆえに周囲に「無心」とされる。「物うち誦じ、催馬楽歌ひ、経など読みたまへる、聞かまほしく、愛敬づき、恥づかしう、なつかしき御ありさま」を見るに憂いも忘れ命も延びるほどと、世間から愛でられるのを、大殿と母宮は「あまりゆゆしう、危ふきもの」と思う。

続いて流布本系として為家本[注10]を中心に見る。①深川本系にほぼ同じ。②母は「児のやう」と昇進に反対だが、帝が二位を授けた。③両親は「第十六釈迦牟尼仏」と「この世の光」のために現れたと思い（「第十六釈迦牟尼仏」為家本なし、清範本など流布本系E～Lにあり。流布本系A～Dは世人が阿弥陀仏と思う形で異本系慈鎮本に同。B蓮空本などはここが深川本系Aと同じく③の「憂きは」の後に来る形）、「雨風荒きにも」不吉に思う「覆ふばかりの袖のいとまなげに、あたりこちたき御心ざしども」を狭衣は「うきは頼まれぬべく、苦しう思さるる折々もあるべし」④狭衣の忍び歩き中両親は「二所ながら」起きて待つが、帰ってくると歓びで小言も言えない。狭衣の愛する女性なら卑しい女性も「玉の台」に受け入れるつもりだが、狭衣は「この世は仮初めにあぢきなきもの」と思い、「ありてふ人は知らまほしげ」にも思わず、女性に執着しない。⑤深川本系にほぼ同じ。⑥深川本系にほぼ同じ。「男といふもの」は「人に心をつくるわざ」。⑦深川本系にほぼ同じ内容、「手など書きたまふさま」と明示し「名高かりける筋」と比較し品評。⑧ほぼ深川本に同じだが深川本波線部なく、大殿が「あまりゆゆしく、天稚御子の天降りたまへるにや、今日や天の羽衣迎へきこえたまはん」と「静心なく」心配する、と結ぶ。

最後に異本系として慈鎮本を見る。①他二系統にほぼ同。②流布本系にほぼ同。③「この世の人のため阿弥陀仏《あみたぼとけ》の御かたちをわけて、希有《けふ》のことなしたまひて」と両親は思い、世人も感動、まして「大殿」たちは「雨風の荒き」にも不吉に思う「覆《おほ》ふばかりの袖の…こちたき御心ども、憂きを頼まれぬ人の苦しげにぞ見えたまふ」（6ウ～7オ）④「されどいかでかは、さのみも従ひきこえさせたまはむ」夜歩きする狭衣に両親は…以下流布本系にほぼ同、狭衣は「いかなるにか、身のほどよりはいたくしづまりて、ありといふ人は知らまほしげにも思《おぼ》しおきてか」（7ウ）⑤「さるは一行《ひとくだり》も」以下他二系統にほぼ同。⑥「おしなべて乱りがはしき物ゆかしがりをぞしたまはざりける。」以下同じく路傍の女性に惹かれるくだりだが「一見於女人」と簾を下げる叙述はなし。「まめやかなりといひながら、いかでさだにおはせざらむ、男といふもの」は「ひとわたりものゆかしがりせぬ者はなき世のさが」（8ウ）⑦「まして輝かせたまふ御顔容貌」以下狭衣への讃嘆が続くが筆跡への言及無し。⑧「雲居を響か」す楽才に「ゆゆしく思されて、大殿いみじく制しきこえたまへば」狭衣も楽器に触れず、「無心」な人である。「ものうち誦んじ、催馬楽歌ひたまふ、経など読みたまへるは、きかまほしうめでたき物に、世の人聞こえたり。されば何ごともただ習ひたまふ事なし、この御師と名乗るべき人もなければ、いかにしたまへるにか、天稚御子などのしばし天降りたまへるなめりと殿は思して」天人の迎えを恐れる（9オウ）

三系統を代表する本文について、プロットごとに区切って展開を示した。異本系に独自異文や欠文が多いのは言うまでもないが、深川本系にも狭衣の道心の強調、および両親の溺愛叙述の削除に関わって、独自異文や欠文が目に付く。すなわち④で「世界不牢固」が加わる一方で、③「覆ふばかりの袖（注「大空に覆ふばかりの袖もがな春咲く花を風にまかせじ」後撰・春中）のいとまなげに、あたりこちたき御心ざしども」がなく「第十六釈迦牟尼仏」と崇めるのも両親でなく世人に変更され、④両親「二所ながら」寝ずに狭衣の夜歩きを心配するが狭衣の顔を見ると何も言えなくなるというくだりもない。先にみた天稚御子降臨に際し、さして恩愛の絆に囚われず、天稚御子に拒絶されて昇天をあきらめる独自の展開も、これと符合する。さらに、天稚御子が一人天へ還ったのち、深川本系のみが「兜率天の内院かと思はましかば留まらざらまし」と思いつつ「即往兜率天上」「弥勒菩薩」と口ずさむ狭衣を描く。他系統では狭衣が口ずさむのは「身色如金山　端厳甚微妙」で、仏典ではあるが兜率天と無関係で、兜率往生を望む心内語も導かない。このように深川本系では、狭衣の道心が強調され、その分父母の恩愛の絆に関する叙述が軽減されるのが大きな特徴である。天稚御子降臨譚についての叙述が分裂して、早く②で狭衣の音楽の才とは無関係に言及されてしまうのも、両親との絆を焦点化しない深川本系の主題性と関連しているだろう。

ここで「道心」と「色好み」を見てみよう。③「覆ふばかりの袖」④「二所ながら」起きて狭衣の夜歩きを心配する等の挿話のない深川本系では、④両親は狭衣の愛する女性ならば誰でもと思うが、狭衣は「世の男のやうに…乱りがはしくあはあはしき御心さへ」なく、この世は「世界不牢固」と思うばかりなので残念に思う女性もいる　⑤狭衣の「一行」の「水茎」にも女性は心騒がせるが狭衣はつれない　⑥「さこそ思し離るれど、なほこの悪世」ゆえ狭衣も路傍の女に惹かれ「一見於女人」と簾を下げつつ、側を広く開けて拒みきれず「男といふもの」は「あらぬ思ひを付くる」もの、といった展開である。⑤まで両親の容認にも関わらず女性に乱れぬ道心深さが強調されただけに、⑥でその狭衣が路傍の女にも惹かれる色好みである必然性が感じられず、矛盾に思われる。道心深い薫の恋は色好み（漁色）でなく一途だったし、色好みの光源氏が道心を意識したのは葵上や桐壺院の死の頃[注(11)]で後年で、いずれも狭衣とは違う。なお流布本系も「覆ふ袖」「二所」と、容認する両親の溺愛ぶりを強調する以外はほぼ同じで、道心に色好みが同居する背景は窺い知れない。道心を強調する深川本系も、やはり狭衣の道心に言及する流布本系も有機的な結びつきのないまま色好みの叙述に転ずる必然性がわかりにくいのだ。

異本系の場合、④「世界不牢固」⑥「一見於女人」はなく、③「第十六釈迦牟尼仏」は「この世の人のため阿弥陀仏の御かたちをわけて希有のことなしたまひて」の形で、これは文末の「憂きを頼まれぬ人の苦しげにぞ見えたまふ」と呼応し、全体として「身のほどのうきを思ふにまとはれて弥陀の教へもたのまれぬ哉」（源俊頼　散木奇歌集974）を引くと思われる。両親からは阿弥陀仏の化身と讃嘆されながら、狭衣自身は憂愁が深すぎるために弥陀の教えも救いも頼みにできないのである。この叙述は道心深さというより、絶讃に取り巻かれつつ苦悩を深めて孤独な姿を語るもので、「覆ふばかりの袖のいとまなげにこちたき御心ども、憂きを頼まれぬ人の苦しげ」と展開する。「憂きを頼まれぬ」は、両親の「こちたき」愛に続く思いなのだ。両親の愛が狭衣の憂愁の一端を形作り、かつこの世に引き留める絆しともなって、「憂き」ながら「弥陀の教へを頼まれ」得ない狭衣の孤独を作り出す。注(12)

道心に言及せず、両親の溺愛のなかの孤独を語る異本系の狭衣の色好みは、③両親の「覆ふばかりの袖」に④「いかでかはさのみも従《したが》ひきこえさせたまはむ」、狭衣は夜歩きにいそしんで「二所ながら」心配させるが、両親は狭衣の望む女性なら誰でも許容、しかし「いかなるにか、身のほどよりはいたくしづまりて、ありといふ人は知らまほしげにも思しおきてか」⑤忍び歩く狭衣の「一行」の「水茎」にも女性は心騒がせるが狭衣はつれない　⑥「おしなべて乱りがはしき物ゆかしがり」はしない狭衣だが路傍の女に目は留まる、「まめやか」でもどうしてそうばかりいられよう、男は「ひとわたりものゆかしがり」するのが世の常、と語られる。「まめやか」な性格のため「しづまり」てはいるが、「ありといふ人は知らまほしげ」「ひとわたりものゆかしげ」な男の性のため、また親の思いばかりに従えないため、夜歩きを含む色好みに走るというのである。「ものゆかしげ」な性については、後の源氏宮紹介の段「しばしはさりともなずらひなる人ありなむと頼もしう思されしを、高きもいやしきもおぼつかなきは少なくなるままに、この御容貌《かたち》ばかりなるは有り難く思し知らる」（慈鎮本10ウ・諸本類似表現有）に照応する。狭衣は、周囲が許さない源氏宮への恋情を冷ますべく、源氏宮の代わりを求めて「ありといふ人」と「ひとわたり」逢って、あのような女性は居ないと知った。「まめやか」なのに不似合いな色好みぶりは、源氏宮へ思いが原動力なのだった。また狭衣を溺愛する両親であるが、「大殿、宮なども類なき御心ざしといひながら、この御事はさらばとてよにまかせきこえたまはじ」（慈鎮本4オ・諸本類似表現有）と、源氏宮の件だけは両親も許すはずがないという。一方で「さのみも従」わない狭衣の忍び歩きの相手を誰でも許容するとあったが、のちに堀河大臣は女二宮との縁談を勧めて「さやうになべてならぬことに、また私《わたくし》の心苦しさも、さまざま育まむ、なんでうことかあらむ」（慈鎮本35ウ・独自異文）と諭しており、要は高貴な正妻とは別に囲うかわいい女を許容というに過ぎない。決して無条件な受容ではなく、両親の溺愛する狭衣像の範囲内の容認なのだ。源氏宮を諦めるために代わりを探す「色好み」は両親の愛を根底から揺るがすものではなく、狭衣は両親の手のひらの上の愛し子でしかない。そのことを異本系は明らかにしている。

三　異本系から見る『狭衣物語』の異文と改変（2）——琴笛から見る恩愛の絆

①出自（両親の紹介）から両親の愛に叙述が移ってから、②から⑥までは両親の愛と絡まりつつ狭衣の多情多恨と道心が語られる。とはいえ狭衣の場合、薫のような道心の必然性や自己欺瞞を窺わせないだけに、仏典を引いて道心を強調する他二系統の狭衣像は、ただに色好みと道心の同居が展開する、上滑りの道心という感があった。薫の場合、出生の秘密を抱えて自己への根源的不安を抱くだけに、道心というこの世を相対化する価値観を必要とし、しかし根底では光源氏の子である声望に誇りを抱き、世を捨てきれない。薫の道心は、奇特、理想性といった世評とは裏腹な、孤独と世俗への執着（恋を含む）を照らし返すものであり、ただに光源氏の色好みと混態《ミックス》できるものではないはずだった。

狭衣紹介の最後は、⑦輝く容貌《かたち》と才、⑧「琴笛の音につけても雲居を響かし」と光源氏を思わせる叙述に転ずる。この箇所を他二系統では、⑦の才を書（「手」「跡《あと》」）に特化し（⑤「一行」「水茎」と照応か）、続く⑧の琴笛と相まって、狭衣の才の列挙とする。深川本系は「物うち誦じ、催馬楽歌ひ、経など読みたまへる、聞かまほしく」ともあり、さらに才芸を列挙してゆく。よって⑧の堀河大臣らの天稚御子降臨危惧も、才芸の一である楽才の卓越性を物語る挿話という位置づけである。ところが異本系では、⑦では書に特化せず、容貌も才も唐土を凌ぐと全般的に称揚したうえで、⑧で琴笛の才を特筆し、しかしその神才を「ゆゆし」と思う堀河大臣が「いみじく制し」「何ごともただ習ひたまふ事なし、この御師と名乗るべき人も」無い状態とする。実は深川本系「をさをさせさせたてまつりたまはず」、流布本系「何ごとをもあながちに好みさせたまはねば」と、他二系統にも狭衣の琴笛演奏を抑制する両親の叙述はあるが、曖昧な言い方であって、琴笛を書と並ぶ多くの才芸の一とする文脈に埋もれている。一方異本系では、父が狭衣の琴笛の演奏を禁ずるのに加え、そもそも師について習うのさえ禁じていると特筆する。間に挟まれた狭衣の朗詠や催馬楽や読経への讃美も、楽器の演奏を禁じられ師について習うこともない狭衣の、天賦の音楽センスを語る声技の列挙と読むべきだろう。その狭衣の天賦の才を父は禁じるのだ。

堀河大臣が狭衣を琴笛から遠ざけたのは「ゆゆし」、我が子が天上の天稚御子に通ずる存在かと恐れたからである。万が一にも息子を失いたくない両親の溺愛ゆえに、王朝貴族必須の嗜みである琴笛を、堀河大臣は狭衣に禁じたのだ。人々から「無心」と思われたとあるが、確かに管弦の遊びが貴族社会の重要な意思疎通手段《コミュニケーションツール》であるのを思えば、ある意味貴族として「かたは」なハンディを担わされたわけである。これは中納言になって当然の家柄ながら、無理に中将、ただの殿上人に留め置かれたのと同じ、抑圧的にも働く両親の愛の表れである。身分の方は、この家柄でただの中将ではと叔父帝が二位を授けて形だけは保った。だが琴笛については、世人に無心と誤解されても狭衣は演奏せず、父大臣もきちんと習わせない。狭衣の本源的な楽の才と、愛ゆえにそれを阻害する父大臣を際やかに象る異本系本文は、天稚御子降臨譚ともつながりつつ、両親の愛が狭衣の本源を抑圧してしまう親子関係を描き出してゆく。

牛車に乗る貴公子が御簾を上げて笛を吹いているさまを、『枕草子』「いみじう暑きころ」は印象深く描き出す。とはいえ、五月四日の退出の際に狭衣が、笛を吹いて（慈鎮本など）天人が降らないのかと思えるし、かといって鳴らない「扇を笛に吹く」（為家本など）は間が抜けている。いずれにせよここで「吹く」狭衣を描くとは腑に落ちないが、牛車の中で笛か扇を吹く狭衣の挿話を大半の本文が有するのは、要は父大臣の居ないところでこっそり吹くほどに、笛を好む狭衣を示唆するのだろう。だから帝は節会のない五月五日の夜の余興に、「一人ずつ楽器を独奏する」会を企画し、狭衣に笛を強要したのだ。異本系本文では、「よろづの事よりも、さらに戯《たはぶ》れにても真似びはべらず」と抗弁した狭衣に、「ただその知らざらむ事を今宵始むべきなり。聴《き》かすは苦しと思さすとも恨みむ」と帝がうそぶき、狭衣は「まして一人は理なきわざ」と渋りながら独演会の運びとなる。傍線部分は異本系独自異文で難解であるが、（私に琴笛を）聴かせるのは苦しいと（堀河大臣は）お思いであるとも恨もうの意と解しておく。注(13) 中将に留め置く兄大臣をよそに二位を与えた帝である。天賦の才であり当人も内心好んでいる笛を、兄が溺愛ゆえに禁じていると考えて、狭衣に独奏を勧めたわけである。権中納言や左兵衛督、宰相中将も同席する場で、官職では一番下の狭衣が真っ先に発言した異本系には、叔父甥の気楽さに甘え、父堀河大臣の方針を楯に勅命を拒む響きがあり、帝のにべもない返答と共に、根底に流れる人間関係が感じられて興味深い。これに続いて中納言からは、中将（狭衣）の末の才を我々が披露するくらいなら、中将にすべての楽器を独奏してもらっては、との提案があり、これには帝は「一つでさえああも強情に拒むのだから、まして他の人の代わりまではするまい」と狭衣を庇う。このあたりも叔父甥を思わせる会話の流れである。結局独奏の順が回ってきた狭衣は、さわりだけ吹いて「またはさらにおぼえさぶらはず。これなむ大殿《おとど》のほの真似ばれしを聴き取りて候ひしかども、はかばかしう教へらるることも侍らざりしかば、いかにひがごと多く候ふらむ」と終えようとするが、「かうそらごと言ふ、うたてあり。大殿《おとど》の笛の音《に》にも似ず、世の常ならぬは誰伝へけむ」と感動のあまり真顔になって先を促す帝の気迫に押され、また清涼殿の上局におわす女二宮の耳を意識して、最初は困惑しながら、徐々に狭衣自身も没頭して笛を吹くうちに稲妻が走り、㋐歌を心に浮かべながら音の限り吹きたてる狭衣の前に、天稚御子が降臨する。

　天稚御子降臨に至る会話は特に異同の大きな箇所であるが、異本系の独自異文は傍線部分程度である。その代わり、例えば帝への最初の発言が、独奏は困ると人々が言う（流布本系）、独奏は困るしいっそ狭衣が独奏をと権中納言が言う（深川本系）、などと異なっている。深川本の形は、なるほど独奏は管弦の遊びとして特異であるし、また官職の上位者から発言すべきで、中納言の発言が一つにまとまるのも自然に思えるが、注(14)そうした良識的な配慮で並んだ会話では、この催しが堀河大臣の禁止に真っ向反すること、また堀河大臣の意をめぐる兄弟・叔父甥の忌憚のなさが見えにくくなる。点線部分に類する表現は三系統すべてにあり、また降臨場面で帝が兄の危惧は正しかったと後悔しつつ天稚御子の袖を掴むのも三系統同じ、つまりこれまで帝は大臣の「ゆゆし」を大げさと話半分に受け止めていたと示唆しているのは諸本同じである。このようにかなりの部分まで一様な、狭衣と琴笛にまつわる挿話が散りばめられているのだが、それを受けて異本系では一貫した流れ、つまり狭衣を思うゆえに狭衣の本源的渇望（琴笛）を抑圧する両親の姿が浮かび上がるべく、全体が統括されている。そして翻ってみれば、この愛の形は、狭衣の色好みの原因である源氏宮への恋情に同じである。両親の愛が狭衣の本源を抑圧し、両親の望む狭衣像に押し込める。狭衣もまた両親を愛するがゆえに、「両親が愛する自分」を振り捨て本源のままに、音楽（天上）や源氏の宮を追い求めることはできない。父母の望みに考慮して自己を抑圧し、しかし周囲の願い通りばかりにもいられない。その葛藤と優柔不断が飛鳥井君や女二宮との悲恋を呼び込むことになる。

四　終わりに　そして巻二へ

本稿では『狭衣』の原典が流布本系と深川本系のどちらにあるか、あえて考究しない。個人的には流布本系と考えているが、それが流布本系の完成度の高さや、流布本系の読解だけで『狭衣』という作品を評価できることを保証しないと思うからだ。見てきたように、改変である異本系本文の方が狭衣という主人公像を的確に造型しているとさえ思える。光源氏が色好みでありながら後半では道心を抱いてゆく、あるいは薫が生来の道心と抗うように一途な恋情を抱く（しかもそれがかえって相手を追い詰めて悲恋を招く）、どちらの場合も道心と恋は漫然と同居するのではなく、そうなる有機的な必然性がある。そのことを異本系の改変者はわかっていて、多くの独自異文と独自欠文によって狭衣像を織り直していると考える。一方深川本系は薫のような道心深い主人公への愛好がともかく深いらしい。[注(15)] このように『狭衣』は原典に飽き足らずに改変を加え、独自異文を生み出す――時にただの混態になるのも含めて――その動態にこそ醍醐味がある作品なのではないか。

こうした三系統の主題にも関わっての方向性の違いは、巻二にも一貫して見て取れる。例えば女二宮と狭衣の出会いの場面では、異本系では女二宮の心情表現に多くの独自異文がある。「上の御心掟《おき》てなどは、げにちごならぬ御ほどなれば、耳ならし給てほど経ぬれど、それにしもかく思はずにあは〳〵しきさまにて見えさせ給はん事」「宮いと心憂かりける身のほどのあは〳〵しさを思ほすに、母宮の御心の恥づかしさなどは、かけてもかやうの事を聞き給ていかばかり思し惑はん」「大宮の、定め無かなる心のほどをうちとけがたきふしに明け暮れのたまはするも、思し合はせられて、世のなべての列《つら》にて過ぎゆかん身のほどの憂さは例《ためし》なく思し知られて」（高野本11オ〜15オ）と、女二宮は父母の愛顧を思うにつけ、期待に背くように狭衣の侵入を許してしまった自分を責め、両親から失望されると思い、相手が狭衣と言えないのである。心内語が少なく、ひたすら恥ずかしくて何も言えない体の他二系統の女二宮像と対照的である。[注(15)]

一方狭衣について深川本系では、「み吉野の山のあなたに宿もがな世のうき時のかくれがにせむ（古今集・雑下）」「世の憂き目見えぬ山路へ入らむには思ふ人こそ絆《ほだし》なりけれ（古今集・雑下）」「憂き世をば背かば今日も背きなむ明日もありとは頼むべき身か（「法師にならむとて出でける時に」拾遺和歌集・哀傷・慶滋保胤）」と道心深さを語る引歌を独自に加え、道心深いのに女二宮の可憐さに「心苦し」「らうたし」と惹かれてしまう主人公像を描き出す。これに対して異本系の狭衣は、「ありはてぬ命待つ間のほどばかり憂きことしげく思はずもがな（古今集・雑下・平貞文）」と女二宮との未来に絶望し、「悔しくぞ汲みそめてける浅ければ袖のみ濡るる山の井の水（古今和歌六帖・二）」と後悔しながら女二宮と関係を持ってしまう。このあたりの深川本系異本系の狭衣の好色（または道心深さ）が巻一のトーンを引き継いでいるのは明白であるが、巻一の色好み像が女二宮との恋の物語においていかに深められ、『源氏』から何を学び、どのように独自な物語として変容していったのか、問題は複雑である。この点は別稿を期したい。

注

（1）片岡利博『異文の愉悦　狭衣物語本文研究』（笠間書院、二〇一三年）。片岡氏は諸本研究を総括し、諸氏個別に命名され系統分類されてきたが、大きく三グループに分けるという点では諸氏一致しているとし、代表的写本から深川本系、異本系、流布本系と名付けた。本論文もこれに従う。また片岡氏は、深川本系は異本系の後の最も後発の改作とし、流布本系に原典を見る（『異文の愉悦』、『物語文学の本文と構造』和泉書院、一九九七年）。

（2）三谷栄一『狭衣物語の研究［伝本系統論編］』（笠間書院、二〇〇〇年）。同氏『狭衣物語の研究［異本文学論編］』（笠間書院、二〇〇二年）。三谷氏は女房サロンの文学として、女房たちが活躍する叙述が多いことから深川本系を原型と考えて第一系統と名付け、以下女房サロンらしさが失われてゆく改作順に第二系統（異本系）、第二系統（流布本系）とした。しかし、例えば『源氏』で言えば、中将君や乳母、右近、侍従らの活躍が書き込まれているからといって浮舟物語が最も女房サロン向きとは言えないだろうし、同じくあこきが実質的主人公だからといって『落窪』が女房サロンの作とは思えない憾みがある。

（3）中田剛直『校本狭衣物語』。流布本（元和九年古活字本）を基準（第一類第二種Zの位置か）に、古活字本からの遠さに従って分類し命名している。すなわち第二類（異本系）がもっとも異質で、第一類第一種（深川本系）は大きくは流布本系に類するグループだが少々異質な群、特にA（深川本など）がもっとも遠く、以下BCと流布本に近づく。第一類第二種（流布本系）はさらに流布本に近いグループだが、A（巻一は為相本）はそのなかで最も流布本に遠く、やや第一類第一種（深川本系）に近い、となる。

（4）深川本の本文として『新編日本古典文学全集』の本文と頁をあげる。

（5）『狭衣物語諸本集成』（笠間書院）の翻刻。

（6）落合璋子「狭衣物語の本文とその展開―巻二を中心として―」（『国語国文』一九六三年十一月）、矢部敦子「狭衣物語第二系統の成立」（『国語国文』一九六五年八月）、三谷栄一「狭衣物語の異本成立とその時期―巻一を中心として―」（『國學院大學紀要』一九六九年二月）など。

（7）注（6）の論文。

（8）井上新子「『飛鳥井の君物語』の悲劇の諸相―『狭衣物語』巻一の諸本をめぐって―」（『論叢狭衣物語1　本文と表現』新典社、二〇〇〇年）。

（9）拙稿「『狭衣物語』第二系統本文の特徴について―巻一天稚御子降臨譚以前」（『東京女子大学紀要　論集』66巻2号、二〇一六年三月）、「『狭衣物語』異本系本文の達成―天稚御子降臨譚の位置づけから」（『東京女子大学紀要　論集』67巻1号、二〇一六年十月）。

（10）為家本は天稚御子降臨につながる殿上間での独奏会の直前まで流布本系である（片岡注（1）書）。書写ミスらしい難解表現もまじる清範本と違い整った本文であり、鎌倉中期書写とされるので、鎌倉期に確認できる流布本系本文として用いる。なお流布本系には異本系本文を取り込んだ本も多く、三谷氏が流布本系の最善本とした宝玲本もそうらしい（片岡利博「物語異文の形態学的研究—付、『狭衣物語』第一系統原態説批判—」『国語国文』62巻1号　一九九三年一月で推定された宝玲本に残る流布本と別系統の本文Xは、慈鎮本）。

（11）阿部秋生『光源氏論　発心と出家』（東京大学出版会、一九八九年）。

（12）なお、「憂きを頼まれぬ人」によく似た「憂きは頼まれぬべき心地」「憂きは頼まれぬべく」等の表現は諸本共通である。異本系の、俊頼詠を引いた表現を諸本が取り込んだとも考えられるが、先に「憂きは頼まれぬべし」という慣用表現があり、それをもとに詠まれた俊頼詠を取り込んで異本系本文が成ったとも考えられる。いずれにせよ「憂きは頼まれぬべし」は何を頼みにするのか不明な、何らかの共通理解を前提とする表現であり、共通理解が失われると省略され、版本では「あり苦しく思す」となる。

（13）「思さす」は、天稚御子降臨場面から異本系となる為家本の場合「思はす」となっており、父大臣が狭衣に思わせるの意らしい。

（14）片岡利博は深川本系の本文の不備を指摘する（「宮中管弦の遊び場面のヴァリアント—『狭衣物語』異文の形態学的研究」『物語文学の本文と構造』、初出は一九九五年）。

（15）飛鳥井物語に特に顕著であるが、深川本系の特徴には、狭衣の道心の強調以外に、先行物語文学への過剰な言及（後藤康文『狭衣物語論考【本文・和歌・物語史】』笠間書院、二〇一一年）や、乳母や威儀師など周辺人物への興味関心、いわゆる説話的方向性がある（久下裕利「フィクションとしての飛鳥井君物語」『狭衣物語の新研究—頼通の時代を考える』新典社、二〇〇三年。拙稿「『狭衣物語』異本系本文の世界—飛鳥井君物語を中心に」『国語と国文学』二〇一七年十二月）。また異本系では飛鳥井君の胸奥を描き、ただに流される内気な女性ではなく、自らの立場を弁え思考する女君として描いている（前掲の拙稿）。

『狭衣物語』と『源氏物語』

――その時代相を中心として――

倉田　実

一　はじめに――『狭衣物語』の独自性を問うこと

『源氏物語』と『狭衣物語』を対比させた場合、これまでは影響関係や照応関係あるいは引用関係が主に論じられてきた。後期物語の宿命として、『源氏物語』などをいかに「もどき」、「ずらす（ずらし）」かが課題としてあったからであり、この「ずらし」において『狭衣物語』の独自性・固有性が多様に指摘されてきた。このこと自体に問題があるわけではないが、影響・照応・引用関係のない『狭衣物語』の独自性とは何かが問われることはあまりなかったようである。

しかし、『源氏物語』にはない主題・構想・表現・場面・設定、あるいは歴史的・文化的・宗教的背景などを考えてみる必要性があろう。そうは言っても、『狭衣物語』は表現の細部にまで多様な先行作品との引用連関が認められるので、『源氏物語』を完全に除外して考えることはできない相談である。したがって、表現の細部に『源氏物語』引用があったとしても、大局的な視点から『狭衣物語』の独自性を考察することにならざるを得ないであろう。

この小稿ではこうした試みとして、まず冒頭表現を検討し、さらに『源氏物語』にはなかった宗教的背景を指摘して、『狭衣物語』の独自性を考えていきたい。本文は流布本（新潮日本古典集成による）を中心として、必要に応じて西本願寺本（他の文学作品と共に新編日本古典文学全集による。ただし、和歌は『新編国歌大観』による）を参照することにしたい。

二　冒頭表現の独自性――〈言はで忍ぶ恋〉の主題形象

『狭衣物語』の起筆は「少年の春は惜しめどもとどまらぬものなりければ、三月の二十日あまりにもなりぬ」であった。「少年の春は」から語り出されたわけだが、「少年」の語義についての無理解がまだ今日にも見られるようである。「少年」は若き者の意であり、今日の「青少年」の「少年」の意ではない。「少年性に固執する狭衣は、最初から大人になる気はなく」注(1)などとするのは、冒頭文によっているとするならば間違いである。また、この後の本文には「あまりこちたき（両親の）御心ざしどもを、大人びたまふままに、あり苦しくおぼす折々もあるべし」（巻一・一四頁）とされ、すでに今日の少年ではなくなっている。何より「二位中将」として任官しているのである。「少年」から導かれるのは、若き主人公ということになる。

「少年の春は惜しめどもとどまらぬものなりければ」は、「若い者の時間は、惜しんでも早くも立ってしまうものなので」の意なのであり、そこに惜春の情が重ねられるのである。これは、後に触れるように一種の命題の提示なのであった。そして、作者と目される六条斎院宣旨「惜しむにもむとまらぬものと知りながら心砕くは春の暮かな」（「天喜四年閏三月六条斎院禖子内親王歌合」）が関連するとすれば、惜春の情に個別的な「心砕く」が内在することになる。行く春をとどめたいとする思いに潜在する事情が暗示されているのである。それは、今日の「少年」でいたいとする願望などではない。

行く春をとどめたくても、時節は進行し、起筆部は、すでに「三月の二十日あまりにもなりぬ」との時間になっている。この時節を語る必要があったのは、ひとまず後続する藤と山吹の花盛りを提示するためであったと言えよう。起筆部は、続いて、この藤と山吹の様子を語っていく。以下、冒頭部本文の全体的引用は枚数の関係で割愛することをお断りしておきたい。

この後、主人公は一人で見ているのも満ち足りないので、藤と山吹を一枝ずつ折って「源氏の宮」のもとに持参している。花を見せ、贈る相手の「源氏の宮」は、手習や絵描きで無聊を慰めており、若き女性であることがはっきりする。若い女性のもとに花を差し出すのは、好意以上の意味がある場合が多いが、それを秘めるかのように持参した口上を述べている。「この花の夕映えこそ、常よりもをかしく侍れ。春宮の、『盛りにはかならず見せよ』とのたまはするものを」と言って、花の枝を差し出している。

ここに引用されている春宮の言葉は重要であり、示唆することもほぼ了解できよう。端的に言えば、女盛りとなった源氏の宮を必ず入内させよということになる。庭の花がその家の女性の表象となることは、和歌や物語の流儀であった。帝や春宮が、庭の花を見せよというのは、その家の女性を入内させよということと同義なのである。主人公は、すでに言われていた春宮の言葉の意図を理解していたことになる。

そうすると、起筆の「少年の春は惜しめどもとどまらぬもの」とする命題にあった惜春の情の所以は、「源氏の宮が春宮（後一条）入内へと決定する年の春の暮れであった」[注(2)]からであったとの脈絡が付くことになる。主人公は、源氏の宮が春宮入内をどう思っているのか、春宮所望の花を見せることで確認したかったのである。しかし、源氏の宮は無頓着であり、「花こそ花の」と口ずさむだけであった。ここは、内閣文庫本などの「花こそ春の」の本文ならば、指摘されているように、「あしひきの山の端よりは出でねども花こそ春の光なりけれ」（「某年三月十余日六条斎院禖子内親王歌合」中務）が引歌となろうが、「花こそ花の」の形では引歌は分かっていない。ここは、人事とは無関係な花の歌の一句として理解しておきたい。

主人公は一方で、源氏の宮がどちらの花に気をとめるかに、自身の恋情の行方を見ようとしたことになる。西本願寺本では「いかで一枝御覧ぜさせてしがな」と続いており、藤か山吹のどちらかの一枝を源氏の宮に選択させようとしたことになるが、流布本ではこの意図は見えにくい。しかし、二つの花を差し出したので、どう反応するかの違いは想定できよう。

主人公は、源氏の宮を前にして、その美貌ゆえに惑乱していくが、源氏の宮が黄色の山吹を「手まさぐり」にしたことで、絶望的な思いを抱いている。紫色の藤であったならば、ゆかりの恋の行方に希望を持てたことになるが、山吹はくちなし色なので、恋情を口にすることを封じられたことになる。その口惜しさが心中の独詠歌「いかにせむ言はぬ色なる花なれば心のうちを知る人ぞなき」になって示されている。ここに恋情を告白できない〈言はで忍ぶ恋〉が主題的に明示されたことになる。[注(3)]

花の選択に源氏の宮の意図を読み取る理解の仕方もあり、「山吹が友愛の歌材として頻用されることから、狭衣との兄妹愛をも含めた友愛一般の意味作用で選択されたものと考えられる」[注4]との見方も出されていた。あるいは、ここから山吹が源氏の宮を象徴する花とする理解も行われている。[注5]しかしここは、源氏の宮の意図が重要なのではなく、言はば恋占い、花占いのように、主人公は両花の選択に恋の行方を占ったことになろう。山吹は、友愛の歌材であったとしても、当時の理解の基本はくちなし色であり、口無しなのであった。物語は〈言はで忍ぶ恋〉を象ろうとしているのである。

こうした理解をしてみることで、起筆に続く一文にある「中島の藤は、松にとのみ思はず咲きかかりて、山時鳥待ち顔なるに」の箇所で、「山時鳥」が語られた所以もはっきりする。藤の花が、「山時鳥」を「待ち顔なるに」とあるように、今ここに飛来しているわけではない。三月の時点で「山時鳥」が言われるのは時期尚早なのである。時鳥は、周知のように、四月までは山里にいるので「山時鳥」とされ、五月になって人里に下りてきて、京でも鳴くものとされていた。したがって、物語の時点の、「三月の二十日余り」では、実に気の早い鳴き声を聞きたいとする望みになる。まだ一ケ月以上先のことなのである。しかし、「山時鳥」が語られている。ここは、四月の時節の歌となる「わが宿の池の藤波咲きにけり山時鳥いつか来鳴かむ」(『古今集』夏・一五三)という引歌によって「山時鳥」が導かれていたと一応理解できる。そうであってもわざわざ語られたのは、「山時鳥」は、声高く鳴くことはせず「忍び音」でなくとされ、人目を忍ぶことの喩えになっていたからになる。主人公の「忍ぶ恋」に関わって暗示的に語られた景物となり、さらに山吹の口なし色が言われることで〈言はで忍ぶ恋〉が明確にされたことになる。

古代物語の冒頭表現は、「今は昔…」、「昔…」、「いづれの御時にか…」などで始まる時間的規定から、それによらない起筆へと展開したとされている。[注6]時間的規定によらない場合は、㋐人物の行動で起筆、㋑

一般的な命題で起筆、㋒即時的描写で起筆などの型が指摘され、『狭衣物語』は、この㋑に入れられている。同型の作品としては、『夜の寝覚』の「人の世の様々なるを見聞き積もるに、なほ寝覚の御仲らひばかり、浅からぬ契りながら、よに心尽くしなる例はありがたくもありけるかな」がある。

ここからすれば『源氏物語』にない『狭衣物語』などの独自性となるが、㋑一般的な命題で起筆とするだけではすまない点もあろう。「三月の二十日あまりにもなりぬ」との時間的規定があることも見逃せない点である。これだけでなく、命題そのものの中に物語の主題を内在させ、藤と山吹、及び時鳥という景物と、花の折枝を女性のもとに届けるという行為などに託して、象徴的・暗示的・寓意的に物語を始発させる方法をとったのである。ここに『源氏物語』には見られなかった冒頭部の独自性があると言えよう。

三　もう一つの冒頭表現の独自性――源氏の関白大臣と太政大臣の設定

『狭衣物語』は二つの冒頭表現を持つとされている。特異な起筆・冒頭表現で主人公狭衣のありようを語ったうえで、もう一つの冒頭的表現でその親のことが示されている。時・場・人（主人公の親）の三者を語る伝統的形式をずらして、二つの冒頭表現を採用したのも独自である。そして、この二つ目も特異であった。

このころ、堀川の大臣と聞こえて関白したまふは、一条院、当帝（嵯峨帝）などの一つ后腹の二の御子ぞかし。（巻一・二二頁）

主人公狭衣の父親は源氏で関白大臣とされている。『狭衣物語』の成立した時代までに源氏の関白は不在であった。光源氏は太政大臣になっているが、摂関になっていない。『狭衣物語』が独自に作り出したのが、源氏の摂関であった。

狭衣が二世源氏でありながら巻四になって帝位に就くのも『源氏物語』には見られない「ずらし」としての独自な展開であった。その即位のためにも、親が一世源氏である必要があったわけだが、そうだとしても関白である必然性は物語内部からは認められない。道長のように左大臣として長く政権を保持した設定であっても、あるいは光源氏のように太政大臣でもよかったはずである。しかし、物語は源氏でありながら関白にしている。この理由は物語からでは説明がつかない。光源氏の太政大臣を関白大臣にずらしたと言えるかもしれないが、その理由は物語の外からしか蓋然性は考えられないようである。

そうすると、思い合わせられるのが、作者と目される宣旨が仕えた六条斎院禖子内親王家の家司として実質的な後見者であった源師房、あるいはその嫡男の俊房親子に、源氏関白の可能性があったことである。師房については旧稿[注(7)]で検討したが、俊房については扱っていなかったので再度触れておきたい。

師房は、そもそも具平親王の次男、万寿宮であったが、十三歳の寛仁四（一〇二〇）年正月五日に従四位下資定王となり、同年十二月二十六日の元服の日に臣籍に降って関白藤原頼通の養子となって、源師房と改めていた。頼通の異姓養子になったのであり、妻隆姫の兄弟でもあったので嫡男のように遇されていた。治安四（一〇二四）年十七歳で道長女尊子と結婚し、この九月の高陽院行幸の賞で従四位下から正四位下に越階し、三日後の彰子還幸の賞でさらに従三位に越階して非参議になっていた（『小右記』）。この一連の事態は、男子のいなかった頼通の「後継者」[注(8)]にするための処遇であった。

このままで行けば、師房は頼通の子として摂関に就く可能性があったのである。源氏の関白が誕生したかも知れなかった。しかし、まもなく萬寿二（一〇二五）年に頼通に実子通房が誕生している。養子よりも実子であろう。通房は、異例の早さで出世していくも寛徳元（一〇四四）年に二十歳で早世してしまう。この後は、通房死去以前に誕生していた祇子腹の師実が成長していくことになる。師房摂関の可能性は薄くなるが、師実に通房のようなことが起きないとも限らない。師房の前には、絶えず摂関就任がちらついていたことになる。師実の下位とは言え右大臣にまでなっており、「大納言源朝臣師房任内大臣、年五十八、中務卿具平親王男也、源氏内大臣之始焉」（『扶桑略記』治暦元年六月三日条。国史大系による）とされている。

師房は右大臣で死去するが、長男の俊房は永保三（一〇八三）年に左大臣にまで至っている。関白左大臣であった師実が、左大臣辞任を上表した結果であった。教通三男の太政大臣信長がいるとは言え、俊房にも師房のように摂関がちらついていたのである。

源氏の関白が可能性として予測されるようになったのは、師房と俊房の親子からであった。『源氏物語』成立の時代までには見られなかった事態である。俊房の場合は物語成立時期と絡んでくるが、『狭衣物語』の堀川関白の設定は、こうした時代背景によっていたのは確実だと思われる。もう一つの冒頭部でも、源氏の関白大臣を設定したことに独自性が認められるのである。

＊

『狭衣物語』には、源氏の関白大臣（堀川関白）の他に太政大臣がいるという設定になっている。太政大臣は、堀川関白の妻の一人、洞院上の父親として登場している。関白大臣と太政大臣の両者の存在は、

『源氏物語』成立の時代にはなかった事態である。これも独自な設定なのであり、時代背景が認められるのである。続いて、この点についてみていきたい。次の引用は、堀川関白の三人の妻のことを語る段の洞院上の部分である。

洞院には、ただ今の太政大臣と聞こえさする御女、一条院の后の宮の御妹、東宮の御叔母よ、世のおぼえ、うちうちの御有様もはなやかに頼もしげなり。（巻一・一二頁）

洞院上の父は「ただ今の太政大臣」とされ健在である。『源氏物語』成立の時代までは、太政大臣が摂関になり、その下位に左大臣が位置するのが通例であった。また、兼家と道隆の場合は、摂政だけに就いて、その下位に太政大臣の頼忠や為光がいる場合もあった。道長の場合は、摂関や太政大臣に就かず、後一条天皇の御代になるまで自身は長く左大臣であった。

しかし、頼通の時代になると、寛仁二（一〇一八）年に、道長後を受けて頼通が摂政内大臣の首席に、左大臣顕光が次席となったが、寛仁五（一〇二一）年に、左大臣顕光死去を受けて、右大臣であった六十五歳の閑院公季が太政大臣として首席に、関白内大臣であった三十歳の頼通が関白左大臣になっている。『公卿補任』に、「可列太政大臣下者」とあり、次席の関白左大臣の嚆矢となっていた。首席の太政大臣がいて、次席に関白左大臣が座るという事態が起こったのである。この関係は、公季死去の長元二（一〇二九）年まで続き、その後は頼通が首席になっている。

この次の例は、承暦四（一〇八〇）年に、五十九歳の信長が太政大臣に、三十九歳の師実が関白左大臣になった時である。しかし、信長には、『公卿補任』に「可列関白左大臣下者」とあり、頼通と公季の場合とは立場が逆であった。いずれにしても、『公卿補任』の注記は、関白大臣と太政大臣の両者がいる事態が異例であったことを示している。その異例を『狭衣物語』は踏襲しているのである。

公季の場合は、九条師輔流の最高齢者ゆえに太政大臣として待遇されたのであり、道長の配慮であったと思われる。政治の実権は道長を背後にもつ頼通にあったことは確かで、公季は対抗勢力でも批判勢力でもなかったろう。信長の場合は、教通の後を受けて摂関になる可能性もあったが、道長の教通関白は一代限りとする遺言があり、彰子の支持もあって、実現されなかった。信長としては、師実に先を越されたとする思いがあった。師実にとって信長は不満分子であったので、内大臣から閑職の太政大臣に追いやったのであった。どちらの場合も政治的な配慮が働いたのであった。

『狭衣物語』の場合は、政治的背景は読み取れず、物語内の必要性であったと言えよう。洞院上の父が太政大臣として設定されたのは、堀川関白の妻としての格を上げるためであった。さらに姉に后の宮がいることを正当化するためであり、この点が後の洞院上が迎えた養女の今姫君入内騒動に絡んでいく。堀川関白や狭衣が今姫君入内に無関心なので、洞院上は姉の后の宮に入内の了解を求めるようにしている。そして、入内が許されるようになると、「二月には、今姫君の内裏参りあるべければ、太政大臣、腰痛きまで出で入りいそぎたまふ」（巻三・五四頁）とあるように、太政大臣は、腰を曲げつつ洞院上のもとに出入りして準備にいそしんでいる。これは、堀川関白家に奉仕する好々爺のさまであろう。ここからすると、『狭衣物語』の太政大臣は、公季の面影があるのかもしれない。『大鏡』には公季の好々爺ぶりが語られている。孫の公成を鍾愛するあまり、孫が同車しないかぎり参内せず、また、その退出まで待ち、東宮行啓で陪乗した際には、「公成思し召せよ、思し召せよ」（二三六頁）と繰り返し懇願したとされている。信長のような不満分子でないことは確かである。

四　浄土思想の受容――西方浄土・兜率天・忉利天の住み分け

前節では、物語成立時代の政治的背景から『狭衣物語』の独自性を確認したことになる。続いて、宗教的な背景から考えていきたい。『狭衣物語』には多様な浄土思想の受容が見られるのである。ここに『源氏物語』との違いがある。浄土思想の一つとして弥勒菩薩信仰が『狭衣物語』にあるので、この点から確認していきたい。注(9)

弥勒菩薩は、当来導師とも言われ、欲界六天の第四、須弥山の頂にある兜率天の内院という浄土に住むとされている。弥勒菩薩に対する信仰の仕方は二種類あった。弥勒の浄土、兜率天内院への往生を願うとされる場合は上生信仰と言われている。また、弥勒菩薩は釈迦入滅後の五十六憶七千万年がたってから現世に如来となって出現して衆生を導くとされており、その時に生まれ合わせることを願う場合は下生信仰となる。基本的な経典は、『弥勒上生経』『弥勒下生経』『弥勒成仏経』の三巻である。

この二種類の信仰は、弘法大師空海が、兜率天に往生し、弥勒菩薩出現の折には自身も生まれ合わせるとする『御遺告』注(10)が信じられたことで現実的であった。そして、『源氏物語』の時代には、空海は高野山を兜率天内院と見なしたとする信仰や、吉野金峰山（御嶽）が弥勒菩薩出現の地であるとする信仰も再生されるようになっていた。金峰山が弥勒菩薩出現の地と考えられたのは、『扶桑略記』天平感宝元年（七四九）正月四日条に、金の出土に関して、「我山之金、慈尊出世時可レ用」とあり、古くからあったが、弥勒信仰の高まりで脚光を浴びることになっていた。
この現われとして例示されるのが、藤原道長の金峰山詣であった。この意図は『御堂関白記』や、道長自筆の経典を入れた経筒（埋蔵されたが江戸時代に発見）に刻印された、寛弘四（一〇〇七）年八月十一日付の銘文などで窺うことができる。銘文によれば、道長は「妙法蓮華経一部八巻、無量義経、観普賢経各一巻、阿弥陀経一巻、弥勒上生下生成仏経各一巻、般若心経一巻、合十巻」（『大日本史料』による）を埋蔵していた。「弥勒上生下生成仏経各一巻」の基本経典三巻があるのは、「是為下除二九十億劫生死之罪一、証二无生忍一、遇中慈尊之出世上」と記されている。道長は阿弥陀如来の西方浄土を願うだけでなく、弥勒菩薩下生の折の再生も願っていたことになる。
道長に弥勒菩薩信仰が認められるが、『源氏物語』で弥勒信仰の影は薄く、そのことが語られても、主人公たちが深く帰依しているわけではなかった。語られているのは一か所のみであり、光源氏が夕顔の家で過ごした朝の場面であった。

明け方も近うなりにけり。鳥の声などは聞こえで、御嶽精進にやあらん、ただ翁びたる声に額づくぞ聞こゆる。起居のけはひたへがたげに行ふ。いとあはれに、朝の露にことならぬ世を、何をむさぼる身の祈りにか、と聞きたまふ。南無当来導師とぞ拝むなる。「かれ聞きたまへ。この世とのみは思はざりけり」と、あはれがりたまひて、

優婆塞が行ふ道をしるべにて来む世も深き契りたがふな

長生殿の古き例はゆゆしくて、翼をかはさむとはひきかへて、弥勒の世をかねたまふ。行く先の御頼めいとこちたし。

（『源氏物語』「夕顔」巻・一五八～九頁）

夕顔の家で夜が明けると、老人の声が聞こえてきた。御嶽参籠のために「御嶽精進」しているらしい「優婆塞」が、「南無当来導師」と言って礼拝していた。これを受けて光源氏は、夕顔に弥勒出現の「来む世」までの深い契りをたがえないでほしいと詠歌している。夕顔との契りに弥勒菩薩の下生信仰が利用されている趣なのであり、光源氏の帰依を語るものとはなっていない。そして、弥勒菩薩のことは、この箇所だけにとどまっている。民衆レベルでの弥勒信仰が見られる点で貴重だが、それ以上の意味はなさそうである。なお、『紫式部日記』によって『源氏物語』は寛弘五年の時点で成立していたことが分かるが、もし道長の金峰山詣でがもっと早い段階であったならば、「夕顔」巻の語りも違ったものになったかもしれない。

こうした『源氏物語』に対して『狭衣物語』では、狭衣と女二宮（入道宮）に弥勒信菩薩の上生信仰と下生信仰の両者が見られるのである。これは『源氏物語』を承けたのではなく『狭衣物語』独自のありようである。狭衣には流布本で一カ所、西本願寺本では二カ所に語られている。

① ありし楽の声、御子の御ありさまなど思ひ出でられて、恋しうもの心細し。兜率天の内院かと思はましかば留らざらまし、と思し出で、「即往兜率天上」といふわたりをゆるらかにうち出だしつつ、押し返し「弥勒菩薩」と読み澄ましたまふ。　（西本願寺本巻一・五四頁）

② 弘法大師の御すみか見たてまつりて、なほこの世を逃れなば、弥勒の御世にだに、少し思ふことなき身とならばや。　（巻二・二四四頁、西本願寺本巻二・二九二頁）

①は狭衣が天稚御子によって天界に連れていかれそうになったことを回想する段で、流布本にはない。連れていかれるところが天界ではなく、「兜率天の内院」と思えたなら、この世に留まることはなかった

であろうと思っている。これは兜率天への上生信仰になる。物語の始発の段階では、狭衣に上生信仰を願う一途さがあったのである。

しかし、源氏の宮が斎院になり、飛鳥井君を亡くし、女二宮を出家させてしまったという、絶望や悔恨によって粉河・高野詣でを決行した時点では、②のように下生信仰に変質している。狭衣は、兜率天内院となる高野山の「弘法大師の御すみか（西本願寺本では「御姿」）」を拝見してから現世を逃れたならば、弥勒出現の折には「少し思ふことなき身」になりたいものだと思っている。恋に絶望し、様々な悔恨に囚われる身には兜率天往生は願えないというのであろう。だから、せめて弥勒出現の世に再生した折には「少し思ふことなき身」になりたいものだと思念するのである。弘法大師の『御遺告』も踏まえているようであり、高野山・弘法大師・弥勒菩薩などへの信仰が狭衣の内面に深くかかわっている。そして、こうした信仰には時代的な背景も指摘できるのである。

それは治安三（一〇二三）年十月の道長の高野山参詣の折に弘法大師入定の姿を拝見し、それを踏襲した永承三（一〇四八）年十月の頼通の折には入定した室内を実見したことである。こうした事跡を踏まえて「弘法大師の御すみか見たてまつりて（流布本）」「弘法大師の御姿常に見たてまつりて（西本願寺本）」があると思われる。

③　高野に参らせたまひては、大師の御入定のさまを覗き見たてまつらせたまへば、御髪青やかにて、奉りたる御衣いささか塵ばみ煤けず、あざやかに見えたり。御色のあはひなどぞ、めづらかなるや。ただ眠りたまへると見ゆ。あはれに、弥勒の出世竜花三会の朝にこそはおどろかせたまはめと見えさせたまふ。

（『栄花物語』「うたがひ」巻・一九七〜八頁）

④　十六日、（略）以令レ礼二大師影堂一給、画像方一間堂也、室中脇息・縄床・木履・杖等、皆在世之物具也、雖レ経二数百年一、其形皆以如レ新、

（『高野山御参詣記』続々群書類従による）

③が道長、④が頼通の場合である。どちらも生前の様子と不変の、大師の姿や室内の調度品を目の当たりにした驚きが記されている。それは弥勒出現の折に、大師も再生することを実感させるものであったろう。弥勒信仰は、時代の宗教的背景をもって『狭衣物語』独自に位地しているのである。

*

狭衣は粉河寺においては、『法華経』を守護し、あまねく衆生を悟りの境地に導くとされる普賢菩薩の示現にも遭遇している。

⑤　まいて、「身をつづめて」とある御誓ひは、違ふべきならねば、御明のいとほのかなるに、御前の暗がりたるに、普賢の御光いとけざやかに見えたまひて、ほどなく失せたまひぬる、尊く悲しともおろかなりや。

（巻二・二五〇頁）

この折に弥勒菩薩の示現はあり得ないので普賢菩薩になっているわけだが、これも弥勒信仰と絡む一面があった。『法華経』「普賢菩薩勧発品」には、普賢菩薩は『法華経』を書写する人の兜率天往生を約束する仏であることが説かれている。しかし、「普賢の御光」を見ても、狭衣の兜率天往生が約束されることはなかった。普賢菩薩の示現は、別の意義を担っているようである。

普賢菩薩はこの一方で、忉利天往生も約束する仏であった。これも「普賢菩薩勧発品」に説かれており、飛鳥井君とかかわっていた。狭衣はこの粉河・高野参詣の途次に、飛鳥井君を思って独詠し、「普賢菩薩

勧発品」の一句を読誦している。

⑥　浮舟の便りに行かむわたつ海のそこと教へよ跡の白波

あはれ」とひとりごちたまひて、「是人命終当生忉利天上」とうちあげたまへるは、

（巻二・二四八〜九頁）

この「是人」は『法華経』を書写する人の意で、集成頭注に指摘されるように「狭衣は、「是ノ人」に飛鳥井女君を重ねて誦している」ことになる。普賢菩薩の約束によって、飛鳥井君の忉利天往生を念じたのである。ここに⑤の普賢菩薩の示現を照応させれば、飛鳥井君の忉利天往生が約束されたことを暗示しているのではないかと判断される。示現があってから飛鳥井君の兄僧との出会に転じていくのも、この示現が飛鳥井君の忉利天往生を暗示させるものであったことになる。

飛鳥井君は、なぜ兜率天ではなく忉利天往生になっているのか。両者には、その格の違いがあった。兜率天は欲界六天の第四なのに対して、忉利天はそれより格下の欲界六天の第二で、帝釈天のいる浄土であった。忉利天は兜率天より格が劣ることになる。浄土にも格があったのである。その劣る忉利天に飛鳥井君の往生を狭衣は念じている。それは、この後の女二宮の兜率天往生と差別化するものであったと思われる。

⑦　果ての日は十三日なれば、月の光さへくまなくて、兜率天までいとやすく澄みのぼりたまひぬべかめり。

（巻三・一五六頁）

女二宮の法華曼荼羅供養に続いた法華八講結願の日である。その功徳によって女二宮は兜率天に昇華できるに違いないとされている。狭衣にはかなえられなかった上生信仰が、女二宮に認められるのである。

上生信仰は、女二宮に委ねられたことになる。このことは、忉利天が飛鳥井君になっていたので、兜率天が女二宮というように、その身分によって浄土の住み分けが図られていたことになる。あるいは、女二宮に兜率天のことがあって、あらかじめ飛鳥井君は忉利天にされていたと考えたほうが実際的かもしれない。

兜率天が女二宮の浄土とされたのは、その父嵯峨法皇の阿弥陀如来の西方浄土と住み分けるものであった。この点については別稿[注(11)]で扱ったが、この時代は、様々にある浄土のうちで、西方極楽浄土と弥勒浄土がとくに願われていた。そして、この両者にも格があった。源信『往生要集』(思想大系による)には、「もし別縁あらば余方もまた佳し。およそ意楽に随ふべし」として、極楽浄土でなくとも因縁があるならば他の浄土でもいいのだと結論しつつ、「懐感禅師の群疑論には、極楽と兜率とに於て十二の勝劣を立てたり」として極楽浄土優位の諸点を引用していた。西方極楽浄土のほうが兜率天浄土より格上として意識されていたのである。『狭衣物語』は、父嵯峨法皇が西方極楽浄土を願っているので、子としてはそれに遠慮して、劣るとされる兜率天浄土を念じるようにさせたと言えよう。浄土の住み分けをさせたのである。そして、さらに兜率天よりも格下の忉利天が飛鳥井君に割り当てられたのであった。

『狭衣物語』成立の時代は、『源氏物語』のころよりも浄土思想は深く浸透していた。弥勒菩薩への信仰は道長以降に顕著であったが、『源氏物語』に深く反映することはなかった。しかし、『狭衣物語』は主要な登場人物たちの信仰的背景として設定していた。これが『源氏物語』にはなかった『狭衣物語』の独自性となろう。また、これに対応するかのように、庭のありようにも相違があった。この点も先の別稿で扱ったように、『源氏物語』が神仙庭園の性格で語られたのに対して、『狭衣物語』は浄土庭園の様相になっていて、浄土寺院となる道長の法成寺と頼通の平等院の影が認められるのである。庭のありようも浄土思想の浸透によって『狭衣物語』は独自な展開を見せていたのであった。

五　おわりに――課題

以上、『源氏物語』とは違った『狭衣物語』の独自性を、起筆・冒頭表現、源氏の関白大臣と太政大臣の併立、浄土思想の受容と住み分けという点で指摘してみた。これ以外にも『狭衣物語』の独自性は多様に検討されるべきであろう。とくに斎院関係の語りの独自性は、作者圏とかかわり、もっと検討すべきだと思われる。また、歌ことばや歌題などといった和歌史とのかかわりの違いなどにも、やはり作者圏に関係して注意すべきであろう。大きな課題があることは確かである。

注

（1）神田龍身「『狭衣物語』―物語文学への屍体愛＝モノローグの物語」（井上眞弓ほか編『狭衣物語　文の空間』翰林書房、平成26〈二〇一四〉年）

（2）久下裕利「『狭衣物語』―引用の構図」（『物語の廻廊―『源氏物語』からの挑発』新典社、平成12〈二〇〇〇〉年）

（3）拙著『狭衣の恋』（翰林書房、平成11〈一九九九〉年）の「一〈言はで忍ぶ恋〉の狭衣―源氏宮の物語」。

（4）森下純昭「狭衣物語と山吹」（『岐阜大学教養部研究報告』12、昭和51〈一九七六〉年）

（5）久下裕利「『狭衣物語』の位相―物語と史実と―」（『源氏物語の記憶―時代との交差』武蔵野書院、平成29〈二〇一七〉年）

（6）塚原鉄雄「冒頭表現と史的展開」（『王朝の文学と方法』風間書房、昭和46〈一九七一〉年）、木村正中「和泉式部日記形成論」（『中古文学論集　四巻』おうふう、平成14〈二〇〇二〉年）など。

（7）拙著『王朝摂関期の養女たち』（翰林書房、平成16〈二〇〇四〉年）の4「『栄花物語』の養子女たち」、及び27「頼通の時代と狭衣物語」。

（8）坂本賞三「村上源氏の性格」（古代学協会編『後期摂関時代史の研究』吉川弘文館、平成2〈一九九〇〉年三月）

（9）平安時代の弥勒信仰については、辻善之助『日本佛教史　第一巻　上世篇』（岩波書店、昭和19〈一九四四〉年）、宮田登編『弥勒信仰』（民衆宗教史叢書⑧、雄山閣、昭和59〈一九八四〉年）など。『狭衣物語』論としては、田村良平「狭衣の宗教意識と弥勒信仰―兜率天へのまなざしと弥勒菩薩信仰―」（『源氏物語と平安文学　第2集』早稲田大学出版部、平成3〈一九九一〉年）、小峯和明「『狭衣物語』と『法華経』」（『院政期文学論』笠間書院、平成18〈二〇〇六〉年）など。特に田村論は貴重であり、示唆を得た。

（10）『御遺告』第十七に、「吾閉眼之後、必方往㆓生兜率他天㆒、可㆑侍彌勒慈尊御前㆒。五十六億餘之後、必慈尊御共下生、祇候可㆑問㆓吾先跡㆒」（『弘法大師全集　巻七』による）とある。

（11）拙著『庭園思想と平安文学―寝殿造から』（花鳥社、平成30〈二〇一八〉年）の第2章「『狭衣物語』の浄土寺院と浄土庭園―道長の法成寺と頼通の平等院の影―」。

『狭衣物語』と六条斎院物語歌合

井上新子

一　はじめに

廿巻本『類聚歌合』所収の「同斎院歌合　天喜三年五月三日庚申」[注(1)]や『後拾遺和歌集』八七五番歌詞書、『栄花物語』巻第三十七「けぶりの後」等の資料から知られる、天喜三（一〇五五）年五月に六条斎院禖子内親王のもとで開催された「物語合」[注(2)]は、平安時代における作り物語の制作と享受の実態をうかがうことのできる貴重な催しである。『源氏物語』の出現の後、その多大な影響を受けながら、作り物語の制作は女房たちによって一層盛んになったと推測される。その往時の隆盛のさまがしのばれる。

「同斎院歌合」の一番右には、『玉藻に遊ぶ権大納言』の作中歌が記載されている。当該物語の作者と目される宣旨は、後に『狭衣物語』を書いた人物である。当該の催しが『狭衣物語』の形成に少なからず影響を与えたことは、はやく久下裕利氏[注(3)]・神野藤昭夫氏[注(4)]・井上眞弓氏[注(5)]他によって論じられ、その具体相に光があてられている。「物語合」提出作品に見られるさまざまな要素が、『狭衣物語』の表現や構想に反映されたことが指摘されている。

本稿はこうした先学の成果に拠りながら、作品間における個々の表現の密接な連関に着目しつつ、「物語合」から『狭衣物語』へと受け継がれたものを考察する。「物語合」に提出された物語の種々の趣向を受け継ぎ、それらを発展させることにより新たな物語世界を切り拓いた『狭衣物語』の営為を見つめたい。「物語合」提出作品の中で唯一現存する『逢坂越えぬ権中納言』、「歌合」一番の左と右に配された『霞へだつる中務宮』と『玉藻に遊ぶ権大納言』をとりあげ考察する。後者二つの物語は散逸物語のため推論をまじえざるを得ないけれども、『狭衣物語』における先行物語からの取り込みと創作の具体相を可能な限り見極めることを目的とする。

二　『逢坂越えぬ権中納言』から――「菖蒲」と「深きこひぢ」の象る恋の心

『逢坂越えぬ権中納言』は、「歌合」の八番左に配されている。同作は『堤中納言物語』に所収され、「物語合」提出作品中、唯一その本文を読むことのできる物語である。

題号の「逢坂越えぬ」をまさに体現している男主人公・権中納言と狭衣との繋がりに注目し、「物語合」提出の他の散逸物語をも視野に入れた上で、井上眞弓氏は「狭衣の恋は『逢坂越えぬ権中納言』の一つのバリエーションとみてもよく、とくに狭衣の場合、「いかようにして逢坂（の関）が越えられなかったか」に主眼があると思われる。」と述べている。注(6)『逢坂越えぬ権中納言』から「逢坂越えぬ」というモチーフを引き継ぎながら、『狭衣物語』は狭衣の心の襞を丹念に追うことにより「逢坂こえぬ」物語状況の必然を形象化したと言えよう。物語の構想のレベルで、両物語間には深い繋がりが見出せる。

加えて二つの物語は、そうした男主人公の恋の心を語るに際し、「菖蒲」という共通の素材を用いている。むろん『狭衣物語』は中編物語であり、該当箇所は作中の一部に過ぎない。『逢坂越えぬ権中納言』とは全体の中における比重が異なっている。その異なりは異なりとして、両物語に五月の風物を背景に男君の苦しい恋の心が象られる印象的な場面があることは注目される。もっとも「物語合」の他の提出作品においても開催の時期にあわせて「菖蒲」が取り込まれている例は多く、すでに先学によりその現象が注目されている。注(7)しかしながら、「菖蒲」に付随した表現を勘案すると、『逢坂越えぬ権中納言』と『狭衣物語』との密接な関係がより一層浮かびあがるように思う。

・またの日、あやめも引き過ぎぬれど、名残にや、菖蒲の紙あまた引き重ねて、

　きのふこそ引きわびにしかあやめ草深きこひぢにおり立ちし間に

と聞こえたまへれど、例のかひなさをおぼし嘆くほどに、はかなく五月も過ぎぬ。

（『逢坂越えぬ権中納言』注(8)）

・四月も過ぎぬ。五月四日にもなりぬ。中将の君、内裏よりまかり出たまふに、道すがら見たまへば、菖蒲引き掛けぬ賤の男なく行きちがひつつ、もてあつかふさまども、げに、かく深かりける十市の里のこひぢなるらんと見ゆる、足もとどものいみじげなるも知らず、いと多く持ちたるを、いかに苦しかるらんと、目留まりて、

　うき沈みねのみなかるる菖蒲草かかるこひぢと人も知らぬに

と思さる。玉の台の軒端に掛けて見たまふは、をかしうのみこそあるを、御車のさきに、顔なども見えぬまで行きやらぬを、御随身ども、おどろおどろしく声々に追ひ留むれば、身のならんやうも知らず、かがまり居たるを見たまひて、「さしも苦しげなるものを、かくな言ひそ」と制せさせたまへば、「慣らひにてはべれば、さばかりのものは何か苦しくさぶらはん」と申すを、心憂くも言ふかな、と聞きたまふ。恋の持夫は、我が御身にて慣らひたまへればなるべし。

（『狭衣物語』巻一・①三〇〜三二頁）注(9)

『逢坂越えぬ権中納言』は五月六日、権中納言がつれない姫宮への恋情を「きのふこそ」歌に詠じて訴えるも、例のごとく返事はもらえない、という場面である。『狭衣物語』は五月四日、明日の端午の節句に飾る菖蒲の重い荷を運ぶ賤しい男たちの苦しげな姿を見て、恋の重荷に難渋する自身の姿と重ねる狭衣が語られる場面である。時節柄、両者とも「菖蒲」がクローズアップされている。「菖蒲」の生える場所を、『逢坂越えぬ権中納言』では「深きこひぢ」とする。『狭衣物語』もまた「げに、かく深かりける十市の里のこひぢ」とし、狭衣歌においても「こひぢ」が詠み込まれている。「こひぢ」には「泥」と「恋路」とが掛けられ、両場面とも報われない恋に難渋する男君の姿が象られている。

「菖蒲」を詠む和歌は、勅撰集では『古今和歌集』に一首、『拾遺和歌集』に六首、『後拾遺和歌集』にいたり十二首見られるようになる。「こひぢ」とともに詠まれる例は、『古今和歌集』や『拾遺和歌集』の中には見出せない。『狭衣物語』成立以前あるいは概ね同時代の詠作と推定される、「菖蒲」と「こひぢ」とが詠まれた和歌を以下に掲げた。

a　ねをふかみまだあらはれぬあやめ草人をこひぢにえこそはなれね

（『源順集』一七番）

ｂあふことをいつかとまつにあやめぐさいとどこひぢにしげるめるかな
（『麗花集』第一・春上・二九番、むらかみの御ときのうたあはせ／よみ人しらず）

ｃすみぞめのたもとはいとどこひぢにてあやめのくさのねやしげるらむ
（『後拾遺和歌集』第十・五八二番、赤染匡衡におくれ侍てのち五月五日によみてつかはしける／美作三位。『赤染衛門集』二八四番）

ｄあやめぐさかけしたもとのねをたえてさらにこひぢにまどふころかな
（『後拾遺和歌集』第十三・恋三・七一五番、陽明門院皇后宮とまうしけるときひさしくうちにまゐらせたまはざりければ五月五日うちよりたてまつらせ給ける／後朱雀院御製）

ｅしらざりつ袖のみぬれてあやめぐさかかるこひぢにおひん物とは
（『金葉和歌集』二度本・巻第七・恋部上・三五〇番、五月五日はじめたる女のもとにつかはしける／小一条院。三奏本は三六二番）

ｆなぞもかくこひぢにたちてあやめぐさあまりながびくさつきなるらん
（『金葉和歌集』二度本・巻第七・恋部上・三八九番、閏五月はべりける年人をかたらひけるに、のちの五月すぎてなど申しければ／橘季通。三奏本は四〇五番）

ｇあやめ草玉の台のつまなれどなどかこひぢにおひはじめけむ
（「同斎院歌合　天喜三年五月三日庚申」三番右、あやめも知らぬ大将、左門）

ｈいつかともしらぬこひぢのあやめぐさうきねあらはすけふにこそありけれ
（『成尋阿闍梨母集』一一八番、五月五日とて、をさなきちご

どもの、さうぶとりちらして、これにものかけ、といへば

iそこにともしらぬこひぢのあやめ草いつかあふちのはなをこそまて

（『成尋阿闍梨母集』一六四番、など思ふほどに、五月もちかくなりて、五日、さうぶのこと、をさなき物、心地よげにいふもあはれに、おもふことなきけしきなり）

いずれも「こひぢ」に「泥」と「恋路」とを掛け、「菖蒲」の生息地とすることで共通している。中でも、「物語合」提出作品である『あやめも知らぬ大将』にその用例の見えることは注目される（g）。[注10]平安時代中期から少しずつ詠まれはじめ（a・b）、美作三位（c。長和二年〈一〇一三〉作）[注11]や後朱雀天皇の詠歌（d。長暦元年〈一〇三七〉作）[注12]が現れて、次第に浸透していった取り合わせであろう。そうした一般化していく潮流の中に、前掲の『逢坂越えぬ権中納言』の作中歌や『あやめも知らぬ大将』の作中歌（g）、それらの流れを引き継いだ前掲の『狭衣物語』の表現があると考えられる。

掲出した用例（a～i）をながめると、『源順集』の「ねをふかみ」（a）は見られるものの、「こひぢ」そのものの「深さ」に言及する例は見られない。こうした状況を勘案すると、『逢坂越えぬ権中納言』の「深きこひぢ」と『狭衣物語』の「げに、かく深かりける十市の里のこひぢなるらん」とは、その発想の一致が注目される。ただし「菖蒲」と関係しない「深きこひぢ」は、すでに『源氏物語』葵巻に見える。

袖ぬるるこひぢとかつは知りながら下り立つ田子のみづからぞうき（六条御息所）

浅みにや人は下り立つわが方は身もそぼつまで深きこひぢを（光源氏）

（『源氏物語』葵巻・②三五頁）[注13]

六条御息所の贈歌「袖ぬるる」歌への光源氏の返歌「浅みにや」歌に、「泥」と「恋路」とを掛けた「深

きこひぢ」が詠み込まれている。六条御息所歌も光源氏歌も、あわせて「下り立つ」が使用されていて、『逢坂越えぬ権中納言』の「こひぢにおり立ちし間に」との繋がりも注目される。注(14)『逢坂越えぬ権中納言』は、『源氏物語』葵巻における「深きこひぢ」に「下り立つ」という発想と、和歌における「菖蒲」の生息地を「こひぢ」とする発想とを結びつけることで、五月の風物を背景として恋路に難渋する権中納言の心境を形象化した。さらに、その『逢坂越えぬ権中納言』の表現世界を取り込み、あわせて「物語合」提出作品の表現を受け継ぎ、「賤の男」たちの具体的描写をも加えることで、五月の巷間の情景に狭衣の恋に難渋する姿を重ねあわせて形象化したのが『狭衣物語』であったと捉えられよう。

『逢坂越えぬ権中納言』は、構想の面のみならず個々の表現の面でも『狭衣物語』に少なからず影響を与えていると言える。

三 『霞へだつる中務宮』から——「音楽奇瑞」の変奏

『霞へだつる中務宮』は、『風葉和歌集』に作中歌三首が所収される散逸物語である。先学により物語内容の復元が試みられている。注(15)中務宮の邸が宮中とはかけ離れた「山のふもと」にあること、宮中の管弦の会で左大将が笛を吹いたところその音が素晴らしく翌朝帝から称賛の歌を賜ったこと、中務宮の姫君を左大将が思慕するも拒絶され続け不如意なこと等がその内容として考えられる。注(16)本稿では特に、左大将による卓越した笛の演奏の話題に焦点をあて、各物語間の表現の繋がりを手がかりに、場面の内実と『狭衣物語』への影響の具体相について考察する。

以下の『風葉和歌集』所収歌が手がかりとなる。

左大将御あそびに笛つかうまつりて侍りけるあしたに給はせける

霞へだつるの御門の御歌

たぐひなく心にすみし笛のねは月の都もひとつなりけり

御かへし

笛の音は月の都にとほけれど清き心や空にすみけむ

（巻第十七・雑二・一三二七、一三二八番）

左大将の笛に感動した帝の詠が「たぐひなく」歌である。笛の音の素晴らしさを「月の都もひとつなりけり」と形容している。この「月の都」表現が『狭衣物語』巻一の天稚御子降下場面に影響を与えたことは、すでに萩谷朴氏により指摘されている。注(17)また井上眞弓氏は、両者の近似に着目して、「笛の音のすばらしさを巡る奇瑞譚ともいうべきものとして括りとることができようか」と述べる。注(18)物語本文そのものが伝わっていないため、『霞へだつる中務宮』においてどのような「奇瑞」が起こったのか、具体的内容は判然としない。しかし、『霞へだつる中務宮』の何が『狭衣物語』へと受け継がれ、『狭衣物語』が何を付加したのか注目される。『風葉和歌集』本文を吟味しつつ、他物語をも視野に入れながら、両物語を含めた音楽による「奇瑞」の行方を追ってみたい。

まず、『霞へだつる中務宮』における「奇瑞」の中味を推定する。帝の称賛「月の都もひとつなりけり」の内実については、例えば、

・月の都の人も同じ思いで感動したにちがいない。（稲賀敬二注(19)）

・月の都にいるも同じであった。（神野藤昭夫注(20)）

と解されていて、先行説に解釈の揺れが存する。稿者は、「立渡る霞のみかは山高み見ゆる桜の色もひとつを」（『後撰和歌集』巻第二・春中・六三番、〈題しらず〉／〈よみ人も〉）や、後世の例ではあるものの「わたのはらしほぢはるかにみわたせば雲と浪とはひとつなりけり」（『千載和歌集』巻第八・羈旅歌・五三〇番、刑部卿頼輔）等の用例から、地上と「月の都」とが渾然一体となっている状態を指すと考える。左大将の笛の音が「月の都」にも響き渡り、「月の都の人」までも感動したと解したい。

一方、左大将の返歌では、笛の音が「月の都」まで届いたとは思えません、「清き心」だけが空に澄み上ったことでしょう、とする。この返歌からは、『狭衣物語』に見えるような天人降下が実現したとは考えられない。しかし帝の贈歌からは左大将の笛によって何らかの異変が起きたことが想像される。その異変とは、空模様の変化や聴く者の心の変化だったのではないかと稿者は推定する。『うつほ物語』における琴による「奇瑞」は、俊蔭巻では天人降下の形をとるものの、日本を舞台にした巻々では天候の突然の異変や大地の感応、聴く者の心や身体への作用として現れる。

（略）ありつるよりも声の響き高くまさりて、神いと騒がしく閃めきて、地震のやうに土動く。（略）この音を聞くに、愚かなる者は、たちまちに心聡く明らかなり、怒り腹立ちたらむ者は、心やはらかに静まり、荒く激しからむ風も静かになり、病に沈み、いたく苦しからむ者も、たちまちに病怠り、動きがたからむ者も、これを聞きて驚かざらむやは、と覚ゆ。いみじき岩木、鬼の心なりとも、聞きては涙落とさざらむや、と聞こゆ。　（『うつほ物語』楼の上下・③六〇三頁）[注21]

こうした『うつほ物語』の「奇瑞」の世界も参考となろう。『うつほ物語』には「月の都」は登場しない。『霞へだつる中務宮』は、『竹取物語』の世界を彷彿とさせる「月の都」を採用し、その「月の都」を夢想させる空が左大将の笛に感応して突然の天候の異変を示す、と同時に左大将の笛により人々の心も澄みまさったという場面を有する物語であったと推定する。

『霞へだつる中務宮』のこうした趣向は、作り物語の一つの新しい流れの起点となった。[注(22)]『霞へだつる中務宮』の「奇瑞」を受け継ぎ大胆に展開したのが『狭衣物語』であろう。狭衣が帝に強いられて仕方なく吹き出した笛の音は、「雲の上まで澄みのぼ」り、「内、東宮を始めたてまつりて、候ふ人々、すべて九重の内の人、聞き驚き、涙落とさぬはなし」という状態となる。聴く人の心に作用する笛の音である。さらに異変が本格化する。

宵過ぐるままに、笛の音いとど澄みのぼりて、雲のはたてまでもあやしう、そぞろ寒く、もの悲しきに、稲妻のたびたびして、雲のたたずまひ例ならぬを、神の鳴るべきにやと見ゆるを、星の光ども、月に異ならず輝きわたりつつ、御笛の同じ声に、さまざまの物の音ども空に聞こえて、楽の音いとおもしろし。(略)中将の君、もの心細くなりて、いたう惜しみたまふ笛の音をやや残すことなく、吹き澄まして、

稲妻の光に行かん天の原はるかに渡せ雲のかけ橋

と、音のかぎり吹きたまへるは、げに、月の都の人もいかでか聞き驚かざらん。楽の声、いとど近くなりて、紫の雲たなびくと見るに、天稚御子、角髪結ひて、言ひ知らずをかしげに香ばしき童にて、ふと降りゐたまふと見るに、(略)

(『狭衣物語』巻一・①四三〜四四頁)[注(23)]

空の様子の急激な変化のあと、空からさまざまな楽器の音色が聞こえてくる。狭衣は思い切り笛を吹き「稲妻の」歌を詠じた。彼の笛について「げに、月の都の人もいかでか聞き驚かざらん」と語られる。「月

の都の人」は『竹取物語』を想起させると同時に、楽の音に「月の都の人」が感応するという点では『霞へだつる中務宮』を想起させる。そして天稚御子降下の運びとなる。『霞へだつる中務宮』の「奇瑞」を大胆に押しすすめ、『狭衣物語』は異界と接するこの世を描出している。この奇抜な設定は『無名草子』によって批判されているものの、当該物語の性格の根本に関わる重要な形象となっている。注(24)

『夜の寝覚』も「奇瑞」を別のかたちで受け継いでいる。八月十五夜、中の君の奏でる箏の琴の「澄みたる音」（巻一・一七頁）注(25)が「雲の上まであはれに響き」（同上）、中の君の夢の中に天人が降下する。翌年もまた夢の中に天人が降下し、彼女の宿世を予言する。こちらも物語の構想に深く関わる「奇瑞」である。三年目には天人は現れず、中の君は「天の原雲のかよひ路とぢてけり月の都のひとも問ひ来ず」（二〇頁）と独詠。「月の都のひと」は『狭衣物語』と同様、『竹取物語』と『霞へだつる中務宮』との繋がりを想起させよう。

『霞へだつる中務宮』が起点となった、『狭衣物語』と『夜の寝覚』の形象は、さらに『とりかへばや』『在明の別』の叙述へと繋がっていった。『とりかへばや』では、男装の女君の横笛の演奏が「例の澄みのぼりをかしげなる音の、はるかに雲居を分けて響きのぼるやうにおもしろういみじき」（巻第一・二〇三頁）注(26)と形容されている。以下は、ひそかに女性の姿に戻ることを決めた女中納言の最後の晴れ舞台、観桜の宴のシーンである。

中納言、または吹きたつべきかはと思せば、折々の御遊びにしぶり隠したる音を心に入れて吹きたてたる、雲居を分け響きのぼり、そぞろ寒くおもしろきこと言はん方なし。（巻第二・三〇四頁）

日頃は自重して思い切り吹かなかった笛を思いを込めて吹く女中納言。その音の描写も含め、『狭衣物語』の天稚御子降下場面を彷彿とさせる叙述になっている。しかし、当該物語では「奇瑞」は起きない。

一方『在明の別』は、『とりかへばや』とは逆のあり方を示す。巻一では女大将の笛により天候が急変し芳香が漂う。不吉に感じた父左大臣により演奏は中止となった。帝の要請によって再び女大将は笛を吹き、空模様が急変する「奇瑞」が起こるも、恐れた帝により演奏はとめられた。巻三では春宮が笛を吹く。その音色は雲の果てまで響き上るようであった。空の様子も変わり、「さまざまの楽の声」（四三四頁）[注(27)]が聞こえ、「雲のかけ橋」（同）が降りてくる。女院も琵琶を弾き合奏すると、天人降下の「奇瑞」が起こった。一連の叙述には、『狭衣物語』の天稚御子降下のくだりを想起させる表現が鏤められている。『とりかへばや』と『在明の別』は、異装を扱う点で共通するものの、「奇瑞」に関しては全く逆の向き合い方をしている。このことは、おのおのの物語世界のありようと深く関わっているのではないかと考える。[注(28)]『霞へだつる中務宮』から『狭衣物語』へと継承され物語の根幹を成した音楽による「奇瑞」は、後世の物語にも継承され変奏されていった。作り物語史上、『霞へだつる中務宮』の果たした役割の少なくないことが知られよう。

四　『玉藻に遊ぶ権大納言』から——「恋の煙」の物語へ

『玉藻に遊ぶ権大納言』は、『風葉和歌集』に作中歌十三首が所収され、『無名草子』に批評の載る散逸物語である。権大納言と、蓬の宮・女一の宮・春宮の母女御・一品の宮との交渉を扱った物語であったと考えられる。[注(29)]神野藤昭夫氏が「蓬の宮との恋を起点に、その思うにまかせぬ恋ゆえに、次々に不如意の恋を重ねてゆく」とその輪郭を示し、当該物語の構想が『狭衣物語』のテーマに重なることを指摘している。[注(30)]

『狭衣物語』の末尾近くに、「消えはてて屍は灰になりぬとも恋の煙はたちもはなれじ」注(31)（巻四）という狭衣の女二の宮へ向けた詠歌が置かれている。第四句の「恋の煙」は狭衣の執拗な恋の思いを表す。『狭衣物語』では「煙」の表象がたびたび登場し、狭衣の情念の有り様を形象している。注(32)一連の「煙」表現の掉尾として前掲「恋の煙」が配されている。『狭衣物語』において主題とも関わる重要な表現であると考えられる「恋の煙」が、『玉藻に遊ぶ権大納言』の作中歌にすでに使用されている点は留意される。

「恋の煙」の和歌における初出例は、次の『源氏物語』篝火巻であると見られる。

「篝火にたちそふ恋の煙こそ世には絶えせぬほのほなりけれ

いつまでとかや。ふすぶるならでも、苦しき下燃えなりけり」と聞こえたまふ。

（『源氏物語』篝火巻・③二五七頁）

『源氏物語』が新しい歌の言葉を創出し、光源氏の玉鬘への苦しい恋情を託した。以後、『伊勢大輔集』の一首が確認されるのみで、注(33)次の『玉藻に遊ぶ権大納言』が後に続く用例と見られる。

一条院の女一のみこに、しのびつつきこえ侍りけるを、いまはさしもあらじと思ひなりて

たまもにあそぶ関白

下燃えに身をのみこがす我が恋の煙やけふは空に満ちぬる

（『風葉和歌集』巻第十一・恋一・八〇九番）

『源氏物語』の「恋の煙」を『玉藻に遊ぶ権大納言』が取り込み、さらに後世『狭衣物語』の中の重要な語として活かしたと見たい。この『玉藻に遊ぶ権大納言』の作中歌は、前掲の篝火巻の光源氏詠とこれに

続く光源氏の発言「苦しき下燃えなりけり」を意識して成ったものではないだろうか。ちなみに篝火巻の「ふすぶるならでも、苦しき下燃えなりけり」は、『古今和歌集』の「夏なれば宿にふすぶる蚊遣火のいつまで我が身下燃えをせむ」（巻第十一・恋歌一・五〇〇番、題しらず／読人しらず）を踏まえた物言いである。『源氏物語』篝火巻から『玉藻に遊ぶ権大納言』へと繋がる表現の連関を念頭に置くと、次の『狭衣物語』巻一の狭衣詠との繋がりが浮上する。

我が心かねて空にや満ちにけん[注(34)]行く方知らぬ宿の蚊遣火　（巻一・①八〇～八一頁）

飛鳥井の君の家を初めて訪れた狭衣の感慨である。「蚊遣火」は噴出する狭衣の情念を表していると見られる。前述した『狭衣物語』においてたびたび登場する「煙」の表象の一つである。当該歌は、『玉藻に遊ぶ権大納言』の「下燃えに」歌と「我が」・「空に―満ち」が共通する。さらにこの狭衣詠は、先に確認した『源氏物語』篝火巻で引かれた『古今和歌集』歌の「蚊遣火」をも取り込んでいる。

『源氏物語』篝火巻の表現が『玉藻に遊ぶ権大納言』に取り込まれ、さらにそれらが『狭衣物語』の表現へと結実していく表現生成のメカニズムを看取することができよう。『狭衣物語』が、その前身と目される作品から自らの血肉となる表現を掬い取り、縦横に物語世界を構築していったさまがうかがえる。

五　おわりに

「物語合」に提出された『逢坂越えぬ権中納言』・『霞へだつる中務宮』・『玉藻に遊ぶ権大納言』をとりあげ、『狭衣物語』への影響の具体相を考察した。三つの物語はおのおの、全体的な構想やモチーフから個々の表現まで、さまざまなレベルで『狭衣物語』の生成に深く関与したことがあらためて確認できたのではないかと思う。

新作物語を女房たちが持ち寄り鑑賞した「物語合」は、他資料が遺っていないためか、他に類を見ない画期的な催しであった。と同時に、そこで披露された物語は『狭衣物語』へと結実する要素を多分に胚胎した作品群であり、新しい試みを盛った作品群であった。『狭衣物語』は、さらにその後の作り物語の生成を促している。作り物語史上、「物語合」の果たした役割は言うまでもなく大きい。

注

（1）歌合本文の引用は、『平安朝歌合大成　増補新訂』（同朋舎出版）に拠る。なお、私に表記をあらためた箇所がある。全ての引用本文には適宜傍線を付す。

（2）『類聚歌合』が「同斎院歌合　天喜三年五月三日庚申」と記載されているのに対し、『後拾遺和歌集』詞書は「五月五日六条前斎院にものがたりあはせしはべりけるに」（和歌集の引用は、新編国歌大観〈角川書店〉に拠る。なお、私に表記をあらためた箇所がある）、『栄花物語』も「物語合」（『栄花物語』の引用は、新編日本古典文学全集〈小学館〉に拠る）と記述されていて、資料間で開催日や名称が異なっている。また『類聚歌合』が九番・十八首の歌を伝えるのに対し、『栄花物語』は「二十人合」と記されていて、提出物語の数が異なっている。こうしたことから、「歌合」と「物語合」とを同一の催しと捉えるのか、関連する別の催しと捉えるのか等をはじめ、当該行事の詳細をめぐり諸説が提出されている。また近年、資料そのものの扱い方に疑義を呈する論（横溝博「「物語合」虚構論――十九番目の物語――」『平安後期物語の新研究――寝覚と浜松を考える』新典社、二〇〇九年）、他資料の存在も視野に入れ、開催者等の問題に再考を迫る論（久保木秀夫

「天喜三年「六条斎院禖子内親王家」物語歌合・私見」和田律子・久下裕利編『考えるシリーズⅡ　③知の挑発　平安後期　頼通文化世界を考える―成熟の行方』武蔵野書院、二〇一六年）も提出されている。稿者は、「三日」に「物語歌合」が、「五日」に「物語合」が斎院禖子内親王のもとで開催されたと考える。「物語合」に先行する「物語歌合」開催には、先行して一部の情報をあかし鑑賞者の興味をかき立てる「予告編」の役割が担わされていたと推定した（井上新子『堤中納言物語の言語空間―織りなされる言葉と時代―』〈翰林書房、二〇一六年〉のⅢの第六章「天喜三年の「物語歌合」と「物語合」」。なお当該論において、「物語合」の基本事項をめぐる先行説を整理している。あわせてご参照いただければ幸いである）。

（3）久下晴康（裕利）『平安後期物語の研究　狭衣浜松』（新典社、一九八四年）の第二章の一「『狭衣物語』の創作意識―六条斎院物語歌合に関連して―」。

（4）神野藤昭夫『散逸した物語世界と物語史』（若草書房、一九九八年）のⅢ「斎院文化圏と物語」。

（5）井上眞弓『狭衣物語の語りと引用』（笠間書院、二〇〇五年）のⅠの第五章「先行物語の引用について―『在五中将の日記』と『隠れ蓑』の場合―」、Ⅱの第一章の「「世」「世の中」と狭衣の恋」。

（6）前掲注（5）の井上著書のⅡの第一章。

（7）前掲注（4）の神野藤著書のⅢの8「斎院文化圏と物語の変容」、他。

（8）『逢坂越えぬ権中納言』の本文は、宮内庁書陵部蔵本（『影印本堤中納言』笠間書院）を底本とし、他本により私に校訂したものを用いる。

（9）『狭衣物語』の引用は、新編日本古典文学全集（小学館）に拠る。なお、日本古典文学大系本と新潮日本古典集成本においても、当該の論旨に影響する異同はない。

（10）前掲注（3）の久下著書の第二章の一において、久下氏は、当該歌の「玉の台のつまなれど」と前掲『狭衣物語』本文「玉の台の軒端に掛けて見たまふは」との類似に注目している。さらに、『狭衣物語』当該場面に続く狭衣と女性たちとの贈答のくだりの表現も視野に入れ、「物語合」に提出された物語の表現と『狭衣物語』の表現との連関を指摘している。

(11) 犬養廉・平野由紀子・いさら会『後拾遺和歌集新釈　上巻』(笠間書院、一九九六年)を参照。

(12) 犬養廉・平野由紀子・いさら会『後拾遺和歌集新釈　下巻』(笠間書院、一九九七年)を参照。

(13)『源氏物語』の引用は、新編日本古典文学全集(小学館)に拠る。

(14)『逢坂越えぬ権中納言』は、三位中将をめぐっても「この御心は、そこひ知らぬこひぢにもおり立ちたまひなむ」という女房の発言を記しとどめている。

(15) 松尾聰『平安時代物語の研究』(武蔵野書院、一九五五年)、小木喬『散逸物語の研究　平安・鎌倉時代編』(笠間書院、一九七三年)、池田利夫訳注　対訳古典シリーズ『堤中納言物語』〔付録〕「天喜三年五月三日六条斎院禖子内親王家歌合」(旺文社、一九七九年)、鈴木一雄『堤中納言物語序説』(桜楓社、一九八〇年)、樋口芳麻呂『平安・鎌倉時代散逸物語の研究』(ひたく書房、一九八二年)、萩谷朴『平安朝歌合大成　増補新訂』第二巻(同朋舎出版、一九九五年)、前掲注(4)の神野藤著書、稲賀敬二校注・訳　新編日本古典文学全集『堤中納言物語』〔付録〕「六条斎院禖子内親王物語合」(小学館、二〇〇〇年)、他。

(16) 前掲注(4)の神野藤著書のⅢの9「散逸物語『霞へだつる中務宮』の復原」は、左大将の笛への帝の称賛が帝による姫宮降嫁の提案を引き出してしまい、そのため左大将は意中の中務宮の姫君と姫宮降嫁の話との間で苦しむという内容を想定している。

(17) 前掲注(15)の萩谷著書。

(18) 前掲注(5)の井上著書のⅠの第五章。

(19) 前掲注(15)の稲賀著書。

(20) 前掲注(4)の神野藤著書。

(21)『うつほ物語』の引用は、新編日本古典文学全集(小学館)に拠る。

(22)「月の都」を詠む他の散逸物語が『風葉和歌集』から知られる。『あまのもしほび』では詞書「さがの院の五十御賀の御あそびの夜、月やうやうさしいでて、雁のいとちかくつらねたるに」をともない「月のみやこの人やとふらむ」と詠まれ(七三七番)、『ことうらの煙』では詞書「もの思ひけるころ、ことにひきける」をともない「あまをとめ月の都にさそはなん」と詠まれている(一二八一番)。この記述からは両者とも天人降下を夢想する段階ではないかと推定する。両物語とも神野藤氏の「散逸物語基本台帳」(前掲注(4)の神野藤著書)では「鎌倉時代に属する物語」に分類されている。なお「月の都」は、『源氏物語』の光源氏や浮舟の詠歌にも見える。こちらは『竹取物語』の「月の都」を想起させつつ、京の「都」の意が託されている。音楽による天人降下という「奇瑞」を象るものではない。

(23)引用本文と日本古典文学大系本、新潮日本古典集成本との間には異同が存するけれども、当該の論旨に影響するものではない。

(24)深沢徹「往還の構図もしくは『狭衣物語』の論理構造(上)・(下)—陰画《ネガ》としての『無名草子』論—」(「文芸と批評」一九七九年一二月・一九八〇年五月)、井上眞弓「天界・地上・世人の構図の中で—狭衣の超俗的属性をめぐって—」(前掲注(5)井上著書のⅡの第四章)、鈴木泰恵「天稚御子のいたずら—「紫のゆかり」の謎へ」(『狭衣物語/批評』翰林書房、二〇〇七年。初出は一九九三年)、他。

(25)『夜の寝覚』の引用は、新編日本古典文学全集(小学館)に拠る。なお、同物語は「伝授」の要素が存するので、『うつほ物語』との関わりも深い。

(26)『とりかへばや』の引用は、新編日本古典文学全集(小学館)に拠る。

(27)『在明の別』の引用は、鎌倉時代物語集成(笠間書院)に拠る。なお、私に表記をあらためた箇所がある。

(28)この問題に関しては、別稿においてあらためて考察したい。

(29) 前掲注(15)参照。
(30) 前掲注(4)の神野藤著書のⅢの8「斎院文化圏と物語の変容」。
(31) 大系本、集成本とも同文。
(32) 井上新子「狭衣の〈恋の煙〉――『狭衣物語』における「煙」の表象をめぐって――」(井上眞弓・乾澄子・鈴木泰恵・萩野敦子編『狭衣物語　文《あや》の空間』翰林書房、二〇一四年)。
(33) 『伊勢大輔集』一六二番「きりまよふ秋のそらにはことごとにたつとも見えぬこひのけぶりを」。『狭衣物語』とほぼ同時代と思われる用例として、『経信集』二三〇番、『江帥集』二〇九番・二一九番・二六八番がある。
(34) 大系本「我心かねて空にやみちぬらん」、集成本「我が心かねてやそらにみちぬらむ」。

狭衣と源氏宮
——その形代となる宮の姫君まで

萩野敦子

一　はじめに

『狭衣物語』に登場し、男女関係において主人公狭衣と絡む主要女性は五人を数える。狭衣にとって最愛の女性は源氏宮だが、この人は巻一から巻四までのいずれの巻においても舞台上の「主役」を張っているわけではない。概括すれば、巻一は飛鳥井君、巻二は女二宮、巻三は一品宮、巻四は式部卿宮の姫君(以下、宮の姫君とする)が物語展開の中心に据えられ、源氏宮は背後からそれぞれの女性と狭衣との関係に影響を与える、という構図である。物語全体からすると女主人公は源氏宮であると言わざるをえないが、狭衣との関係において何らかの事件性を伴い、各局面において具体的な動きを見せるという点では、飛鳥井君たちに比して影が薄い。

また源氏宮の「形代」と目される宮の姫君は、巻四で中心的に、しかも一定の事件性を伴って描かれるのであるが、重要な場面が『源氏物語』の若紫譚を下敷きに構成されていたり、注(1)姫君の感情の表出が少ないうえに類型的であったりすることにより、彼女自身が具体的に物語に参与しているとは言いがたい。ところで『狭衣物語』の研究史を振り返ると、物語内容について継続的に論考を発表する研究者が登場し作品論が活性化し始めたのは一九七〇年代半ばであると思われるが、注(2)その時期にはすでに『源氏物語』研究の進展を通して、物語文学を論じることは〈方法〉を論じることに他ならないという研究姿勢は定着していたとおぼしい。したがって『狭衣物語』の研究史においては比較的早くから、登場人物に焦点を当てる場合でも誰それはどのような人柄であるというような安易な人物論に留まることなく、物語の〈方法〉を解析するべく生産的に論じられてきた観がある。特に女性たちを論ずる点においては、三谷栄一、森下純昭、久下裕利、井上眞弓、倉田実、鈴木泰恵、野村倫子といった研究者たちが着実に読みを深化させてきたことによって、本質的な理会は一九九〇年代の時点で一定の水準に達していた。それでは二〇〇〇年以降の『狭衣物語』研究は、過去の研究に対して何を積み上げたのであろうか。

本稿ではまず、一九九〇年代以前の源氏宮論および宮の姫君論の到達点を、久下裕利と鈴木泰恵の研究を参照して確認する。次に源氏宮論について、二〇〇〇年以降の研究に見られる特徴的な視座を指摘し、そのことの意義を考える。近年やや振るわない宮の姫君論については、いかなる視座による論が可能かを模索したい。

なお、本稿の引用本文には、他本においても論旨に影響がないことを確認したうえで、日本古典文学大系『狭衣物語』を用いた。ただし、読点の位置や漢字の宛て方については、私に変えたところがある。

二　一九九〇年代以前の源氏宮論・宮の姫君論の到達点

総じて『狭衣物語』は、登場する女性たちが互いに何らかの影響を及ぼし合っているのだが、それはほぼ狭衣の思惟の内でのことであり、物語世界に可視的に現象するわけではないという点に、大きな特徴がある。特に源氏宮は狭衣の心中において彼が出逢う女性たちの比較対象となり、飛鳥井君との関係、女二宮との関係、そして一品宮との関係を、次々に不調に終わらせる深因となる。唯一、源氏宮に比較されることなく狭衣が関係を進展させたのが宮の姫君だったのだが、彼女の場合は、紆余曲折を経て「まろ寝」ながらも「逢う」ことができた瞬間に、源氏宮の「形代」に位置付けられ、そこから源氏宮の影響をまともに受けることとなる。しかしそれはやはり狭衣の思惟の内に留まるので、注(3)宮の姫君自身は、狭衣が常にもの思わしげであるのは女二宮との何らかの過去ゆえであろうと了解し、源氏宮という存在に思い至ることはない。狭衣の思念は宙吊りのまま、物語は語り終えられる。

このように『狭衣物語』を把捉するならば、とりわけ源氏宮と宮の姫君に関しては、いわゆる単体としての人物論――たとえば、彼女が「どのような女性であるか」「どのように造型されているか」「どのように先行物語を取り込んでいるか」等々を考えること――は、物語の本質を捉えるうえで益が薄く、他の女性たちとの連関を踏まえつつ物語全体の構造を意識してこそ、有益な論になるといえるだろう。その点が押さえられた代表的な研究が、久下裕利の論である。

久下は『狭衣物語の人物と方法』（新典社、一九九二年）において、源氏宮から飛鳥井君へ、飛鳥井君から女二宮へ、さらに一品宮へ、宮の姫君へと主要女性たちの間に「あるテーマやモチーフが、作中人物の姿形を変えて、引き渡され、置き換えられて、繰り返し叙述されてゆく、そのような作中人物の連結」（同書八二頁）注(4)があることを看破し、それを「作中人物継承法」と命名した。誰がどう描かれているかという結果を論じても『狭衣物語』の本質には届かないと考える久下は、

本稿で論じたような構造把握ができない限り、その形代登場さえも空漠とした論議の材料にしかならないのである。継承法という副題の用語も、主人公狭衣父子の関係は当然ながら、他の作中人物の関連構造や叙述方法を従来の視点では掌握できない広がりの中で考えてゆこうとしたためでもある。そういうことからすれば、『源氏物語』の影響あるいは引用摂取として論じられてきた『狭衣物語』の人物造型や場面描写、叙述の方法は、この継承法の視点からすれば、『源氏物語』を同化し一体化していくのであって、…（中略）…場面の意味や物語の主題が語られるのは、『狭衣物語』の表現方法のほんの一例にすぎないのである。（同書八二頁）注(5)

と説く。この久下のスタンスは、源氏宮と宮の姫君について論ずる際には、特に念頭に置いておくべきだと思われる。

単体としての人物論に収斂されない源氏宮論・宮の姫君論を展開した一九九〇年代以前の研究として、いま一人、鈴木泰恵の論を参照したい。

鈴木は一九八〇年代から主要女性たちに焦点を当てた論考を精力的に発表し、一人一人が狭衣と織りなす人間模様について重要な発言をしてきた。それらは多くの加筆や修整を経て『狭衣物語／批評』（翰林書房、二〇〇七年）にまとめられている。左は、源氏宮に関わる発言である。

拡散していく狭衣の恋は、どれもジレンマに陥り、飛鳥井女君や女二宮との恋は破局を迎えてしまうのだが、そんな狭衣の恋はいずれも源氏宮思慕のジレンマと緊密に連絡しているのであった。…（中略）…狭衣の心の襞のなかで源氏宮と他の女君たちを繋げて、拡散させながらも源氏宮思慕中心の物語を織り上げていった『狭衣物語』の方法は、いまいちど見直されてもいいのではないか。（同書二六二頁）注(6)

源氏宮思慕とは何なのか…（中略）…子供から大人へ、春から夏へと移ろう時間の線状性を拒み、冒頭を飾った晩春の情景に未来永劫たたずまんとした狭衣の心性そのものであった…（後略）…。

（同書二八一頁）注(7)

これらは源氏宮以外の女性を中心に論じた章でなされた発言であり、源氏宮という女主人公が、狭衣の内面で他の女性に纏わり付くことによって女主人公たり得ていることをうかがわせる。そして注意すべきは、鈴木が「源氏宮」ではなく「源氏宮思慕」を論ずるという姿勢を貫いていることである。

鈴木は宮の姫君についても、やはり人物論に単純化することはない。

宮の姫君は源氏宮の「形代」になる以前には、飛鳥井女君の影を帯びて、源氏宮思慕中心の物語を賦活する方法的存在であった。しかし、女二宮にも像を結んで、かえって源氏宮思慕中心の物語が回復不能の状態にあるのを映し出していた。そして、「形代」だと認識されると、源氏宮思慕の物語とともに、狭衣の恋の物語を終焉に導いていった。宮の姫君は、一筋縄ではいかない。存在が物語に浮かび上がったときから、失われた女君すべての相貌を重ね合わされ、その都度、違った役割を演じて、結局のところ狭衣の恋の物語を終焉に導く、あるいはすでに終焉していた事実を突きつける。いわばジョーカーだったのではなかろうか。

（同書二八一頁）注(8)

先の源氏宮についての発言と合わせると、源氏宮から宮の姫君への流れは、単に「被形代—形代」の関係を他の女性たちの物語を挟みながら延引させたというような単純なものではなく、片や他の女性たちの物語に向けて緊張関係を織り出し、片や他の女性たちの物語から緊張関係を引き受けながら、物語に配置されていることが、改めて浮き彫りになるのである。

久下と鈴木の論考から確認されるのは、源氏宮にせよ宮の姫君にせよ、現在からさかのぼること約二十年、前世紀の時点で、単体の人物論として論じることの無意味さがすでに自覚され、「狭衣にとっての源氏宮の物語」「狭衣にとっての宮の姫君の物語」として、あるいは狭衣の思惟の内で構築される他の女性たちとの関わりにおいて、論じられてきたということである。宮の姫君を評するのに鈴木が用いた「方法的存在」ということばは、源氏宮についても当てはまるものだといえよう。

三　二〇〇〇年以降の源氏宮論——〈認識〉という視座、そして物語の不在化——

二〇〇〇年以降の『狭衣物語』研究は全体的な傾向として、諸本・異本や中世・近世期の注釈といった享受・受容に関わる研究が大いに活性化し、登場人物について論ずる研究はやや沈静化した観がある。とりわけ源氏宮と宮の姫君においては、前節に述べたように、そもそも単体の人物論に限界があるという事情もあってか、その名を冠した論考もきわめて少ない。注(9)

そのような中、特に源氏宮を論ずるにあたって、かねてから留意されてきた狭衣の内面の問題が、より焦点化されてきたように思われる。

「かねてから留意されてきた」ことは、前節に引用した源氏宮についての鈴木の発言に見て取れる。鈴木は源氏宮を取り上げながらも「狭衣の恋は」「狭衣の心の襞のなかで」「源氏宮思慕とは……狭衣の心性そのもの」等と説くことにより、源氏宮について語ることは狭衣論の枠組みの内にあるのだということを示唆していた。[注(10)]

ここで「狭衣の恋」「狭衣の心の襞」「狭衣の心性」と鈴木が書き分けているものを、いま仮に「狭衣の〈認識〉」として取り押さえてみる。その手続きにおいて参照したいのが、井上眞弓『狭衣物語の語りと引用』（笠間書院、二〇〇五年）に収められた論考（章題「「わたくし」語りと語り手の様相」[注(11)]）である。

『狭衣物語』は、登場人物同士が相剋もしくは葛藤を物語表現として刻みつけるということもなく、男君狭衣の心の中を中心に語られている物語である。それを本書では「身物語」ということばで言い表わした。

（同書三三九頁）

という段落から書き出される章において井上は、源氏宮と彼女の養母である堀川上（狭衣母）との関係について、[注(12)]次のように説く。

母を源氏宮の同腹の姉とも見る狭衣の認識とは、二人を同等のうつくしさで括る意識ではないだろうか。さらに「つくづくとまぼ」る狭衣の視線を介在させて、狭衣の認識において「似ている」ことが、表現の裏に胚胎していることをあきらかにしているように思われる。こうしてはっきり語られていた『源氏物語』とは異なり、人物の設定や視線・触覚などを媒介にして『狭衣物語』の「ゆかりと形代」の問題が浮上するのである。

（同書三四七頁）

井上の発言を言い換えるならば、「ゆかり」「形代」は、『源氏物語』においては物語世界に可視的に現象する〈方法〉としてあったが、『狭衣物語』においては主人公である狭衣の内面にのみ発現する〈認識〉がなせるわざだ、ということになるだろうか。この井上の指摘じたいは源氏宮と堀川上の関係について述べたものだが、『狭衣物語』の、特に源氏宮をめぐる物語に敷衍させることができるように思われる。つまり、源氏宮の物語を動かす、あるいは動かさないのは、物語世界に可視的に現象しない狭衣の〈認識〉なのである、と。

そもそも狭衣と源氏宮との関係が物語冒頭から停滞する要因となったのは、狭衣による「妹背」の〈認識〉であった。たとえば倉田実は、『王朝摂関期の養女たち』（翰林書房、二〇〇四年）収載の論考（章題「源氏の宮の養女性」注(13)）において、次のように述べている。

狭衣が源氏の宮との結婚をみずから抑止するのは、それを「あるまじきこと」とタブーのように把握したからとするのは定説である。「ひとつ妹背」であったから、「あるまじきこと」と把握されたわけであり、この「ひとつ妹背」との規定は、狭衣の恋情の発動と抑止の両面に働く心的機制にもなっていた。（五五九頁）

倉田のいう「心的機制」を、ここでは〈認識〉とほぼ同義のものと捉えておく。『源氏物語』において、玉鬘が光源氏の実の娘ではなく養女であると知るや夕霧が彼女に「なほもあらぬ心地」を抱き始めたように、養女である源氏宮を狭衣が恋愛対象から除外する必要はない。それなのに、二人は「妹背」なのだとする〈認識〉を通して、注(14)だからこれはかなわぬ恋なのだというところから出発するのが、狭衣であり、『狭衣物語』なのである。

ちなみに、平安後期物語における擬似的な「妹背」に言及した論考に、坂本信道「えせ兄妹攷―浜松中納言と吉野姫君の恋物語と構想──」（『平安後期物語の新研究──寝覚と浜松を考える』新典社、二〇〇九年一〇月）がある。坂本は、『浜松中納言物語』の主人公中納言が恋心を抱きながらも吉野姫君を血の繋がった異母妹であると世間に公表することについて、次のように説く。

浜松中納言は異母妹だから契らないという偽りの設定を自分で仕立て、その自縛の中であがくことになる。こうした不自然な偽言自体、苦難のための苦難を設けるための設定であって、物語の展開のために何の必然もない恋の忍従は、主人公が越えていくべき禁忌たりえるはずがない。みずから築いた異母妹の恋という禁忌の前で逼塞する中納言の姿は、もはや物語の主人公とは呼べまい。偽の妹である以上、それを禁忌として主人公である中納言が挑み克服していくという構造を最初から内在しえないのが『浜松中納言物語』である。

引用した最初の一文を、「狭衣はひとつ妹背だから契らないという認識を自分で仕立て、その自縛の中であがくことになる。」と書き換え、後続する文章の「偽言」を「認識」に、「異母妹」を「ひとつ妹背」に置き換えて狭衣のこととして綴ったとしても、まったく不自然ではない。実際に坂本は、右の引用の直後に「ところで、自縛という点では、『狭衣物語』における主人公狭衣中将の、源氏宮との関係がまず想起される。」と『狭衣物語』を参照し、注(15)「みずから禁忌を築き上げてしまうのは宇治十帖を経て以後の、平安後期物語の一つの特徴であると言え」ると、両物語を俯瞰する。

自らの偽言、自らの〈認識〉に縛られて、禁忌を乗り越えることの出来ない男主人公を、坂本は「もはや物語の主人公とは呼べまい」とするが、それは換言すれば、禁忌の恋の物語を不在化させたということにほかならない。

物語でありながら、物語を不在化させる――この皮肉とも逆説的とも言える事態については、鈴木泰恵「『狭衣物語』の斎院―『竹取』『伊勢』『源氏』から離れて〈物語〉の彼方へ―」(『平安文学と隣接諸学6　王朝文学と斎宮・斎院』竹林舎、二〇〇九年五月)が、次のように論じている。

かくして、狭衣と源氏宮とが、〈内〉と〈斎院〉とにひき裂かれることで、神妻との恋の禁忌も、擬似インセスト・タブーも犯されないで、狭衣は片恋に煩悶し、源氏宮は兄妹関係にやすらっている冒頭の状況へと、『狭衣物語』はぐるりと廻って回帰していったのである。『狭衣物語』の〈斎院〉とは、『伊勢』『源氏』的〈物語〉のポテンシャルを維持しつつ遅延させ、結局は〈内〉と連携し、それら〈物語〉を徹底的に抑圧して、ヒロインとの間になにも起こらない特異な〈物語〉を構築していくファクターであった。しかし、ヒロインとの間になにも起こらず、冒頭の状況に回帰して、〈物語〉などなにも起こらなかったかのごとき構えを見せる『狭衣物語』とは、もはや〈物語〉ではない、なにものかであるだろう。ヒロインを〈斎院〉に、ヒーローを〈内〉に納めた『狭衣物語』は、むしろ〈物語〉というものを抑圧する、きわめて特異な〈物語/脱物語〉を構築しているのであった。

坂本の「もはや物語の主人公とは呼べまい」と鈴木の「もはや〈物語〉ではない」は同義であり、坂本のいう「物語」は鈴木のいう「『伊勢』『源氏』的〈物語〉」のことであると見て間違いないだろう。注(16)鈴木の論考では、「斎院」という現実に存在する制度が〈物語/脱物語〉(以下、本稿で言及する〈物語〉は従来の物語を〈脱〉した〈物語〉を指すこととする)のためのファクター〈斎院〉として機能するさまを論じているのだが、養女であることにせよ、兄妹であることにせよ、斎院であることにせよ、そういった設定が『狭衣物語』においては、現実世界で通常想定される意味合いからずらされ、狭衣の〈認識〉に基づいて構築されているのである。思いめぐらせば『浜松中納言物語』では、物語内では具体的経緯を一切省いている唐の第三皇子と浜松中納言の〈父子〉関係が、まさに当人同士の〈認識〉に基づいてほとんど疑念を差し挟まれずに成り立っていたことも、容易に想起されよう。

先に引用した井上は、別稿「比定する精神―『源氏物語』『狭衣物語』の「なずらひ・なずらへ」をめぐって―」（『源氏研究』一〇号、二〇〇五年四月）においても、〈認識〉に言及している。当論で井上は、『源氏物語』の「なずらひ・なずらへ」表現が、「似ている」こと・「代替を希求する」こと・「歴史的社会事象や過去の故事を物語に呼び込む」ことなど多様な文脈で用いられるのに対して、『狭衣物語』のそれは一様に視覚が認める「うつくしさの同質性」を意味していることを、用例を一覧して解き明かす。そして、次のように結論づける。

うつくしい形代という表象は、事実ではなく見る者の記憶や認識によって押さえられたものである。それが『狭衣物語』では男性の認識が張り付いた「なずらへ」であった。つまり、『源氏物語』に見えた歴史的社会事象を想起させる「事実の記憶」に類するものが消え、…（中略）…『狭衣物語』は史実ではなく認識によって出来事を解釈し、『無名草子』に批判された超常現象が語り出されるような一種リアリティのない虚構を構築している。

井上もまた「一種リアリティのない虚構」という言い方で、『狭衣物語』が『源氏物語』とは似て非なる〈物語〉であることを認めている。「ひとつ妹背」という擬制の禁忌を敷き、この物語特有の役割をもって〈斎院〉という場を成り立たせ、「ゆかり」「形代」の判断を狭衣の解釈に委ねる、徹底して主人公狭衣の〈認識〉によって〈物語〉の軸が形成されるのが『狭衣物語』なのであり、源氏宮の物語は、そのような〈物語〉のありようを凝縮して提示しているのである。

つとに三谷榮一は、『狭衣物語』をはじめとする平安後期物語の男主人公たちを「薫型」と呼び、[注(17)]後期物語の世界に閉塞感や停滞感をもたらす原因を、彼らの資質に求めた。その指摘自体は、以後の研究史において補強されつつ、[注(18)]現在においても十分に有効性を保っている。しかし、閉塞し停滞した物語世界にあって、それでも〈物語〉を成り立たしめるのは、逆説的ではあるが「薫型」とされる男主人公たちの〈認識〉である。『狭衣物語』や『浜松中納言物語』といった後期物語においては、基本的に男主人公の〈認識〉を基軸に物語世界が構築されており、『狭衣物語』の源氏宮は、その物語世界にふさわしい女主人公だといえよう。[注(19)]二〇〇〇年以降の『狭衣物語』をめぐる発言から浮かび上がる〈認識〉という視座は、『狭衣物語』の基底に横たわる「源氏宮の物語」のありようを説明するうえで、きわめて有効なのである。

四　宮の姫君・試論――物語を不在化させる〈情報〉――

源氏宮以上に近年論じられることの少ない宮の姫君もまた、物語の不在を感じさせる。例の「まろ寝」まで当人の姿が明かされないことについては、劇的効果を狙ったものとも解せるが、そもそも姫君不在の物語であると解釈することも可能である。その不在性を、〈情報〉という視座から捉えてみたい。[注(20)]

左に引用するのは『狭衣物語』巻三、姫君の兄である宮の中将が狭衣のもとを訪れる場面である。[注(21)]この場面において宮の姫君は、中将の思惑の内に初めて言及される。

宮の中将、参り給ふ。(狭衣ノ)紫苑色の御衣どものなよらかなるに、草のかうの織物の指貫ばかり着給ひて、ものあはれに思したる気色にて、眺め臥し給へるさまの、言ふかたなくめでたく見え給ふに、人知れず思ひ扱はるる人の御事まづ思ひ出でられて、この御方の塵ともなさまほしくて、…（中略）…（中将ガ）「姨捨ならぬ月の光は、ありがたげなる御心にこそ侍めれど、隔てなくだにうけたまはりなばしも、竹の中にも尋ね侍りなまし。『言ふとも人に』」など恨むるさまも、人よりはをかしきをやよそへられ給ひけん、（狭衣ハ）「妹の姫君もかやうにや」と思ひやられて、（大系三一四頁）

読み手にとってはいささか唐突な宮の中将そして姫君の登場であるばかりでなく、狭衣自身が姫君について既知であること、換言すれば〈情報〉を握っていることが明かされ、読み手はこの物語にあっては珍しいことに狭衣に出し抜かれてしまう。宮の姫君の物語の特徴は、宮の中将という〈情報〉提供者の支援を背景に、狭衣が他の女性たちとの関わりには見られなかった行動力を見せるところにある。

予告編のごとき巻三の言及を経て、巻四でいよいよ狭衣が宮の姫君に関わっていくにあたり、まず強い動機となるのが、母君への関心である。その関心の始まりは、次のように示される。

帳の前に脇息に押しかかりて経読む人、「三十路には足らぬほどにや」と見えて、いみじう気高う愛敬づき、見まほしきさまなど、ここら見つもる人に並ぶべくもなし。（大系三六二頁）

このあからさまな『源氏物語』若紫巻「北山の垣間見」引用は、ここで当の姫君を出さない代わりに、光源氏が垣間見た尼君より年齢の印象を十歳ほど引き下げることによって、母君への狭衣の関心を不自然ならざるものとし、宮の姫君に対する興味を先へ繋いでいく。

がぜん積極的になった狭衣の進撃は止まらず、同じく宮の姫君に関心を寄せる春宮との恋のさやあてにおいてもまったく躊躇を見せない。年長の親族として春宮の技芸等を指導する立場にある狭衣は、春宮と宮の姫君方との間に交わされる手紙の内容まで知ることができ、〈情報〉を掌握している強みから稚い春宮を翻弄するかのような余裕ある態度をすら見せる。狭衣が春宮との恋の戦いに勝利するのは疑いないところであり、狭衣自身の期待も読み手の関心も、「これ（=母君）に似給ひて、今少しきびはに若からん姫君の御有様」（大系三六三頁）がいかに魅力的なものであるのか、その真の姿が明かされることに焦点化されていく。巻一の飛鳥井君の物語や巻二の女二宮の物語、巻三の一品宮の物語とは異なり、巻四の軸となる宮の姫君の物語においては、狭衣のあずかり知らぬところで事態が展開することはない。母君の躊躇や病悩の末の死による引き延ばしはあっても、〈情報〉戦においても経験を含む人間的魅力においても春宮の優位に立つ狭衣は、順調に宮の姫君に接近するに至る。

ところが、である。狭衣が「まろ寝」ながらも姫君を見顕わした瞬間に、これまで積み上げてきたはずの〈情報〉が丸ごと新たな〈情報〉に書き換えられてしまうのである。

有明の月も出でにければ、格子の隙どもよりところどころ漏り入りたるがいと心づくしなるに、思しわびて、格子のもとのかき金を放ちて押しやり給へれば、残りなうさし入りたるを、女君いとどわびしうて引き被き給へるを、とかく引きあらはしつつ見たてまつり給ふに、斎院にぞいみじう似たてまつり給へりける。…（中略）…かう音聞きもものむつかしかるまじきわたりに、少しの慰めどころのありけるも、「ただ、あながちなる心の中をあはれと見給ひて、かかる形代を神の作り出で給へるにや」と思し寄るにも、涙ぞこぼるる。

嘆きわび寝ぬ夜の空に似たるかな心づくしの有明の月

（大系三八七頁）

先に引用した姫君初登場（初言及）の場面で兄中将が口にした「姨捨ならぬ月の光」が、この場面の

「少しの慰めどころのありける」「有明の月」に響いて、狭衣が宮の姫君を求めてきた一連の恋愛譚は見事結実したかのように見える。しかしながら、ここに「形代」という要素が入り込んでくることは、〈情報〉を手掛かりに狭衣が手繰り寄せてきた宮の姫君が、一瞬にして別の〈情報〉に置き換わったことを意味する。もとより〈情報〉は、宮の姫君に纏わるものではあっても、姫君そのものではない。〈情報〉から〈情報〉への劇的転換によって、宮の姫君という物語は、ついに不在のままに終わるのである。注(22)

なお、この「形代」という〈情報〉は、狭衣自身によって源氏宮に伝えられる。

「まこと、人知れず心ひとつに思ひ給へ余ることとこそ侍れ。注(23)『荒ぶる神も、ことわり知り給ふわざに侍るなればにや』と思ひ給へながら、なかなかなる形代をこそ見給へしか。」（大系四二一頁）

しかし、ここで〈情報〉を共有したところで、狭衣と源氏宮との間に、あるいは宮の姫君を加えた三者の間に、何事かが出来するわけではない。宮の姫君は狭衣の「打ち解けにくく、隔て多かりぬべき御心」を「人知れず見知」るが（大系四一九頁）、彼女はその原因を女二宮との間にかつて何事かがあったためであろうと推測している。女二宮の存在も確かに狭衣の暗部を構成する一要素ではあるが、宮の姫君が到達できるのはここまでである。姫君が得た〈情報〉は空回りし、狭衣登極後の藤壺女御としての入内や皇子出産、立后といった慶事すらも胸おどる出来事として語られないままに、〈物語〉は、物語の収束／終息ではなく、語りの収束／終息へと向かっていく。

五　おわりに

本稿では、二〇〇〇年度以降の諸氏の研究を手がかりに、狭衣と源氏宮について〈認識〉という視座から、また現段階では試論の域を出ないが、狭衣と宮の姫君については〈情報〉という視座から捉え返し、それぞれにおける物語の不在について述べてきた。はなはだ消極的に見えるかもしれないが、それこそが『狭衣物語』の主張する〈物語〉なのだということを、最後に確認しておきたい。

注

(1) 巻四で狭衣が宮の姫君を垣間見ようとする（が、実際に垣間見たのは母君であった）場面は若紫巻の「北山の垣間見」場面を、また狭衣が姫君を三条の自邸に連れ出す場面は紫君の二条院移りの場面を、それぞれ明らかに踏まえている。

(2) もちろん、すでに三谷榮一や中田剛直らによる継続的な研究は行われていたが、本文や伝本を整理する基礎的研究や全集・叢書として刊行するにあたっての基本的な注釈作業が中心であった。

(3) ただし、宮の姫君が源氏宮に瓜二つであることは、大弐乳母や女二宮腹若宮らの第三者によっても証言されている。

(4) 初出は「『狭衣物語』の方法―作中人物継承法―」（『源氏物語と平安文学　第1集』早稲田大学出版部、一九八八年一月）。単行本中の章題も同じ。

(5) 注（4）に同じ。

(6) 初出は「飛鳥井の物語の位相―源氏宮思慕中心の物語との関わりにおいて―」（早稲田大学大学院『中古文学論攷』七、一九八六年一〇月）。単行本中の章題は「恋のジレンマ―飛鳥井女君と源氏宮」。

(7) 初出は「狭衣物語後半の方法―宰相中将妹君導入をめぐって―」（早稲田大学『国文学研究』九三、一九八七年一〇月)。単行本中の章題は「恋の物語の終焉―式部卿宮の姫君をめぐって」。

(8)注(7)に同じ。

(9)源氏宮については、太田美知子「『狭衣物語』における『伊勢物語』引用―源氏の宮と二条の后」(『国学院大学大学院文学研究科論集』四二、二〇一五年三月)、同「『狭衣物語』における源氏の宮思慕の表現―「富士の煙」と竹取引用」(『国学院雑誌』一一七―八、二〇一六年八月)といった論考があるが、宮の姫君はほとんど論じられていない。

(10)実はここに引用した鈴木の論述は一九八〇年代に書かれた初出論文にはなく、単行本に収載されるにあたって加筆されたものである。初出から鈴木の論旨そのものは変わっていないが、源氏宮に対する言及が狭衣論の枠組みの内にあることを、より強調するようになっている。

(11)初出は「「わたし」を語る物語―『狭衣物語』における語りの様相」(『論集日記文学の地平』新典社、二〇〇〇年三月)。

(12)鈴木もこの二人の関係に着目し、宮の姫君とその母君を加えた四者の「ゆかり」関係の構図において、物語の仕掛けを読み解いている(『狭衣物語/批評』翰林書房、二〇〇七年、章題「〈知〉のたわむれ―「紫」が「紫のゆかり」であるならば……」。初出は「狭衣物語の基幹―〈紫のゆかり〉の物語の行方―」、『武蔵野女子大学紀要』二九、一九九四年三月)。

(13)初出は「源氏の宮の養女性をめぐって」(『古代文学研究 第二次』一一、二〇〇二年一〇月)。

(14)ただし「ひとつ妹背」は、狭衣の周囲の「親達」「よそ人」「帝・春宮など」による見方でもあり、狭衣の内面には「我は我」と、その見方に反駁しようとする思いも併存している。

(15)鈴木もまた、「実際には少し手を伸ばせば届く距離にあった源氏宮との恋をみずから「あるまじきこと」と規制することにより、源氏宮を非現実的な存在に祭り上げ絶対の思慕を捧げていたのである。理由にもならぬ理由をもってその恋を「あるまじきこと」と自己規制するのは、まさに源氏宮をありながらに非現実化するためだったと結論づけたい。」（『狭衣物語／批評』翰林書房、二〇〇七年、章題「恋のからくり—源氏宮思慕をめぐって」。初出は「狭衣の恋について—源氏宮思慕を中心に—」、早稲田大学大学院『中古文学論攷』五、一九八四年一〇月）と述べている。

（16）坂本論では「禁忌」性を揺曳させたり誘発したりする「兄妹の恋」の物語として『伊勢物語』『源氏物語』のほか『篁物語』『うつほ物語』を挙げる。

（17）『物語文学史論』（有精堂、一九五二年）。

（18）狭衣が「薫型」であることの物語における具体的様相を明らかにした論考に、後藤康文「もうひとりの薫」（『狭衣物語論考　本文・和歌・物語史』笠間書院、二〇一一年。初出は「もうひとりの薫—『狭衣物語』試論—」、九州大学『語文研究』六八、一九八九年一二月）がある。

（19）この物語における源氏宮という女主人公の身体性の薄弱さは、狭衣と彼女との関係が狭衣の〈認識〉を基軸とすることにも起因するのだろうと、筆者は理解している。身体性という点では、『浜松中納言物語』の主要女性たち（唐后、尼姫君、中納言と対峙する場合の吉野姫君）はいずれも薄弱であり、『狭衣物語』以上に〈認識〉という視座が有効な物語なのかもしれない。

（20）『狭衣物語』における〈情報〉に関しては、井上眞弓「事件を語る語り手の情報操作について」（『狭衣物語の語りと引用』笠間書院、二〇〇五年。初出は「「わたし」を語る物語—『狭衣物語』の情報発着と操作をめぐって—」、『立教大学日本文学』八五、二〇〇一年一月）が、狭衣に寄り添い、狭衣の視覚・聴覚・触覚を通して語る語り手がもたらす情報について、諸本による違いも見通しながら論じており、参考になる。ただし、飛鳥井君の物語や女二宮の物語などにおける狭衣は情報から疎外されていると言えるので、この物語の〈情報〉の問題は引き続き考えていくべき課題である。

(21) この「宮の中将」については、後藤康文「『狭衣物語』の「宮の中将」をめぐって」(『狭衣物語論考　本文・和歌・物語史』笠間書院、二〇一一年。初出は九州大学『語文研究』五五、一九八三年六月)において、「式部卿宮の中将」と「中務宮の中将」という二人の「宮の中将」が『狭衣物語』に登場しており、本文上ないしは構想上の矛盾・混乱が生じていることを指摘する。さらに久下裕利は「宮の姫君の登場方法」(『狭衣物語の人物と方法』新典社、一九九二年。初出は「『狭衣物語』作中人物継承法(続)—宮の姫君周辺の問題」、『源氏物語と平安文学　第2集』早稲田大学出版部、一九九一年五月)において、後藤論を肯いつつも、二人の「宮の中将」の混乱は、物語終盤で『源氏物語』を想起させる式部卿宮家を登場させて読者の虚をつくための、物語の意図的方法であると論ずる。

(22) 「まろ寝」の後、宮の姫君への思いを募らせた狭衣が、未だ喪中の彼女を強引に三条の自邸に連れ帰るという山場はあるが、この場面も若紫巻の焼き直しであり、宮の姫君の物語としての自律性に欠ける。

(23) 大系本「こそ」なし。他本により補う。

狭衣と女二宮
——その即位まで

倉田実

一　はじめに

『狭衣物語』の最終場面は、狭衣帝の嵯峨の院行幸で締め括られている。嵯峨院病悩のお見舞いのために行われたもので、その際に、兵部卿宮（若宮）も滞在していることが語られ、障子越しの入道の宮（女二宮）との対面もなされている。最終場面に、狭衣・女二宮・若宮の、秘められた親子が登場していることは、極めて暗示的であると思われる。この三者の関係性が物語展開の根幹に位置することを思わせるからである。密通と秘密の子若宮出産を契機にした物語は、結末近くの狭衣即位と連関している。狭衣帝即位は若宮の存在によって導かれる仕組みになっており、その若宮の母が女二宮であった。狭衣と女二宮の物語を考える際には、若宮を介在させる必要性が痛感されるのである。従来の女二宮に関する論は、狭衣との関係性を物語展開に即して追尋することに重点が置かれていたようである。かくいう私もその一人になるが、この小稿では、隠された実の親子三人のありようを見据えていきたい。本文引用は本書第四章に同じになる。

二　女二宮懐妊と出産

密通による女二宮懐妊に気づいた母皇太后宮は、自身の懐妊と偽って奏上し、若宮出産の運びとなっている。皇太后宮は、若宮の容貌が狭衣と似ていることに気づいても、女二宮の相手とは分からずに、注(1)次のように独詠していた。

雲居まで生ひのぼらなむ種まきし人も尋ねぬ峰の若松　（巻二・一八一頁）

この歌は、「峰の若松」とされる若宮が、「雲居まで生ひのぼらなむ」ということで、その即位を予祝するものであった。歌は漏れ聞いた女房から狭衣に伝えられ、後に、「故宮の『峰の若松』と人知れずおぼし祝ひけむ」（巻三・一六一頁）、「かの『峰の若松』とかや祝ひおきたまひけむ」（巻四・三〇八頁）などと回想されている。若宮は、公的には嵯峨帝の皇子になるので、即位は実現可能ではある。しかし、誕生後すぐに若宮即位の予祝をする歌が詠まれているのは問題であろう。この歌に関して、考えておかなければならない点が、三点ほどあるように思われる。

一点目は、「種まきし人」になる父親の素姓を知らないままに即位を予祝する無謀さをどう考えるかという点である。この点は、すぐに狭衣が父親と察せられることで、皇太后宮の「生末に宮たちにておはせむも、むげにことのほかならざりけり」（巻二・一八二頁）という思いで不問に付されている。将来、若宮が親王としておられても、二世源氏の狭衣が父親ならば、皇統に繋がるので、あながち論外でもあるまいと自ら納得するのである。しかし、このように納得しても、次の点が問題になる。

二点目は、もし若宮即位が実現したとしたら、皇統の乱れが生じてしまうことを、皇太后宮、あるいは物語がどう理解していたかという点である。真実は内親王腹でしかない若宮に寄せる予祝は、皇統の流れを侵犯する問題を孕んでいるのである。この点は狭衣即位によって回避されることになるので、最後に考えることにしたい。

三点目は、若宮即位が実現するためには、皇太后宮の子として偽った出生の秘密が、漏洩せずにどのように守秘されるかという点である。秘密が守秘されない限り、若宮即位はあり得ない。帝位に昇ってほしいとするところに、秘密が漏洩しないで欲しいとする意があったとすべきであろう。

この秘密保持という点について、いささか考えておきたい。密通懐妊から出産に到る経緯で、もっとも念じられていたのは、密通懐妊という「憂き名を隠す」ことであった。皇太后宮もこのことを思案し（巻二・一七二頁）、女二宮は「吹きはらふ四方の木枯らし心あらば憂き名を隠す隈もあらせよ」（巻二・一七四頁）と歌に詠みこみ、「流れての名のうしろめたさ」（巻二・一八四頁）を痛感していた。密通出産という秘密の事態をいかに隠蔽するかが枢要の問題なのであった。そして、皇太后宮の懐妊という偽装を選択したことで、そのことの露顕も回避しなければならない事態となっていた。秘すべきことは二重にあったのである。

皇太后宮は若宮の七夜過ぎに死去してしまうので、秘密を守秘することは、女二宮に課せられた義務となっている。二重になった秘事が漏洩する契機は、出生に疑惑が持たれることである。若宮の素姓は探られてはいけないのである。ということは、女二宮が若宮を我が子として認知し、慈しむことは許されないことになる。若宮の素姓が知られることは、偽装出産の露顕になってしまう。それは密通露見と同義になる。密通と偽装出産という二重になった秘密の守秘、これが女二宮における最も枢要な課題になったのである。

密通露顕の回避は、狭衣拒否の物語になっていく。偽装出産露顕の回避は、若宮を我が子と認知しない展開になっている。偽装出産露顕を回避しなければならないことは、懐妊中の女二宮に意識されていた。

「いついかなることを取り出でて、あぢなき心構へのあさましさなどをさへ、世の言草に言ひ伝へ、上聞かせたまはむ」など、人知れずおぼさるるに、（巻二・一七三頁）

右の「あぢなき心構へ」が、偽装出産の欺瞞を指している。そのことの世間への漏洩、叡聞に及ぶ事態などが懸念されている。この意味の「心構へ」は皇太后宮にも使用されていて、「かかる心構へなどを（中納言典侍が）いかに聞くらむ」（巻二・一八二頁）と思念されており、偽装出産の秘事漏洩はあり得るのであった。なお、この時点で、中納言典侍は真相に気づいていないが、後に事情を察知することになる。しかし、物語は中納言典侍、及び女二宮の乳母などからの漏洩はないということで進行するようである。

出産以後の物語展開において、女二宮は若宮をきびしく拒絶する様子が語られているように見える。このことは、母の死の原因となった狭衣の子であるがゆえに拒絶するのだと考えられている。この理解で間違いはないが、私自身も含めて違う側面を十分に汲み取っていなかったようである。それは、二重になった秘密守秘が女二宮の枢要な課題であったことである。キーは若宮であり、母子関係が明確になれば、密通と偽装出産が世間周知のこととなってしまう。偽装出産を決意した母のためも、母子関係露顕は絶対に避けなければならない。だから女二宮は若宮を我が子としては拒絶しなくてはならないということになる。ここに母と名乗れない母親、子を認知できない母親という新たな造型が模索されることになる。

物語は狭衣即位と若宮即位の目途が立ったところで終息に向かっている。このことからすると、皇太后宮の歌に内在した、密通と偽装出産の秘匿と、若宮への予祝、このことが物語の構想の核になって、大きな磁場を孕んでいたことになる。続いて、女二宮と若宮という秘された親子関係が、どのように語られていたのかを見ておきたい。

三　女二宮と若宮

女二宮は、若宮をどう思って、どのように接していたのか。物語はこの点をはっきりと語ることをしていない。しかし、整理してみるのも無駄ではあるまい。

まず確認したいのは、秘密の母子として同居したのは、出産後の皇太后宮邸一条宮での一年にも満たない期間であったということである。誕生は物語二年の十月で、翌年八月には譲位した嵯峨院が「嵯峨の院」で出家し、同じく出家していた女二宮と住むようになっている。これ以後は母子別居となったのである。母子関係は秘されなければならないので、同居期間であっても、若宮を子として慈しむ余地がないままに別居となったことになる。

同居期間のこととして語られているのは、狭衣の女二宮の寝所侵入時であった。女二宮の物語は、逢瀬が一度か複数かが明確にできない本文状況だが、基本的に〈逢ひて逢はぬ恋〉として展開いく。〈逢ひて〉

は密通になり、〈逢はぬ恋〉は狭衣の侵入に際して、女二宮が逃げるという形になっている。注(2)こうした女二宮との〈逢ひて逢はぬ恋〉の展開には、必ず若宮のことが語られるようになっている。この仕組みからしても、若宮の存在を抜きにして女二宮を考えるのは有効ではないことになる。

一回目の〈逢はぬ恋〉となる寝所侵入の際に、狭衣は、若宮とかかわる女二宮の心中を察して次のように思っていた。

いはけなからむ人の御有様につけても、我が身を憂し、つらしとおぼし怠ることはあらじかし。あはれ、ただ今も寝覚めてやおぼし出づらむ。また、いとかばかり思ひ嘆くも、夢にや見たまふらむ。さまで思ふらむなど知りたまはじかし。（巻二・一九五頁）

女二宮は、「いはけなからむ人（若宮）」を見るにつけ、狭衣を酷い、冷淡だと常に思っているだろうと推量している。この箇所が、女二宮と若宮の関係性を語るはじめての段になっている。ここは狭衣の推量なので、その実際は不明となるものの、女二宮にとっての若宮は、狭衣そのものとして存在していた可能性はあろう。そうだとすると、狭衣ゆえに我が子を拒絶する思いがあったことは想像できる。物語は女二宮の若宮への対し方を表立って語ることはせず、狭衣側から、母子のありようを暗示させる方法をとろうとしている。

だから、この〈逢ひて逢はぬ恋〉の場面では、狭衣が、女二宮に隠れられて虚しく引き下がる際に、「若宮の寝おびれたまひて俄に泣き」出した声を聞くという設定がなされている。そして、この設定から、女二宮と若宮は寝所を同じにしていないことが読み取れるのである。秘められた母子関係なので、当然と言えば当然であろう。しかし、そうであっても女二宮は、自ら若宮に関知することを避けていたことが暗示されるのである。
女二宮の嵯峨の院移居は、母子同居がなくなるために、若宮の存在を日常的に気にしなくても済むので、女二宮にとって救いであり、幸いであったと言えよう。女二宮は、若宮のいる一条宮に帰ることをしていない。

入道の宮は嵯峨にのみおはしまして、この若宮の御事もさらに知りきこえさせたまはねば、ただ三の宮ばかりぞあはれに思ひきこえさせたまへるを、（巻二・二四三頁）

女二宮が一条宮に戻ることをしていないのは、若宮を見ることが辛かったからであろう。だから、移居した後は、若宮の世話に自ら関知することをしていない。また、わざわざその様子を伝える女房などはいなかったことになる。右では、もっぱら女三宮だけが姉弟としての情愛を注いでいたとされている。しかし、若宮のほうは、嵯峨の院に出掛けて、女二宮と会うことがあったらしい。それを窺わせるのが次の場面である。

「参らざらましかば、誰が懐に入らせたまはまし。かく恐ろしき雨も降らぬ、大臣など具して常にもろともに侍る所に出でたまひね」とのたまへば、うちうなづきて、「大臣はよしな。嵯峨の院こそ頭はきろきろとして恐ろしげなれ」と、まづおとしめきこえさせたまふぞをかしきや。「姫君も髪は短かくてにくげぞおはしますらん」などのたまへば、頭うちふりて、「いな。されどそれはよき」とのたまふ。（巻三・二一〇頁）

右は、霰が激しく降ったのに怯えた若宮が狭衣にしがみついているところである。この後に若宮が笛を逆さまに持って吹く真似をする場面が位置している。若宮は、数えで三歳、満で二歳である。この場面以前に、若宮は、嵯峨院の「なほ、さながら思ひ後見たまへ」（巻三・一五頁）との下命によって、一条邸に住みながら正式に狭衣の養子になっていた。注(3) だから、狭衣は自由に若宮に会いに行くことができるようになっている。しかし、父としての名乗りは許されることではない。若宮の実の両親は、共に親であることを名乗れないのである。密通で結ばれ、出産偽装がされたからに他ならない。女二宮の物語には、親と名乗れない父と母の物語が潜在しているのである。

さて、右の引用部で、狭衣の、大臣（堀川関白）と一緒に住む自分の邸に来ませんかとの誘いに対して、若宮は「大臣はいいね。嵯峨院は頭がきらきら光って恐ろしげだよ」と聞かれもしないことを口にしている。狭衣はさらに姉君も髪は短くてにくげでしょうと言うと、「そうでないよ。髪は短くてもきれいだよ」と答えている。

若宮の年齢からして、このように発言するのはやや無理があるかもしれない。また、生後一年弱で女二宮と別に暮らすようになったことからすると、嵯峨院の剃頭や女二宮の尼削ぎを知る機会はなかったはずである。無理のある場面になるが、若宮は嵯峨の院に出かけたことがあったということなのであろう。物語はわざわざこの場面を用意している。

若宮の言葉に対して、集成本頭注は前者に「奥に、嵯峨院の実子でないことを暗示」、後者に「あどけない幼児の言葉の奥に、切っても切れない母子の因縁を暗示」としている。無理な場面が設定されたのは、まさに秘められた父・母・子の関係性を語ろうとしたからに他ならない。若宮が女二宮の尼削ぎを「よき」としたということは、嵯峨の院に出かけた折に、女二宮は若宮を完全に拒絶していたわけではないことを暗示している。自分を嫌う大人を幼児が「よき」と見ることはありえない。女三宮が若宮を慈しんだようにはいかなくても、女二宮は姉として接することがあったことは、この語りから想定できよう。若宮が「姫君も」と呼称しているのも、このことを暗示している。

若宮の言葉があったとしても、狭衣のほうは、女二宮が若宮をどう思っているのかを、知ることができないでいる。だから、若宮が笛を吹く真似をするのを見て、次のように独詠している。

言ひ知らずうつくしうおぼえたまふにも、（子を）つれなく思ひ棄てて知らぬ顔に見はなちたまへる御心のうちは、なほ我があやまちといひながら、涙こぼれぬ。

うきふしはさもこそあらめ音にたつるこの笛竹はかなしからずや

「さてもいかやうにかおぼしたらん」と、御心のうちもゆかしく、かなしき慰めには、懐に引き入れたてまつりたるも、（巻三・二一一頁）

狭衣は、女二宮が若宮を「つれなく思ひ棄てて知らぬ顔に見はなちたまへる御心のうち」を推し量ると、自身の「あやまち」のせいだと思わずにはいられない。しかし、「子の笛竹はかなしからずや」「さてもいかやうにかおぼしたらん」と女二宮の内面を不審に思っている。子どもは可愛くないのだろうか、子どもをどのように思っているのだろうかと不審なのである。狭衣に若宮を案じる女二宮の様子が伝わっていないのである。そこで女二宮の真意を確かめるべく、若宮を絵に描き、「塵つもり古き枕を形見とて見るもかなしき床の上かな」の歌を添えて嵯峨の院に贈っている。嵯峨の院には中納言典侍が伺候しており、早速女二宮に見せている。

宮は念誦堂におはしますに、例のもて参りて広げて参らせたるを、「誰がぞ」とて目とどめさせたまへるに、御心得させたまへるにや、御顔の色うつろひまさらせたまひて、御経に紛らかさせたまへ

るさまなど、

（巻三・二二〜二三頁）

狭衣の文を中納言典侍が女二宮に届けることは、「例の」とあるので通例になっている。この折は中納言典侍が絵を広げて見せたので、女二宮は目をとどめている。そして、狭衣からと察すると、御経を読むことに紛らわしているが、狭衣の歌をはっきりと読んでいた。

かうのみつもる御文の数もさだかに御覧じつづけねば、なかなか何とも知らせたまはぬに、床の上の形見などは、「残りなう聞きあらはしたまひてけり」とおぼすに、「なべての人もみなかくのみこそはあらめ。されど、よその人は、何しにかはかうも言ひ聞かせむ。中納言などをも、その折は知らぬとこそは思ひしか」とおぼすに、その折の御心惑ひに劣らず恥づかしういみじきにも、「身一つにだにあらず、あながちなりし御心構へのほどを院も聞かせたまふやうもあらむかし」と、こと人よりも御心のうちはいといとほしう、「この世もかの世も、ただ憂き身一つのゆかりにやつれたまひぬるぞかし」とおぼしやらるる御心のうちなどは、ながらふるもあさましく憂くのみおぼし知られながら、

（巻三・二三〜四頁）

右で「床の上の形見」は、若宮の絵に添えた狭衣の歌「塵つもり古き枕を形見とて見るもかなしき床の上かな」を受けているので若宮を指している。女二宮は狭衣の歌も目にしたのである。その歌で狭衣が、女二宮の「形見」として見るとしたのは若宮になることは明白である。この歌によって、女二宮は狭衣が出産の経緯を「残りなう聞きあらはしたまひてけり」との確信を抱くようになっている。出産偽装にかかわる秘密を、狭衣が残りなく聞き及んでいると悟ったのである。

女二宮は、狭衣が聞き及んだのは中納言典侍が話したせいかと思ってみると、密通時の惑乱に劣らない

ほど恥辱を感じている。その恥辱は我が「身一つ」にとどまらず、「あながちなりし御心構へ」をした皇太后宮にかかわり、そのことを聞き及んでいるかもしれない嵯峨院にも及ぶのである。だから、「ただ憂き身一つのゆかりにやつれたまひぬるぞかし」との思いを強くしている。この思いは密通時からのものであり、「憂き身一つゆゑに、かくさへならせたまひぬる」（巻二・一七一頁）、「我ゆゑつひにかくなりたまひぬる」（同・一八五頁）と繰り返し語られた女二宮の中心的な内面になっている。だから、狭衣の手紙などを「見ぬわざもがな」（二四頁）と思い乱れることになる。

狭衣としてみれば、若宮をだしにすれば、女二宮は少しくらい自分に靡いてくれるだろうとの下心があったのであろう。しかし、狭衣の作戦は失敗に終わっている。これ以後、ますます狭衣を拒否する姿勢を女二宮は強めていく。この後、狭衣は大和撫子に若宮をよそえた歌を贈っているが、それに対して、「とあるを、御覧ぜさすれど、例のかひあらむや」（巻三・七九頁）との草子地ではぐらかされるようになっている。語り手は、女二宮の恥辱感や苦痛を察しているのである。

しかし、狭衣はこれに懲りることなく、女二宮に会うことを願い続けていく。〈濡衣の恋〉によって一品宮との不本意な結婚をするはめになると、注(4) その弁解のための文と口上を中納言典侍に託している。女二宮は訪れた中納言典侍の縷々と説得する言葉にも応じる姿勢を見せることはない。「若宮の御方様にことよせてば、などかはことの外に」との説得も功を奏さないのである。中納言典侍も狭衣同様に、若宮のことを持ち出せば、女二宮の態度が軟化するはずとの思いがある。それでも女二宮の拒否の思いは変わらないのである。若宮に情愛を見せることは、秘密露顕に繋がるとの思いがあるからだとしか考えようがない。親と名乗らない道を女二宮は選択しているのである。

四　法華曼荼羅供養と法華八講

女二宮は密通時からこの世から消え失せたいと念じていた一方で、出家以後は仏道修行に励んでいく。厭離穢土の思いを強くし、浄土への往生を願うためである。その志を明らかにするために催されたのが、嵯峨の院での女二宮の法華曼荼羅供養とそれに続けた法華八講であった。注(5)この仏事は女二宮にとっての転機となっており、また〈逢ひて逢はぬ恋〉の最も大きな山場となっている。狭衣が日々参会し、若宮も滞在しているからである。

宮、いとどまぼろしの世を背き捨てさせたまへるのみうれしくおぼしめされて、御心のうち涼しう一心に行なはせたまふに、大将、日々に参りたまひて、人よりけに濡らし添へたまひつつ、忍びあへぬたまはぬ袖の気色ぞ、澄みがたうおぼしわびける。若宮もこのごろは渡しきこえさせたまへれば、内外紛れ歩かせたまふは、げにいとどしき心の催しなり。（巻三・一五五〜六頁）

女二宮は供養や法会を行うことで、「まぼろしの世を背き捨て」て出家したことを嬉しく思い、胸中もさわやかになって仏道修行に励んでいるという。しかし、道心の妨げになる存在があった。それが、狭衣と若宮であった。狭衣の涙で袖を濡らして悲しみに耐えられないような様子を目にすると、「澄みがたうおぼしわび」てしまい、連れて来られた若宮があちこち動き回ると、「いとどしき心の催し」になるという。道心を曇らし、心を揺るがすのである。自身が生んだ子とその父親が、忌まわしい存在として意識されている。

しかし、若宮を目にすることが、「いとどしき心の催し」になるとされたことは、示唆的である。若宮をすっかり無視して、心のうちから払拭できないのである。我が子として意識せざるを得ないということになろう。物語はその内面をこれ以上語ることはしていないので何とも言えないが、「心の催し」のありようは、これまでの展開からすると二方面で推定することができよう。一つは、子が酷薄な狭衣を意識させてしまうことによる動揺である。この点は、狭衣自身によっても推量されていた。もう一点は、子に身近に接して母としての愛情を持ってしまうことへの恐れであろう。皇太皇宮の「心構へ」を思うと、自身は母とは名乗ることは許されない。母子関係を見透かされるような振舞は回避しなければならないのである。こうした決意が鈍るのが、若宮を目にすることなのである。

この仏事の段においても、さりげない会話で母子関係の実際を暗示的に語っている。狭衣が若宮に今夜は帰りますので宮のお側でお休みなさいと言うと、若宮は次のように答えている。

宮は仏の御前にて経読みたまふや。例も抱きたまはぬぞ。ただ、いざふたり寝む。

（巻三・一五七頁）

狭衣は何とかして女二宮に母としての自覚をさせたいのであろう。だから宮と一緒にお休みなさいと言ったことになる。しかし、若宮はいつも抱いてくれないと答えている。女二宮は若宮を抱かないことによって、母としての自覚を抹殺して、自身を律しようとしていることになろう。

この折に、狭衣は女二宮の仏前を密かに見たいので妻戸の掛金をはずしてくれるように頼んでいた。頼まれた若宮は、御堂に行って歩き回るので、気づいた中納言典侍が抱き上げている。

抱きたてまつれば、「『今宵は宮の御前に御殿籠れ。つとめて迎へに来む』と語りたまへば、「さて、例ならずなつきまゐらせたまへるなりけり」とて笑へど、宮は見もおこせたまはず。

（巻三・一五九〜六〇頁）

中納言典侍は若宮の言葉から御堂に来た理由を察して、だから普段とは違ってこちらに甘えに来られたのですねと微笑んでいる。しかし、女二宮は振り向くことさえしていない。女二宮はもう若宮に気を許すことはないのである。

物語はこの場面以降、女二宮の若宮への対し方を語ることはなくなっている。ここまでの語りで十分との理解なのであろう。繰り返すが、女二宮は我が子に対して母と名乗らない道を選択しているのである。こうした造型が女二宮になされているのである。

五　天照御神の神託

巻四後半にもなると、若宮に関しては、皇太后宮が予祝した事態を迎えるようになっている。若宮世嗣問題が浮上したのである。注(6)世嗣不在の後一条帝が世情不安によって退位の意向を強くするものの、男親王は東宮しかいなく、その即位の後は、春宮不在となってしまう状況であった。そこでにわかに取り沙汰されたのが臣籍降下して狭衣の養子となっていた若宮の存在であった。後一条帝譲位後に、若宮を春宮に据える案が現実的になったのである。しかし、それを諌止する天照御神の神託がなされた。次の引用は、その神託になる。

大将は、顔かたち、身の才よりはじめ、この世にき過ぎて、ただ人にてある、かたじけなき宿世、有様なめるを、公の知りたまはであれば、世は悪しきなり。若宮は、その次々にて、行末こそ知りたまはめ。親をただ人にて、帝に居たまはむことは、あるまじきことなり。さらでは、公の御ためいと悪しかりなむ。やがて、一度の位を譲りたまひてば、御命も長くなりたまひなむ。このよしを夢のうちにもたびたび知らせたてまつれど、なほ心得たまはぬにや。　（巻四・三一一〜六〇頁）

天照御神は、皇統でありながら、この世にまたとない狭衣が臣下にいるのは畏れ多いのに、それを帝が気づかないために世情が不安なのだと諭している。取り沙汰されている若宮は、狭衣帝の二代あとに即位させればいいのであり、「親をただ人にて、帝に居たまはむことは、あるまじきことなり」としたのである。現東宮がいるので、帝位は、狭衣帝→現東宮→狭衣帝皇子若宮にせよというわけであった。ここに若宮の実父が狭衣だと示唆されたわけだが、物語は「若宮の御事をぞ、誰も心得ずあやしうおぼしける」（三一二頁）と語るものの、それ以上の追及を曖昧にしたままにしている。この語りによって、狭衣と若宮の親子関係の追及は回避されたのである。

もし、狭衣と若宮の親子関係が追及されたとしても、ここまでくると、実母が女二宮であったとは誰も気づくことはないと言えよう。皇太后宮出産時に、女二宮は病に臥せっており、若宮誕生まもなく出家していた。そして、女二宮は若宮の実母であることに気づかれないように過ごしてきた。若宮の実母が女二宮であることに気づかれる余地はもうないのである。

物語は、皇太后宮の若宮即位の予祝をこうした形で実現させようとしている。若宮即位は偽装出産を隠蔽することで可能なのであった。隠蔽する最も大事な手段は、女二宮が母の自覚を持たないようにすることである。母としての素振りを見せれば、偽装出産の秘事が漏洩する危険がある。女二宮は、このことを自覚していたのは間違いない。若宮即位は、皇太后宮の予祝に胚胎し、女二宮の子を認知しない生き方によって、実現すると言えるのである。また、このことの為に狭衣の即位がなされたとも言えるのである。女二宮と狭衣の物語は、若宮を介在させて、『狭衣物語』の根幹に位置づけられるのである。

六　おわりに

『源氏物語』は実の父子でありながら、互いにそれと名乗れない光源氏と冷泉院のありようを語っていた。後期物語になると、実の父子でありながら、父と名乗れず養親子関係を強いられた男主人公を形象するようになっている。『夜の寝覚』の内大臣とまさこ君、そして、『狭衣物語』の狭衣と若宮である。

この一方で、母と名乗れない女性を語るようになっている。『夜の寝覚』の寝覚君と石山姫君である。内大臣の密通によった懐妊・出産を隠蔽するために秘密裡に出産し、誕生した石山姫君は、すぐに内大臣に引き取られたために、寝覚君は母と名乗れなかった。現存巻三にもなると母子関係が成立しているが、そうなるまでは母と名乗れなかったことは確かである。また、『今とりかへばや』では、男装していた折に宰相中将によって懐妊させられた女大将は、女装になった以後、生まれた子への慈愛のまなざしを保持するものの、母と名乗ることは自ら禁じていた。母と名乗れない女君たちが登場していくのである。『狭衣物語』の女二宮と若宮の関係も、こうした系譜に位置づけられるのである。

注

（1）狭衣物語研究会編『狭衣物語全註釈』（おうふう）は、皇太后宮詠の前にある「こはいづくなりし人ぞ。あなあさまし」の解釈がおかしく、若宮の父が狭衣と気づいた意として、歌もそのように解している。ここは、新全集や集成のように、皇太后宮の独詠歌の段階では狭衣が父親だと気づいていないとすべきであろう。
（2）拙著『狭衣の恋』（翰林書房、平成11〈一九九九〉年）
（3）拙著『王朝摂関期の養女たち』（翰林書房、平成16〈二〇〇四〉年）
（4）注（2）に同じ。
（5）拙著『庭園思想と平安文学』（花鳥社、平成30〈二〇一八〉年）
（6）注（3）に同じ。

狭衣と飛鳥井君
――その娘の行方まで

野村倫子

一　はじめに

飛鳥井君の像は、引用の問題とも関わって、確定しにくいものがある。

二〇一八年度秋季は和歌文学会でも中古文学会でも『狭衣物語』の異文に関する発表があった。和歌文学会では豊島秀範氏が「物語中和歌の増減と表現の異同―狭衣物語を中心に―」と題して、活字化され通交している。注(1)『狭衣物語』四本所収の和歌について講演された。注(2)和歌表現の異同は六九％にのぼり、作中和歌の総数自体、最大で今姫君六首、飛鳥井君四首、天稚御子二首が削除されて、一類本（深川本・新全集）から三類本（流布本系・集成）へと歌数が減る傾向にあり、今姫君や飛鳥井君は和歌を削られることが可能な存在か、とまとめられた。狭衣に関わる女性たち、源氏の宮をはじめとして、女二の宮、一条院の一品の宮、式部卿宮の姫君が内親王もしくは皇孫と皆皇族である中、飛鳥井君のみ平氏でしかも中納言の女君という特異な存在であり、それだけに、人物像が改変されやすく本文の異同も激しいといえる。

以下、引用本文はすべて小学館の新編日本古典全集により、括弧内の丸囲み数字は巻数、漢数字は頁を示す。

二　問題の所在

飛鳥井君は物語中一番問題提起の多い人物であるといえる。『源氏物語』の「夕顔」「浮舟」に比され、場面・詞章レベルから、狭衣との出会いから逢瀬にいたる構成自体の反転[注(3)]という規模まで、引用の各論は著しい。近年は活発な諸本間の比較研究によって「夕顔」引用による像さえ、系統間で異なることが明確になってきている。また、狭衣と他の女性との関係から、飛鳥井君の登場が自立したものではなく、先行場面の女君の有する意味の継承あるいは断絶という問題も浮上し、そのことによって作品内での位相も異なってきている。さらに、和歌引用の異質さから、逸脱した言説に囲まれ[注(4)]、その多用性によって狭衣の意思さえ解釈にゆれが生じる。[注(5)]そして、「沈黙」の君といわれてきた飛鳥井君像も、「夕顔」引用を越えて、乳母、常盤の尼君、今姫君の母代を巻き込み[注(6)]、巻四の「絵日記」も加えて、捉え直しがされている。[注(7)]加えて、女院を頂点とする女君たちが次々と立場・役割を取り替える中で、次第に消えていく姫君の生母飛鳥井君の姿や、遺児の姫君や扇をめぐる「形見」の意味の変遷など、飛鳥井君と周辺はさまざまなレベルで変容し続ける。[注(8)]作中人物だけではなく、語り手、あるいは読者もまきこんでゆく飛鳥井君の「変貌」は特徴的であり、引用原典との比較の中から、あり得たかも知れないもう一人の飛鳥井君の幻想がいくつも見える。

「変容する女君」飛鳥井君の諸相を、以下の各節でまとめていくことにする。

三　狭衣が飛鳥井君と出会うまで

狭衣と飛鳥井君の交際は、夏の夜、狭衣が不審な女車を見とがめて、仁和寺の威儀師に盗まれる所を救ったことに始まる（巻一①七四～七八）。

しかし、飛鳥井君との出会い以前に、狭衣には幾人もの女性との交流が存在した。まず、冒頭から源氏の宮思慕が語られ（①一七～一八）、五月五日の節句を控えて「蓬が門の女」と和歌の贈答があり（①三一～三二）、五日には、宣耀殿女御や一条院の姫宮に和歌を贈り（①三三～三五）、さらに帝から女二の宮の降嫁さえ承っている（①四六）。宣耀殿女御と飛鳥井君は二人は大きな身分差をもつが、宣耀殿の

うきにのみ沈む水屑となり果てて今日は菖蒲のねだにながれず　（①三五）

と、飛鳥井君の

早き瀬の底の水屑になりにきと扇の風よ吹きも伝へよ　（①一五二）

の詠歌はともに「水屑」の語をもち、さらに狭衣への思慕を積極的に表す共通点をもつ。飛鳥井君は帥中納言の女であるが（①八五）、中納言の職で終わったのは早世によるもので、健在であれば昇進する可能性はあった。[注(9)] 太田美知子氏は『伊勢物語』六段の二条后が「いとこの女御の御もとに、仕うまつるやうにて」（一一八）と、染殿后に出仕した後に自身も后になったことから、後に巻三で「女院の…常に召しし

かど」（②五一）と飛鳥井君も出仕の要請を得ており、后となる可能性もあったとして、狭衣が宣耀殿女御を盗む物語を幻視する。注(10) ついで、「蓬が門の女」は宣耀殿女御より先に和歌の贈答がなされているが、登場場面の「半蔀に集まり立ちて見たてまつり賞づる人々ありけり」（①三一）や「随身」「童」など夕顔の宿を思わせる語がちりばめられている。土井達子氏は「夕顔」の先行論文を踏まえて、夕顔の五条宿を重ねるだけでなく遊女の宿の趣を見るが、注(11) 今井久代氏は、この女性は色めいた関心が明白でありながら結果はありふれたシロモノであり、夕顔とは全くちがう肩すかしの存在とする。注(12) そして、萩野敦子氏は斎木泰孝氏の説を引き受けて、飛鳥井君を「蓬が門の女」の分身として、品劣る女との恋を分析する。注(13) 女二の宮降嫁の沙汰に気が進まない狭衣は再び蓬が門を訪れるが、女はすでに退去し再会できなかった（①七〇）。その女の、二度目の、姿なき登場を飛鳥井君登場の〈伏線〉とする。右のように飛鳥井君は宣耀殿女御とも蓬が門の女とも交換可能とされつつも、「やんごとなき辺りどもよりは、慣らはぬ草の枕もめづらしくて」（①八五）と交換不可の存在となっていく。

四　「夕顔」引用による飛鳥井君像

偶然出会った女君の住居は「半蔀長々として」（①八〇）と「夕顔」の小家めいた描写で始まり、狭衣に応えた最初の詠歌によって女君は「飛鳥井」と呼ばれるようになる。

泊れともえこそ言はれね飛鳥井に宿りとるべき蔭しなければ　（①八三）

この「飛鳥井」は催馬楽に由来するが、催馬楽の歌詞や曲名は共同体の共通意識、あるいは人物説明として機能し、飛鳥井の宿りと結びついた人物として固定化したところに特異性がある。[注14] そして「飛鳥井」は〈水〉に纏わる表現の始発でもあり、語り手に「女君」と呼ばれつつも、周囲のひとびとからは「飛鳥井」、つまり仮の宿りと認識されていた。土井達子氏は「飛鳥井」から神婚のイメージを付与し、巫女的であった巻一でのみ「飛鳥井」と呼ばれたとする。[注15] やがて、巻三で存命を狭衣に知られて以降は「飛鳥井」と呼ばれることはなく、「飛鳥井」から「道芝の露」へ、位相の変化に伴い呼称が変化するのも飛鳥井君の特徴である。

夕顔と飛鳥井君は共通して弊屋で逢瀬をもち、男の視点から女君を観察し描写する中で愛を深めるが、夕顔は亡くなり、飛鳥井君は恋へと進む。つまり、夕顔の死により切断された恋人の時間を、狭衣と飛鳥井君は逆に起点とした夕顔亡き後の「夕顔物語」とも読める。[注16] しかし、狭衣は別当の子の蔵人少将を名乗り（①八七）、飛鳥井君も「我が身をも海人の子とだに名のりたまへ」（①九〇）と狭衣に求められても、ついに素性を語らない。[注17] 飛鳥井君の乳母は不誠実な狭衣より、誠実に思える道成に女君を託そうとする。そこに至るふたりの交流場面では狭衣の発言に和歌引用が多く、そのことによって多義化してしまう狭衣の〈ことば〉のありようが、逆に語ろうとしない飛鳥井君とのすれ違いを生む。[注18] そして、飛鳥井君をめぐる特異な歌語が、飛鳥井君と狭衣の逢瀬の特異性をきわだたせてゆく。

五　乳母に謀れて道成の妻となり、西国に向かう

ここに至るまでの飛鳥井君について、今井久代氏によって異本系本文を中心に分析されている。[注19] まず、

身元を隠し合う二人について、異本系は女房右近と光源氏に見逃された夕顔の沈黙に迫ろうとするところに特徴があり、夕顔をなぞると認定する。次に、内情が逼迫した場面の飛鳥井君の沈黙について、絶望的自己認識は共通するが、異本系は狭衣との不釣り合いな未来への絶望からとし、深川本・流布本は具体的な事柄によって理由は変化してゆく、とされる。本来の生まれより下位に落ちたために名乗りを拒み通した夕顔に対して、異本系の飛鳥井君は矜恃と絶望を見つめるが、他の二系統は、飛鳥井君を、生まれながらの中流貴族の心をもった女君と造形された。そして、狭衣の乳母子道成に女君を渡す乳母は、異本系では発話が削減もしくは簡略化して、常識的な判断の下に養君飛鳥井君の幸せを思って道成との結婚を進める人物となるが、他の二系統では、道成の求婚を受けた上で東国行きで脅し、少将と名乗る狭衣を否定する人物とされた。さらに「土忌み」による移動を飛鳥井君が拒む沈黙も、異本系では狭衣との未来を諦めたとするのに対して、他の二系統は、未来を信じて、乳母に真実を明かす意図がなかったことを理由とする。以上のように、悉く対立の様相を見せ、二つの全く異なる飛鳥井君像が立ち上がってくる。

東国行きまでの飛鳥井君は、恋の永続のために身をひこうとしたが、狭衣との最後の逢瀬に至って「あやしうあはれ」（①一二二）の語で夕顔との逢瀬を想起させる表現をとる。道成を拒んで恋を守ろうとする女に変化し、さらに「変らじと言ひし椎柴待ち見ばや常盤の森にあきや見ゆると」（①一三〇）の歌に常盤の森で待つの意を隠し、その一途な恋は、精神的な深みをもって、『源氏物語』には描かれなかった別の人物を作り出した。そこに『源氏物語』から「人物像の設定や発話を摂取しながら、別のコンテキストに当てはめ、心中を丁寧に描いた物語取りの方法」を見る。注(20)

やがて飛鳥井君は道成に伴われて舟に乗せられ、狭衣に庇護されるべき乗り物には乗れなかった。その点に於いて宇治に向かう薫の車に同車し、あるいは宇治川を匂宮とともに舟で渡った浮舟とは、同じく入水を選びつつ別の存在と位置づけられる。[注21]

この間の事情について、久下裕利氏は実在の人物に典拠を求め、[注22]故人手すさびの扇、帥平中納言の娘の存在、女房筑前が盗まれて常陸に下った事件、橘為仲の陸奥赴任など、飛鳥井君の九州への誘拐と扇の遺詠のモデルとすべき事象が藤原頼通ひいては作者圏にあったとする。それに対して千野裕子氏は、船中、頑なな飛鳥井君に対して道成が「衣の関を恨みわぶ」（①一四九）ると見えた陸奥の歌枕「衣の関」は、狭衣の物語とは別世界とする。先に乳母が「陸奥の国に将軍といふ者」（①八八）と縁を結び、東国に下向しようとしたが、衣の関は前九年合戦の激戦区衣川関を背後に抱え、戦場の可能性を含むところから、物語が回避した飛鳥井君の末路を幻視する〈読み〉を呼び込む。[注23]

容易に靡かぬ飛鳥井君に対して、道成は「やんごとなき人の、なべての女房にはあらぬ」（①一五〇）もとに通うようになるが、土井達子氏は、この女房と飛鳥井君の結婚は表裏の関係にあり、舟の登場に、遊女の舟の訪れである可能性を示唆する。[注24]そして、巫女にも遊女にも携えられる「扇」の語から論を補強する。扇は複数の男性と結ばれる「遊女性を象る記号」であり、飛鳥井君自身が所有する扇が登場しないのは「夕顔取り」をずらしたためで、〈飛鳥井君ゆかり〉の扇が道成、狭衣の二人の男君達に所有されるのは、入水しなかった場合の境遇を暗示するためという。その「扇」は入水に及んで男の身元を知らせる小道具にとどまらない。夕顔から源氏に贈られた扇は、持ち主の見当が付かず情報が伝達されないのに対して、狭衣は、夕顔の扇を女の心情を誤って伝えた品と読んだのではないか、という夕顔像の一つの解釈の中から、扇は恋物語の始めではなく終わりにあり、女の真情を正しく男に伝える物語を創造したとも解釈される。[注(25)]しかし、飛鳥井君は入水し、「扇」はただ一人狭衣に向けた飛鳥井君の「形見」として、その後の物語を大きく横切ってゆく。[注(26)]

飛鳥井君の狭衣への思いからの「入水」に至る過程は、異本系では、最初から何の未来も期待できぬ身と考えて、諦めながら実は狭衣への強い思いから生きた証を遺す自己主張の死であるのに対して、他の二系統は、浮舟や光源氏の目に映った夕顔のような可憐で内気な女性が運命に流された果てにようやく自らが選び取った意思を発現した死であり、ここでも全く異なった像を結ぶ。[注(27)]

飛鳥井君の入水をめぐっては「夕顔」「浮舟」との距離が露わになっていくが、『伊勢物語』六段の昔男が道成に、高子が飛鳥井君に投影されたと見て、[注(28)]前項でも触れた（可能態で不発に終わったが）狭衣が宣耀殿女御を盗む話を卑小化したのが、道成の飛鳥井君の西国同道であると解すると、三位中将の娘「夕顔」とともに妃になりうる飛鳥井君という別の身分が幻視されてくる。

六　飛鳥井君を失い、狭衣行方を求める

巻二の末、狭衣は粉河寺への旅中、吉野川で飛鳥井君を求める一首を詠む。「水の女」と規定もされた飛鳥井君であるが、ここには「底」表現を巡る問題がある。[注(29)]「底」は入水をした女君を表現するにあたって『万葉集』や『大和物語』には見えない語である。『住吉物語』以降「失踪」して居所を問うた答えに「其処（に居る）」と答え、あるいは「入水」して「（水）底」にあるとの二つの表現系を統合したのが吉野川での狭衣の詠歌である。

浮舟のたよりにも見んわたつ海のそこと教へよ跡の白波　（①二九七）

しかし、行方を問えばその居所がわかって結ばれる物語の系譜の中、『狭衣物語』で呼びかけに応じたのは飛鳥井君の兄の僧で、狭衣が生きた飛鳥井君に再会できないところに既成の型からの逸脱があり、飛鳥井君は再会を果たす他の姫君たちとは一線を画す。

寺で逢った僧が飛鳥井君の兄と知り再会を期すが、その翌朝、僧は下山したあとで、再び手掛かりは切れる。続く巻三に至って、洞院上の養女今姫君の母代から飛鳥井君生存の情報が伝わるが、ここでは、情報源である母代の情報、飛鳥井君の叔母常盤の尼君の語りが俎上にのぼる。その発端は巻一の乳母の狭衣不信にある。

千野裕子氏は人間関係の〈文目《あやめ》〉で物語を解く。[注30] 狭衣の訪れを不快に思う乳母は男君が別当少将ではないと気づきながら道成に知らさず、飛鳥井君は乳母への不信から男君について訂正をせず、飛鳥井君や乳母、狭衣、道成を含めた人々の間で情報が機能不全に陥って飛鳥井君を入水に導く一方、巻三での今姫君母代は、飛鳥井君と狭衣に関して詳細な情報を持っている（②四九～五二）。見える〈文目〉が機能しないで飛鳥井君を入水に導き、見えない〈文目〉が機能して飛鳥井君と狭衣が引き合わされるとするが、情報のひずみをさらに追求すると、物語の語り手も巻き込んで、物語そのものが変容してしまう。鈴木泰恵氏は、飛鳥井君や語り手による直接的な言説、語り手により語られた各登場人物の発話言説や内的言説の齟齬を分析し、物語と「主体」をめぐる問題を鮮明にする。[注31] 対象となるのは、飛鳥井君亡き後、常盤尼君が姫君を養女に出した事実を狭衣に語る場面（②五九～六一）で、生前の飛鳥井君の「沈黙」も疑問の対象となる。尼君は生前の飛鳥井君の「無言」に拠って救出までの状況を知らなかったとするが、詳細に語る母代の発言は尼君の主張と齟齬をきたす。知らないとする尼君の発言を偽とし、早い時期から女君の話から全容を把握していたという「読み」の可能性を示唆し、さらに、尼君は絵日記を見せただけでなく、飛鳥井君からの情報もすべて母代に伝えたかと推測する。遺児の姫君の処遇も、狭衣の不誠実さを案じ、一品の宮の養女に出して当座の身の上を安定させたうえで母代からその存在を狭衣に知らせ、様子を見るという尼君の判断があるという別様の「語り」の方向性が浮かび上がると読む。一品の宮の母である女院は尼君を介して女君の出仕を求めており、かつての主筋を頼んで尼君は飛鳥井君は女院女房に、姫君は一品の宮の養女にと目論んだが、飛鳥井君本人の思惟とはずれた可能性にも言及し、飛鳥井君は「沈黙」の女君ではなく、尼君にすべてを語り期待した分絶望が深かったのではないかと、従来の「沈黙」の女君像を覆してゆく。

やがて、年末には飛鳥井君の一周忌の法要が行われるが、再び「夕顔」引用が浮上する。夕顔四十九日の法要と、願文や布施の装束の描写、光源氏と狭衣の願文を巡る漢才と文芸受容力のずらしなど近接した表現は多々あるが、夢に見える二人の女君の違いは大きい。注(32) 夕顔はとり殺した女が傍らに寄り添う姿で顕れ(①一九四)、飛鳥井君は

暗きより暗きに惑ふ死出の山とふにぞかかる光をも見る　(②一四一)

と詠み、極楽往生を狭衣に告げ、夕顔とは全く異なった様相を見せる。

この歌の「とふ」には、尼君を通じてことばを伝えたのに、なぜ狭衣が来ないのかという思いも読める。注(33) 飛鳥井君の「沈黙」が悲劇を招くとする「語り」の方向性とはまったく違い、すべてを尼君に語っていたのに、尼君の狭衣はあてにならないとの判断から、狭衣にことばを伝えたい、来てほしいという飛鳥井君の意思が無視された可能性を読み取るものである。

飛鳥井君が入水を果たさず、常盤で亡くなる構図を丸山薫代氏は「二度の死」と定義づける。注(34)入水の手前で救出されたにもかかわらず、巻二以降も「底の水屑」「底の藻屑」が使われ入水のイメージが印象づけられていたのが、巻三で生存が語られると、水に関わる表現が消え、遺児に焦点が当てられるように、二度目の死を描く意味は、姫君の出産と、入水が仏教的な意味で救われないからだと理由づける。そして飛鳥井君は、死によって男君に哀悼されるという男君中心的な物語の論理に屈し、狭衣の悲恋という物語の構造が飛鳥井君の死を必要として二度目の死が描かれる点で、浮舟にくらべて批評性の低い女君と位置づけた。

七　遺児の姫君と絵日記

西国下向以来の飛鳥井君母子の「夕顔」引用と「玉鬘」引用を併せて確認すると、玉鬘は都で生まれたものの母夕顔の死で九州に下向ののちに上京し、飛鳥井君は九州下向の途に投身を図ったものの救われて上京して出産に至る。玉鬘は九州からの上京の旅が描かれ、飛鳥井君は西国下向の船中が描かれ、旅程の方位ベクトルは逆転している。注(35)そこからすでに遺児の「玉鬘」引用は離れ始めている。

さて、飛鳥井君生存の情報と並行して今姫君の存在が介在してくる。注(36)飛鳥井君とその遺児の関係が夕顔と玉鬘の母子関係から明石君と明石姫君の母子関係へと移行していることを前提に、注(37)今姫君と飛鳥井君所生の姫君は表裏一体とする論である。飛鳥井君の遺児と今姫君はともに故平中納言の一族である共通点をもちながら、今姫君は置かれた状況が悪く、立場に差があったところから始まり、巻三以降に据え直しが行われて、二人の役割に大きな違いを生じ、飛鳥井君の遺児は皇女となり、結果的に父狭衣帝を支えていく存在と化す。狭衣即位の物語を支えるのは、皇親でありながら憧憬で終わる源氏の宮ではなく、むしろ中の品の姫君であるという。注(38) 三節の飛鳥井君自身の立后を見た論とも関わるところである。飛鳥井君の遺児が皇女の格を獲得するには、一条院の一品の宮の母女院を頂点とする女君達の役割交代にあった。注(39) しかし差異はあっても、どのようなルートをとっても、狭衣即位と皇女の構想は予定されていたといえる。

一品の宮となった遺児のもとに飛鳥井君の「絵日記」が届けられる。「扇」が所有者を転々として誰にとって誰の「形見」かということが変遷するのと同様、注(40) 絵日記もまた、直接的には「常盤に侍りし老人の、昔、見え侍りけるあやしの反故どもを、取り置きて候ひけるを、亡せはべりにしのち、御覧ぜさせよと、言ひ置きはべりし」(②二九六)と、尼君の遺品として登場してくる。「絵日記」といえば、『源氏物語』の須磨の絵日記が先行して存在する。光源氏が藤壺との関係を憚って須磨に退去した折に、つれづれを慰めて須磨で書いた絵をまとめたもので、明石の姫君の出自とも関わる内容であったが、姫君の入内を控えた「梅枝」で物語から消える。代わって、「若菜上」で帝の御子を出産する間際の女御のそばで、祖母の尼君が明石一族ひいては明石入道の悲願を語り聞かせる(④一〇四~一〇七)。飛鳥井君の絵日記は、半生を自ら描き姫君誕生も書きとどめるものである。そして、一品の宮が飛鳥井君に生き写しであることを確認するためにも「絵」である必然性があった。「若菜上」で明石の尼君が語った機能を「絵日記」が代理的に果たし、身分の低い母から生まれたことを知る共通項も有していた。注(41) 一品の宮は狭衣の実子であることもさることながら、一条院の一品の宮との養母子関係を利用して、裳着を機に実母の存在を消す。しかし、一品の宮にとって母の「御形見」である「絵日記」は、狭衣にとっては「昔の跡」にすぎず、姫君を手に入れて「形見」の物語は完了し、「扇」のみ遺して「絵日記」は経紙に漉き治されて、物語から姿を消す。狭衣のもとに「扇」と共に残る一品の宮は、狭衣帝の皇女一品の宮として、独身を通すであろうといわれる。[注42]また、常盤での一周忌法要には夢中に成仏の報告もあったが、今回の絵日記の供養に飛鳥井君は何も語らず、津田果奈氏は狭衣帝の出家を予期させ、「絵日記」の活躍した『源氏物語』の「絵合」を基底とした王権の確立とともに、光源氏晩年の「幻」を基底とした成道のための一過程という二つの面が「絵日記」にあるとする。[注43]

飛鳥井君の物語は叙事と叙情の分離が意図されたが、[注44]絵日記で自らを語るその和歌についてさえ異文があり、それによって飛鳥井君の像が変わってくる。

長らへてあらば逢ふ世も待つべきに命はつきぬ人はとひ来ず
消ええはてて煙は空にかすむとも雲のけしきを我と知らじな　（②四〇〇）

この二首について、内閣文庫本、逆順になった九条家旧蔵本、両歌を欠く承応三年版本等を中心とした諸本の比較から、内閣文庫本・蓮空本などは巻三の狭衣独詠「亡き人の煙はそれと見えねどもなべて雲居のむつましきかな」（②五四）と承応して、はからずも贈答歌となるが、二首を入れ替えると死後の望みの方が先行してしまい違和感を生じる。両歌を欠くと、飛鳥井君と狭衣は最後まで通じないままに終わったとも読めるが、須藤圭氏は、後世の里村紹巴等連歌師が死に対して沈黙する飛鳥井君の和歌がなくても狭衣が歌を詠まざるをえない状況を、新たな本文で作ったとされる。[注45]このように最後まで飛鳥井君の姿は揺れ続ける。

そして常盤の住まいも寺に成して飛鳥井君の物語は終わる。

八　終わりに

物語の綴じ目に飛鳥井君は描かれない。注(46) 巻一は飛鳥井君の虫明の瀬戸での入水、巻二は飛鳥井の手掛かりをつかんだ粉河寺で、巻三は狭衣が飛鳥井の兄僧を追って出家のため堀河邸を出ようとするところで各巻は閉じる。巻の綴じ目は、都を離れた（あるいは離れようとする）場面で、飛鳥井君の兄妹が次の巻へと物語をつないできたが、巻四は嵯峨野の女二の宮を訪れて前栽に立つ狭衣の姿で終わる。前三巻と同様に旅の場にあるが、飛鳥井君の遺児を手に入れ内親王とした今、飛鳥井君の物語はもう語られない。立ち尽くす「今」に、物語の終焉があり、変容を重ねた飛鳥井君の物語もここに終わる。

夕顔の変奏、異文間での異なる像、作中人物の継承あるいは反転、他の皇親の姫君たちとはあまりにも異質な姿を見せる。身分の軽さと共に、読者層の共感を呼び込む存在であったからである。飛鳥井君の物語は補助線を引けばさらに像は変わってくる。このことは、遺児の姫君が一品の宮となり、固定化されていることから逆照射できるかもしれない。子から母へ、まだ飛鳥井君像を探る回路は開かれている。

注

（1）平成三〇年度和歌文学会第六十四回大会公開講演（二〇一八年十月六日、於・國學院大學）

（2）故三谷栄一の分類（『狭衣物語の研究』笠間書院、二〇〇二年）の第一系統～第三系統までの三系統に分けたものを再整理した片岡利博氏（『異文の愉悦　狭衣物語研究』笠間書院、二〇一三年）の分類に従って深川本・

流布本・異本系の三系統に呼称の変更されている。

（3）星山健「『狭衣物語』における飛鳥井君の造形方法―反転された夕顔物語」（『王朝物語史論』第一編第二章　笠間書院、二〇〇八年）。飛鳥井君の前半生の軌跡がすべて夕顔物語の時間の流れの方向軸に関する反転となるだけでなく、扇の移動が男君から女君へか、女君から男君へかとか、乳母子の惟光は夕顔との仲を取り持つのに対して道成は二人を引き裂くなど、細部に至るまで適宜反転、対立する高度な文芸方法をもつとされる。

（4）たとえば乾澄子氏の一連の和歌の研究、「『狭衣物語』の表現―歌枕をめぐって」（狭衣物語研究会・編『狭衣物語』が拓く言語文化の世界』翰林書房、二〇〇八年、所収）、「『狭衣物語』の和歌的表現―意味空間の移動をめぐって―」（井上眞弓・乾澄子・鈴木泰恵『狭衣物語　空間／移動』翰林書房、二〇一一年、所収）、「女君の詠歌をめぐって―『狭衣物語』贈答歌の〈文〉」（井上眞弓・乾澄子・鈴木泰恵・萩野敦子編『狭衣物語　文の空間』翰林書房、二〇一四年、所収）など。「飛鳥川」と「ひるま」の取り合わせは『狭衣物語』に始まるという指摘以下、特異な地名表現「飛鳥井」「梨原」「安達の真弓」「飛鳥川」「とかへる山」等の歌語を追求している。

（5）鈴木泰恵「飛鳥井物語の形象と〈ことば〉」（『狭衣／批評』Ⅲ―1　翰林書房、二〇〇七年）

（6）千野裕子「飛鳥井女君物語の〈文目〉をなす脇役たち」（『女房たちの王朝物語論』第Ⅲ部第一章　青土社、二〇一七年。

（7）鈴木泰恵「『狭衣物語』の「語り」と「主体」―飛鳥井女君についての諸言説から―」（物語研究会『物語研究』十七、二〇一七年三月）

（8）野村倫子「『狭衣物語』の女院―等価・置換による物語の展開手法―」（『源氏物語』宇治十帖の継承と展開―女君流離の物語』Ⅲ七章、和泉書院、二〇一一年）、同「「斜行」する「形見」たち」（井上眞弓・編『狭衣物語　文学の斜行』翰林書房、二〇一七年、所収）

（9）「飛鳥井姫君の九州―入水と「形見」の姫君をめぐって―」（『源氏物語』宇治十帖の継承と展開―女君流離の物

語』Ⅲ二章（注（8）に同じ））

（10）「『狭衣物語』飛鳥井女君の造形―『伊勢物語』六段との関わり――」（國學院大學大學院編『國學院大學大學院紀要・文学研究科』四六、二〇一四年三月）

（11）「飛鳥井女君〈巫女〉〈遊女〉考―『狭衣物語』巻一・飛鳥井物語をめぐって――」（愛媛大学法文学部国語国文学会編『愛文』三五、二〇〇〇年三月）

（12）「夕顔と飛鳥井の姫君」（『人物で読む『源氏物語』第八巻―夕顔―』勉誠出版、二〇〇五年）

（13）「「狭衣物語」飛鳥井女君物語論・序説―品劣る女との恋物語が「狭衣物語」に参加するまで」（北海道大学国語国文学会『国語国文研究』九六、一九九四年九月）

（14）山田貴文「『狭衣物語』飛鳥井女君と催馬楽」（立正大学大学院国文学専攻院生会『立正大学大学院日本語・日本文学研究』一五、二〇一五年二月）

（15）注（11）に同じ。

（16）金澤典子「飛鳥井女君像の創造―『源氏物語』の摂取と離脱――」（法政大学国文学会『日本文學誌要』七八、二〇〇八年七月）

（17）土井達子氏は、飛鳥井君と近いとされた夕顔であるが、自ら「海人の子」と名乗った夕顔と、狭衣によって「海人の子」と規定された飛鳥井君のずれを指摘する（「文学史の中の『源氏物語』Ⅱ」「『狭衣物語』―飛鳥井女君」（『人物で読む『源氏物語』第八巻　夕顔』注（12）に同じ）。今井久代氏は、系統別本文の比較から、さらに詳細に論じておられる。「『狭衣物語』異本系本文の世界―飛鳥井物語を中心に―」（東京大学国語国文学会『国語と国文学』第九十四巻十二号、二〇一七年十二月）。今井氏の論全体については注（19）を参照のこと。

（18）鈴木泰恵「飛鳥井物語の形象と〈ことば〉」（『狭衣／批評』Ⅲ第一章〈注（5）に同じ〉）

（19）注（17）に同じ。氏には先に「夕顔と飛鳥井の姫君」（注（12）に同じ）があり、「夕顔」との比較から、①光源氏が思う夕顔像とは違う夕顔像と、②女の意識と光源氏の理解の乖離、の二点に要約した上で、飛鳥井君を、①狭衣にとって、夕顔と同じように可憐ではかなげな女性、②男側には見えない飛鳥井君、の対立として捉え返している。ただし、平成三〇年度秋季中古文学会（一〇月二十一日・於ノートルダム清心女子大学）での「『狭衣物語』異本系本文からの一考察―巻二前半、狭衣・女二宮関連の独自異文」の発表で女二の宮の造形について、系統による人物造形の差は飛鳥井君一人ではないことを指摘しておられる。

(20) 注（16）に同じ。
(21) 鈴木泰恵「飛鳥井女君と乗り物」（『狭衣物語／批評』Ⅰ第七章〈注（5）に同じ〉）
(22) 「フィクションとしての飛鳥井物語」（『王朝物語文学の研究』第Ⅲ部第一章、武蔵野書院、二〇一二年）
(23) 「『狭衣物語』と陸奥の合戦―飛鳥井女君物語から―」（物語研究会『物語研究』十五、二〇一五年三月）
(24) 注（11）に同じ。
(25) 注（12）に同じ。
(26) 野村倫子「「斜行」する「形見」たち」（注（8）に同じ）
(27) 注（19）に同じ。
(28) 注（10）に同じ。
(29) 野村倫子「飛鳥井君をめぐる「底」表現―流離と入水の多重性―」（『源氏物語』宇治十帖の継承と展開』Ⅲ五章〈注（8）に同じ〉）
(30) 注（6）に同じ。
(31) 注（7）に同じ
(32) 注（16）に同じ。
(33) 注（31）に同じ。
(34) 「『狭衣物語』飛鳥井女君の二度の死」（『東京大学国文学論集』一三、二〇一八年三月）

(35) 野村倫子「『狭衣物語』飛鳥井と一品の宮母子の物語―『源氏物語』引用を基点に―」(『立命館文学 中西健治教授退官記念論集』六三〇、二〇一三年三月)
(36) 岡田広「『狭衣物語』論―今姫君と飛鳥井姫君の物語を中心に―」(國學院大學国文學會『日本文学論究』六四、二〇〇五年三月)
(37) 野村倫子「飛鳥井の絵日記」(『『源氏物語』宇治十帖の継承と展開―女君流離の物語―』Ⅲ六章〈注(8)に同じ〉)
(38) 注(35)に同じ。
(39) 「『狭衣物語』の女院―等価・置換による物語の展開手法―」(注(8)に同じ)。また倉田実『王朝摂関期の養女たち』(翰林書房、二〇〇四年)所収の「飛鳥井の姫君の位置づけ―養女から実女へ―」「狭衣物語の「ゆかり」の位相」は、(一条院の)一品の宮の参内拒否、皇妃の拒否を繕う役割を果たしたとする。
(40) 野村倫子「「斜行」する「形見」たち」(注(8)に同じ)。
(41) 「子の出自を伝える「絵日記」―『狭衣物語』飛鳥井の「絵日記」の意味を『源氏物語』から再考する―」(日本言語文化研究会編『日本言語文化研究』十七、二〇一三年二月)
(42) 田村良平「『狭衣物語』における飛鳥井母子の位相」(早稲田大学大学院中古文学研究会『中古文学論攷』八、一九八七年一二月)
(43) 津田果奈「飛鳥井女君の絵日記考」(青山学院大学日本文学科院生の会編『緑岡詞林』二八、二〇〇四年三月)
(44) 野村倫子「『狭衣物語』の飛鳥井の叙述手段」(『『源氏物語』宇治十帖の継承と展開―女君流離の物語』Ⅲ四章〈注(8)に同じ〉)
(45) 須藤圭「巻四飛鳥井女君詠二首の異文」(『狭衣物語 受容の研究』新典社、二〇一三年)
(46) 野村倫子「狭衣物語における「飛鳥井」の位相―旅を基点として狭衣と対置させる―」(井上眞弓・乾澄子・鈴木泰恵 編『狭衣物語 空間/移動』翰林書院、二〇一一年、所収)

『狭衣物語』の人脈と空間
——二人の姫を巡る人脈と堀川邸西の対という空間——

井上眞弓

一　はじめに

現代において「人脈」は、同じ系統・系列に属する人々の繋がりや主義・主張や利害などで繋がっている人たちを指示する言葉として、通用している。そこに指示される「人脈」には、市場経済の網の中で生きる人間たちを想定することが十分に可能な、言説の現場性がある。また、この「人脈」は、山脈・水脈・鉱脈という先行した言葉をもじって用いられているともいう。注(1) 本稿では、『狭衣物語』に見出せる人と人との繋がりについて、まずは地下鉱脈を掘り起こすたとえを用いて、検証を始めたい。地上には見えずに埋もれているものがある一方、地上に露出しているがゆえにしかとあると認識されている鉱石群があるように、物語においても利益共有の関係を取り結ぶ一方で、同じ人物同士が実は見えにくい別の関係を取り結んでいること、あるいは、知らずに他者の関係を変換してしまうといった、表面上は見えない、見えにくい関係が張り巡らされている。ただそれだけのこととも言えるのだが、いささか奇妙な捻れが見出せるのも『狭衣物語』の特徴であろう。物語空間を満たす言葉がもたらす、堀川大殿邸母屋西の対に住んだ人物たちの繋がりと分断に注目したい。

二　昔の友という関係

物語冒頭部の紹介にあるように、狭衣の父堀川大殿は、同腹の兄弟とは異なって臣籍降下をした人物である。二条堀川四町に広大な邸宅を設え、堀川上、洞院上、坊門上という三人の夫人をそこに住まわせている。ここは、これらの夫人方や子女を女主人として仕える女房や童をはじめ家司や供人などの従者が入り交じりつつ、さまざまな用事を抱える客人が出入りする空間であっただろう。ただし、物語には、それらの存在はごく一部しか語られない。堀川上の住む母屋の西の対は、源氏宮の居住空間であった。そして、源氏宮が斎院となって退居後に、嵯峨院の女一宮が入内後の里居としてここに入った。懐妊のために堀川邸へ里下がりした女一宮と源氏宮の手紙による交流の有様を見てみよう。

1斎院は、女御の御母宮の今はの際まで、あはれなりし御消息なども、忘れ難う思ひ出で聞こえさせ給へば、若宮を限りなく思ひ聞こえさせ給へれば、幼き御心にも、とり分き纏はし参らせ給へれど、限りあれば、御あたり近くも、え参り寄り給はぬを、口惜しう思したり。この女御も、かう、うとうとしからぬ御仲らひになりまさり給ふを、「嬉し」と思して、御文なども、ときどき通はさせ給けり。御手などのなべてならぬにつけても、「いかならん世に、隔てなく見たてまつらん」と、昔の友には、

よそながらに思ひ聞こえさせ給けり。（参考：大系、巻四、三五二～三五三）

源氏宮は皇太后宮と血縁[注(2)]にあり、宮所生の女一宮と文通していたことがこの場面で判明する。堀川大殿の養女格として入内した女一宮に、同じ縁を感じて一層親しみを覚えていることが語られ、「親しい昔なじみの友」としての心情を傾ける心中思惟が見える。嵯峨院の女一宮が堀川大殿の養女格で後一条帝の後宮に入内した経緯については、倉田実氏の「嵯峨院とその皇女たち」[注(3)]に詳しい。本稿では、堀川大殿と嵯峨院が源氏宮と女一宮を取り替え、交換したような形で女一宮の処遇が変化している状況に注目する。

2まことに、院の女御は（大系の）、五節の程に、堀川の院に出で給にし、斎院のおはしまし方におはしけり。大殿の、もてなしかしづき聞こえ給へるさまを、嵯峨の院にも、いかでかはおろかに聞こえさせ給はん。「まいて、思ふさまにだに、し出で給へらば」と、いづくにもいづくにも、祈りどもとりどりに、御心尽くさせ給へるさまなど、行く末は知らず、ただ今は目安くとり初め給へる御宿世を、見たてまつり給につけても、（参考：大系、巻四、三五二）

大殿の女一宮へのかしづきが、嵯峨院への忠義となる側面が傍線部より見て取れるように、嵯峨院と堀川大殿という二人の「父」が女一宮を見守っている。一方息子である狭衣は、将来のことはわからないと思いながらも、現在はどこにも欠点が見当たらないほどのよい宿縁をこの宮に見ている。こうした中で、源氏宮は、斎院として暮らしている殿舎の前の桜と青葉の榊を見て、かつて自分が住んでいた堀川邸母屋西の対の暮らしを思い起こし、三月一日ごろ、女一宮へ榊の一枝とともに手紙を寄越す。

3この対の前なる桜の、匂ひえならぬかたはらに、榊の青やかにて色もてはやしたるなど、外の木立には似ず様変りて、をかしう御覧ずるにつけても、「いかならん」と、思しやらるる。「一つ（大系枝）

をだに今は見るまじきかし」と、花の上は、なほ口惜しき、御心の中なり。

一枝づつ匂ひおこせよ八重桜東風吹く風のたよりすぐすな

と思し召すも、待遠なれば、女御殿に聞こえさせ給。

時知らぬ榊の枝にをりかへてよそにも花を思ひやるかな

榊の枝につけさせ給へり。（参考：大系、巻四、三五三）

「一枝づつ」歌は、『拾遺和歌集』巻一六所収の「流され侍りける時、家の梅の花を見侍て」という詞書きを持つ菅原道真「東風吹かば 匂ひおこせよ梅の花あるじなしとて 春を忘るな」歌を想起させる、注(4)心内独詠である。梅と桜の違いがあるものの斎院へ渡御した後の堀川邸における自身の不在が象られて、「流され」たわけではないにもかかわらず、堀川邸に残る桜へ訴える心情に喪失感が張り付いていることは否めないだろう。

4思しやるもしるくなん、殿の桜は、「峰の続きもかくや」と見えて、盛りなるも、さまざまにめでたきを、女御は、悩ましき御心地の紛らはしにも、眺め出させ給けるほどに、この変はらぬ色は珍しく思されて、過ぎにし方いと恋しう思し出でさせ給にけり。

榊葉になほをりかへよ花桜またそのかみの我が身と思はん

なべてならぬ枝にさしかへてぞ、たてまつらせ給ける。（参考：大系、巻四、三五三〜三五四）

当該場面は、堀川邸に春の到来を印象づける場面でもある。源氏宮の推測通り、堀川邸の桜はうつくしく咲き誇り、女一宮は、堀川邸の桜のめでたさを感受するも、かつて斎院であったことを懐かしくも思っている。この和歌贈答を通して、斎院時代を懐かしむ女一宮と堀川邸での八重桜を懐かしむ源氏宮の、双方を確認することが出来る。二人は後戻り出来ない過去の時間への懐かしみに捕らわれているのである。『狭衣物語』は、源氏宮のいる西の対を狭衣が訪れ、藤と山吹を折り取って贈った名残の春の光景から始まった。このように、冒頭部においても堀川邸の桜満開の時期といったものが取り戻すことが出来ない時間として語られていた。本稿で引用した1~4の引用文例は、これまで語られざる物語を手繰り寄せ、西の対に居ない源氏宮とそこに居る女一宮という対比を通して、同じ京師とはいえ、政治の絡む世俗の春に生きる女一宮と変わらぬ榊葉に表徴される斎院である源氏宮という、二人の姫の懸隔の大きさを示しているといえるのではないか。女一宮の懐旧は、現状では後一条帝の寵愛を得て懐妊し、その帝から堀川大殿を介して言づてを届けられる身であっても、そこに不全感を抱く所以があるということであろう。榊の常緑が「変わらない」ことの象徴としてここに登場したのであれば、堀川邸の桜は現世で転変する世俗を示すことになろうか。女一宮の境涯は、堀川邸に咲く桜のように、今変転のさなかにあることが理解されるのである。

三　堀川大殿の政治性と狭衣

女一宮が源氏宮から来た文を広げていたところに、内裏から帝の言づてを携えて帰参した堀川大殿が登場する。

5「そのかみの心地し侍枝ざしは、思し召し出づることも侍るけるにや」と聞こえさせ給へば、「斎院より給はせたりつる」との給へば、「さては、いかやうにか」とゆかしがり給へば、ありつる文をさし出させ給へり。取りて見給ふままに、「あなをかしげの御書きざまや」とうち笑みつつ、うち返しうち返し見給へるけしき、おぼろけの人は恥づかしげなるを、「珍し」と思いたるさまぞなのめならぬ。「げに、思ひかけ侍らざりし御住居どもなりかし。あまたの中に、この高き八重をば、幼くより「我は」と取り分かせ給て、静心なげに思し扱ふめりしを、いかにゆかしう思し出づらん。（引用文例6に続く）」（参考：大系、巻四、三五四）

大殿は、早速に源氏宮から着た手紙を手にして源氏宮のうつくしい筆跡を幾度も辿り、源氏宮は堀川邸の桜をどんなにか恋しがっているだろうと発話する。

6「（前引用例より）何事も、世の中ばかり思はずなるものは侍らざりけり。まいて、これより年積もりぬる人、いかなることを見侍るらん。何事も見る人なくて過ぎ給なば、かへりて口惜しきさまに物せられしかば、思立つ事侍りしかど、かくひきたがへ、標の外になり給にしも、「これこそはあるべきこと」と、思ひながら、なほしばしは本意なき心地し侍りきかし。されど、昨日今日となりて、思ふ給ふるには、「いと目安き御宿世」とぞ、思ふ給ふる。女は高きも短きも、一筋によりてぞ、心より外にも人にもどかれ言はれ、さるまじき心の程をも見え知られ侍るかし。我心と、淡々しう、身く（内い）たすことなけれど、おのづから、それに従ひて、あらする人なくなりぬれば、身と心とまかせぬやうにて、はてはては思嘆き扱ふめるに、命の限りは、かく乱るる心なくて、心のど（内さ）かに過し給ふべかめれば、世に侍らずなりなん後も、あながちに後ろめたいことも侍らざりけり。ただ、仏の御方ざまを背き給へるのみぞ、後の世のため口惜しきことに侍けれど（内どナシ）も、女の身は、斎宮斎院に定まり給はずとも、三千大千世界を照らす玉の行方知らでは、仏になり給はん、難く侍ら

め。三十二相もよく具はり給て、仏の御身をば得給へる」（参考：大系、巻四、三五四〜三五五）

女性の境涯に対する堀川大殿の考えが開陳される場面である。堀川大殿は眼前にいる女一宮自身ではなく、ひたすら源氏宮について語る。つまり、ここにいたかつての姫こそが最高の女性であり、女性が男性との関係で煩悶することを思えば、斎院として生きている今、それこそが源氏宮のあり得べき道であったのだと思うに至ったという。堀川大殿は、「女は高きも短きも、一筋によりて」と、相手の男性との関係によることを強調し、「身と心とまかせぬやうにて、はてはては思嘆」く人生の有様を語るが、それが今は斎院を退下し後一条帝のもとへ入内し、懐妊している女一宮の身の上に重くのしかかっていることへの躊躇いは見えない。女一宮は自分の境涯を不安に感じつつも堀川大殿の言葉を耳に留め、殿に賞賛された源氏宮の有様を「羨まし」（巻四　三五六）く思う。発話の言葉は、言葉の先にある現実を証し立てる。大殿の言葉は、明らかに女一宮にものを思わせることになったといえるだろう。ここには『竹取物語』の翁がかぐや姫に「この世の人、をとこは女に婚ふことをす、女は男に婚ふ事をす」[注(5)]と教えたように、女性が男女関係によってその境涯が如何様にも変転することを、女一宮に想起させるに十分であったと思われる。

女一宮の懐妊は、大殿が後見して入内させているめでたいことである。それは嵯峨院への忠勤にあたることでもある。そのような堀川大殿像にぶれはない。[注(6)]しかし、女一宮に視点を定めてみれば、堀川大殿の話とは、結婚した女性は相手の男性如何で思い嘆く人生を送ることになるという内容となり、かつ筆跡においても、また人生の有様においても、源氏宮が優位なさまを女一宮に確認させることに他ならない。この発言と物語の行方とを連接させてみよう。端的にいえば皇統譜の問題へと辿られるであろう。嵯峨院皇女と後一条帝の間に皇子が出生した場合、皇統は一条院と嵯峨院の合流により、その皇子こそが後代の帝となる可能性が非常に高くなる。皇女が誕生の場合は、皇位継承がまた振り出しに戻ってしまう。組み合わせの交替は、女一宮が源氏宮と代わりようがない自身の宿世を堀川大殿の発言によって思い知らせるものであった。本稿では、当該場面を女一宮の生殺与奪について堀川大殿の関与を物語の表層に浮かび上がらせた場面として見ておきたい。今後、女一宮は出産を迎える。そこには皇位継承に関する政治世界の「価値」が横たわっているのである。

さて、堀川大殿の「女」を巡る発話の後に狭衣大将が登場する。彼の関心は、堀川大殿の促しによって見ることになった源氏宮の筆跡であり、それを目の当たりにして彼は、源氏宮の優位性を証明する。こうして狭衣は、無自覚的に堀川大殿の言葉の真正性を証すこととなる。この例に明らかなように、この親子は、二人で一つの仕事をなしていくように語られる。注(7) 女一宮の入内においても、狭衣からの提案を受けて大殿が行動して実現したものであった。そして、女一宮は、後に皇女を産んで立后した。以下の引用文例は、出産した直後の場面である。

7四月一日に、院の女御、いたうも悩み給はで、女御子生みたてまつり給へり。「同じうは、などか」と、嵯峨の院などには、いと口惜しう聞かせ給へど、内裏には、いかにもいかにも、まだならはせ給はぬ事なれば、御佩刀や何やと扱はせ給ふも、珍しう嬉しき事にぞ思し召したる。御湯殿の儀式有様、九日の夜までの御産養ひども、書き続けずとも思ひやるべし。よろづ、との、大将殿などの、もてはやしかしづき聞こえさせ給へるさま、なのめならねば、思さまならぬ御事とも見えず、めでたき御宿世とのみ見ゆ。(略)「まいて、思ふさまにて物し給はましかば」と、女御は飽かず口惜しう思しけり。

(参考:大系、巻四、三六八～三六九)

嵯峨院は、当然のことながら皇子の誕生を願っていたので、残念に思っている。一方、帝はたいそうな喜びようである。そして、堀川大殿と狭衣が尋常でなく女一宮にかしづいている状況が見え、それにつけてもこの出産が皆には女一宮のすぐれた宿世と見られているという。ここで注意しておきたいのは、大殿や狭衣の心情には触れずに、その世話ぶりが語られていることである。皇女を産んだ当の女一宮は、傍線部に見えるように、男皇子であったならと思わずにはいられなかったことが添えられている。二人の甲斐甲斐しさは、後一条帝の治世への忠勤であり、嵯峨院への忠勤でもある。それに加え、堀川大殿と狭衣が一対となっていることの背後に、堀川大殿と狭衣という親子が二人でひとつのことをなしていることこそが、堀川大殿家の存立に大きくかかわることであり、政治的な力関係が始動していることを確認しておきたい。女一宮の境涯は、まさに堀川大殿と狭衣という親子の掌中にある。皇女誕生という華やかな行事の進行の中で、次のステージが展開されようとしている。そして、その人脈のなかで、父堀川大殿は狭衣という息子の存在によって天皇家に戻り「おりゐの帝」[注(8)]に定まった。同様に母堀川上もまた、天皇家の一員となる将来が形作られていくのである[注(9)]。

物語現実内の事実を追うことが、その奥にある語られざるものや物語前史を現出させる場合がある。それこそ鉱脈のように地上ばかりか地下に沈潜し、確かにあるものの在処を言い当てているかのようである。嵯峨帝は、狭衣の「父」ではないものの、天人を動かし、人心を騒がせる天稚御子降下事件を引き起こした。その結果、狭衣の「父」となるべく姫宮や若宮の処遇を狭衣に求めてきた。嵯峨帝（院）の行為を事後的に見れば、若宮を皇統譜に連ねさせることに結果として成功し、皇太后宮ともども意中の栄誉を得たとおぼしい。しかしながら、その蔭で皇太后宮の偽装による衰弱死や女二宮の出家、女一宮の後一条帝入内による皇女誕生、女三宮へ天照神の憑依と、心穏やかならぬ時間を過ごしたのも事実である。一方堀川大殿は、嵯峨帝を補弼するという役回りではあり得なかった皇統譜の書き換えを当の嵯峨院の人脈により達成した。その人脈は姫たちも含めてのもので、それも狭衣がこの世に生きて留まったことにあるとすれば、嵯峨帝の配慮に与ることであったろう。堀川大殿と嵯峨帝の兄弟は、言うなれば補完的関係にあるのだが、それぞれの人脈が縒り合わさった糸のように絡まり、絡め取られながら、お互いの関係を構築している。

なお堀川大殿を竹取の翁に準える論は、スエナガ・エウニセ「狭衣の父―世俗的な堀川大殿が新たな論理を獲得するとき―」[注(10)]論にある。本稿では、これまでかぐや姫としては登場していなかった女一宮へ、竹取翁然とした堀川大殿の言説を問題視する。堀川大殿／嵯峨院／狭衣という男性は女一宮を政治性という名の性・権力で政治にまみれた地上に留め置いたことになろう。また、スエナガ氏は、堀川大殿の天皇家に対する忠勤ぶりは、「なほ口惜しう惜しみきこえさせたまひけり。さてさるべき御仲と言ひながら、いとありがたく御心ばへなれば、千年も変はらぬさまにて見たてまつらまほしくぞ思しける」[注(11)]と、堀川大殿は狭衣が自分より優秀であることを悟り、狭衣に従ったがゆえに、結果として狭衣は孝行息子となったという。[注(12)]しかし、この物語において狭衣と堀川大殿は、いずれの優劣によってというよりはむしろ、二人で問題を解決して行かざるを得ない、その首尾に焦点を当てているとおぼしい。

四　「父」の物語と堀川邸西の対という空間

さて、父と娘の関係について、女一宮の妹宮である女二宮と嵯峨院との関係を振り返っておこう。女二宮の場合、狭衣からの手紙が嵯峨院と女二宮の間の秘匿と勘ぐりによって、意味内容が別な物へと転換されていた。注(13)本稿では、もう一人の「父」たる大殿が、源氏宮と女一宮の文通に分け入って、筆跡を媒介に女性の生き方に関する独自の解釈を開陳したことを捉えたい。ここにはもはや書かれた意味内容への注視はなく、書き出された文字様への関心に満ちている。表層にある誰が見ても納得する「をかしげ」な書き様の美を取り上げ、源氏宮という存在の希少性を大殿の論理で解釈する。このように漸次揺り戻しのように、「父」の思い込みによって娘たちは解釈され続けるのである。そして、堀川大殿という「父」の言葉は政治的なものを呼び込むものであった。女一宮の姫宮誕生は慶賀すべき出来事として語られるものの、同時に嵯峨王統が堀川大殿と狭衣父子に奉仕しているという側面が見えてこよう。つまるところ、引用文例1〜6は、姫を委譲してその関係を変換している「父」たちの物語でもある。

なおこの女一宮の造型に関して、斎院退下後に後三条帝へ入内した馨子内親王の例が、石川徹氏注(14)に指摘されている。また、女一宮が斎院、女三宮が斎宮という史実と異なる姉妹の扱いについて、一文字昭子氏注(15)の論がある。

さて、女一宮は皇太后宮腹であり、『源氏物語』における冷泉宮女一宮と今上女一宮の存在が想起される。『狭衣物語』では、皇太后宮が逝去した現状で、皇女の結婚が取り沙汰されたであろうことが見えてくるのだが、それを推進したのは女一宮にとって二人の「父」である嵯峨院と堀川大殿（と水面下で動いた狭衣）に他ならない。『源氏物語』の女一宮が男君たちと位相を異にする存在となったのに対し、注(16)『狭衣物語』の女一宮は、退下後に入内し、男性とのかかわりのなかで生きてゆく仕儀となる。一条院の一品宮も同様、斎院退下の後に狭衣と婚姻を結ぶに至る。『源氏物語』とは異なるこうした経緯のなかで、源氏宮は斎院としての聖性を保持し、堀川大殿にその境涯を愛でられ、手紙という実態のある物を通してその存在が不可侵の境地へ棚上げされているのである。

改めて本稿冒頭で引用した引用文例1～4「昔の友」の表現に戻ってみよう。女一宮は、かねて文通の相手だった源氏宮から「昔の友」と呼ばれる関係で登場した。しかし、この二人が入れ替わって移動し、堀川大殿と狭衣という一対の親子がこの空間と関係に入り込んで二人の境涯の意味づけを行ったことにより、これまでとは異なる位相で関係を問い直さなければならなくなった。つまり、源氏宮は斎院としての聖性を確認され、女一宮は俗世での栄耀とは何かを問わずにはいられない立場となったのである。しかも、源氏宮が堀川邸を懐かしむ光景自体が桜が爛漫と咲き競う春であってみれば、その季節が過ぎ去った今、もはやそこが戻れぬ世界であることも告げていよう。こうして、この場面は、桜が散った後の藤と山吹の花を折り取りながら、過ぎゆく春を惜しむ狭衣出現の場面と近しいことに気づかされる。物語冒頭部の狭衣の喪失感も「花を踏んでは惜しむ友」「灯火を背けて月夜を楽しむ友」の非在に縁取られていた。狭衣も、源氏宮もそして女一宮も、人生が動き出し、独りであることを自覚するのが、桜の咲いた堀川邸の母屋西の対屋であった。巻四に至って、狭衣の喪失感と程近い所に姫たちが居ることが事後的に確認され、「昔の友」の内実は、微妙に捻れている。注(17) そして、過去の親密が現在の喪失を通して、言い換えれば、人と人の繋がりとその切断されていくさまを通して、この物語は、さまざまな孤独の有様を語っているのである。

五　友の不在を象る

『狭衣物語』の冒頭部は、白楽天の「春中與盧四周諒華陽観同居」詩[注(18)]を踏まえたものであることが夙に知られている。「少年の春」という物語の言葉は、同詩「背燭共憐深夜月　蹋花同惜少年春」に由来する。春秋の風情を彷彿とさせる文言であり、富貴と縁遠い境遇にあって辺境に生きる友人が互いに心情を思い遣り、行動を同じくしている姿が見出せよう。しかしながら、『狭衣物語』の冒頭部において、時を共にして心を同じくする友との体験は語られず、「少年の春は、惜しめども留まらぬもの[注(19)]」であって、過ぎ去ってしまったものという喪失感が残るばかりである。実際、起筆につながる場面で東宮が登場するが、腕枕をする仲であろうとも心内を露わにはしない狭衣の態度から、二人は共に憐れを共有し、同じく歩む存在として語られてはいないことが判明する。また、巻一において、今姫君出現の際、「男子も、殿の御子にてあれ。なにがしには似ぬにやあらん。はらからあまた持たる人こそ羨ましけれ。偲ぶべき人だに無き[注(20)]」と嘆く。ここは、係累のなさを嘆く狭衣の意識が見える部分であろうが、他方、この世界に異和を感じ、だれかと繋がっているという確信がもてない狭衣の、繋がりたくても繋がれないという心情を捉えることもできるだろう。狭衣の発話に母堀川上は、異腹の中宮と共住みの源氏宮を引き合いに出して、係累がいると窘め、不吉な狭衣の発言を咎める。憐れの共有を求めながらもそれが成就しない狭衣は、ついに斎院と帝位というように、源氏宮と引き離される。そして、斎院となった源氏宮の許へ出向いた狭衣帝は、紫野斎院と向かい合っている船岡山に「珍しき友」という感慨を持つのである。

8船岡の、明暮、さし向ひたりし（大系ると改訂）を、「珍しき友」と、おぼし慰めて立ち帰らせ給も、飽かずわりなう、「やがて、ひき過ぎり（内りナシ）ぬるわざもがな。ただ今何事をして、いかやうにてかおはしますらんな」と、見たてまつらまほしう思し召さるるに、「魂は、やがてあくがれ往ぬらん」とまでぞ、かへり見させ給ふ。「それと見る身は船岡にこがれつつ思ふ心の越えもゆかぬか」

（参考：大系、巻四、四四六）

もはや斎院と縁繋がりの「船岡山」という自然物にしか、狭衣の託す術は許されていない。船岡山は皇居の北にあって皇居を鎮護する所であり、さらにその北に紫野の斎院がある。船岡山は、狭衣にとって空間的な隔てであるとともに、船岡山を見ることで源氏宮を想起するという、正身の投影にもなっているのであろう。恋焦がれる存在は船岡山のあなたにいて、狭衣のいる世俗的政治世界とは隔てられている。したがって、狭衣が「珍しき友」と船岡山を呼ぶことは、源氏宮の聖性付与に荷担していることに等しい。この言葉は、友の不在を証立てるものでもあっただろう。

六　物語に手繰り寄せられる「歴史」――研究動向に触れて

この物語において、飛鳥井君を中心とした場合、叔母の常磐尼やその子小宰相、今姫君を挟んで一品宮の女房へ、また兄僧と狭衣が縒り合わせられる関係系列、飛鳥井君の乳母を介して狭衣の乳母子道成・道季、その母である狭衣の乳母とその妹で、女二宮の乳母へと繋がる関係系列、飛鳥井君所生の姫君を介して、一品宮や女院、狭衣へと巻き返される関係系列等に人脈を見とることも可能であろう。しかし、そこに繋がりを至上とする卓越性は語られていたであろうか。分断の状況のうえに辿られる繋がりであったのではないか。視点は異なるが、空間配置と情報の有様を考究する千野裕子氏の論[21]は女房を中心に据えて、関係系列の有様を検証する。

本稿のはじめにも触れたが、『狭衣物語』には一度のみ登場する人物がいる。例えば巻一天稚御子降下事件を大殿に告げる伊予守はそこが唯一の登場場面となる。この人物には「堀川院・閑院」に住んだとされ、かつ伊予介・伊予守となった源隆国像が喚起されもする。[22]これまで本稿では分断の様相を確認してきたが、『狭衣物語』は『源氏物語』とは異なる方法で、こうした「歴史」との繋がりを見出すことが出来ることに触れておきたい。「歴史」と物語を繋ぐ視点からの論考は数多くあるが、先述の人脈系列のうち飛鳥井君の養親系列にある女院を含めた久下裕利氏の「一品宮」[23]論をはじめとする諸論考、源氏宮の女房集団を立体的に把捉することを意図したとおぼしい大塚誠也氏の論考[24]がある。実在の人物の片鱗が物語内でずらされ捻れて「歴史」がメタファーとなっている[25]様相も同時に把捉し得ることから、取り入れられた「歴史」は、繋がりと同時に解《ほど》かれてゆく関係の創出にも荷担しているのではないか。

この物語において源氏宮と女一宮は、皇太后宮を媒として血縁関係にあり、さらに堀川邸母屋の西の対に時間差で住まうという、共通項のある「昔の友」であった。ところが、堀川大殿の発話により女一宮は源氏宮との懸隔を知り、俗世に生きることの意味を模索することとなる。こうした分断は直截には堀川大殿の発話がもたらしたのだが、その状況を作ったのは嵯峨院であり、また狭衣もそれに与していた。『源氏物語』が「幸い」の相対化を見出した[26]のに対し、『狭衣物語』は女一宮（後には一品宮も）の尊貴性を相対化して、斎院である源氏宮の聖性を補完している。本稿は、これをもたらした嵯峨院の人脈に着目した。

物語はこれらの人脈を浮き彫りにするも、その意味づけにおいてアイロニカルな側面を見せていることが理解される。

付記：本文として内閣文庫本を使用し、適宜漢字仮名等の表記をわたくしに改めた。参考として三谷榮一・関根慶子編、日本古典文学大系『狭衣物語』（岩波書店）の該当頁を付す。なお実在した堀川院と区別するため、本稿では堀川大殿の住居を堀川邸と呼称する。

注

（1）新村出編『広辞苑』（岩波書店、二〇一八年）、『大辞泉』（小学館、二〇一二年）「人脈」の項目に見える。

（2）巻二当該本文に異同あり。高橋由記「『狭衣物語』の一品宮―降嫁した内親王の問題として（二）」（『明星大学研究紀要』日本文化学部言語文化学科一六号、二〇〇八年）論には先行研究史が見える。当該論では、両者は叔母―姪関係が相応しいとする。

（3）『王朝摂関期の養女たち』（翰林書房、二〇〇四年一一月）

（4）全書・大系・集成・新編全集等で既に指摘されている。

（5）新日本古典文学大系『竹取物語』（岩波書店、一九九七年）八頁。

（6）勝亦志織氏に「『狭衣物語』の堀川大殿と嵯峨院―『うつほ物語』享受という〈文〉―」（井上・乾・鈴木・萩野編『狭衣物語　文の空間』翰林書房、二〇一四年五月）論がある。本稿で示す側面も加味させた上で、堀川大殿像を把捉したい。

（7）井上眞弓「父と子の関係」（『狭衣物語の語りと引用』Ⅱの三、笠間書院、二〇〇五年三月）。当該論文では、狭衣と父が互いの宿世に縛られ結果的に「崩された相関関係」となっていることを指摘した。

(8)参考、大系、巻四、四三〇頁。
(9)井上眞弓「『狭衣物語』の斎宮―託宣の声が響く時空の創出に向けて―」(後藤祥子編『王朝文学と斎宮・斎院』竹林舎、二〇〇九年五月)
(10)狭衣物語研究会編『狭衣物語が拓く言語文化の世界』(翰林書房、二〇〇八年一〇月)
(11)スエナガ氏は新編日本古典文学全集を本文として使用している。当該場面は、新編全集では巻二①二六一頁、大系では一八六頁にあたる。
(12)注(10)に同。また、平井仁子「狭衣物語試論―子の意味を問う―」(『講座平安文学論究』一六輯、風間書房二〇〇二年五月)論も参照されたい。
(13)井上眞弓「嵯峨帝のまなざしと耳―父の娘管理をめぐって―」(注(7)に同、Ⅲの一二)例えば、一統の安泰を願う嵯峨帝は堀川大殿と狭衣を頼みとする発言をし、女二宮に届いた狭衣の手紙を先に読んで筆跡のすばらしさを称揚する。当該場面との近似性を指摘したい。
(14)「狭衣の構想と史実との関係」(『平安時代物語文学論』笠間書院、一九七九年)
(15)「王朝物語における皇女たち―『狭衣物語』嵯峨院女宮の場合―」(『中古文学』六二号、一九九八年一一月)
(16)さまざまな論考があるが、端的に指摘しているものに越野優子「女一宮試論―役割と象徴性の狭間から―」(『上智大学国文学論集』三三、二〇〇〇年一月)論がある。
(17)この場合、二人の境涯を差異化した堀川大殿の発話に内包されていた力が、分断を促したとおぼしい。「ゆかり/形代」の論理や「すり替え」とは異なる、もう一つの様式として意識したい。
(18)新釈漢文大系、田村繁『白氏文集』三(明治書院、二〇〇六年)四三~四四頁。
(19)参考、大系、巻一、二九頁
(20)参考、大系、巻一、七八頁

(21) ①「飛鳥井女君物語の〈文目〉をなす脇役たち」(『女房たちの王朝物語論』青土社、二〇一七年一〇月)、②「『狭衣物語』を斜行する者—大弐の乳母をめぐって」(井上編『狭衣物語　文学の斜行』翰林書房、二〇一七年五月)

(22) 斎木泰孝「狭衣物語と堀河院」(安田女子大学日本文学会編『国語国文論集』三三、二〇〇三年)

(23)『王朝物語文学の研究』(武蔵野書院、二〇一二年五月)

(24)「『狭衣物語』における源氏の宮付の女房達—男君への応対を中心に」(早稲田大学国文学会編『国文学研究』一八五、二〇一八年六月)等。

(25) 井上眞弓「記憶と歴史のあわい—斎院記事をめぐって」(注(7)に同、Ⅲの十)

(26) 原岡文子「幸い人中の君」(『源氏物語の人物と表現　その両義的展開』翰林書房、二〇〇三年五月)

『狭衣物語』の超常現象
――天稚御子降下と天照御神託宣――

鈴木泰恵

一　はじめに――視座としての超常現象

『狭衣物語』には、『源氏物語』において極力排除された超常現象が、物語の節目ごとに語られている。そして、それが『狭衣物語』というものの価値を低めに、とりわけ『源氏物語』よりも低めに見積もる指標とされた側面がある。近代における日本文学研究の胎動期に、藤岡作太郎『国文学全史』では、『狭衣物語』に語られた超常現象の数々は「荘重幻怪の光景」もなく、『源氏物語』との優劣は明らかだとされている（一七三頁）[注(1)]。藤岡の『国文学全史』の評価は、近代リアリズムをベースにした、その時代の評価であったが、なかなか見直されずに来た。

それもそのはずで、さらに遡れば、すでに中世初期、本邦初の物語批評を展開した『無名草子』においても、『狭衣物語』の超常現象の評価は散々であった。「さらでもありぬべきことども」（二一三頁）[注(2)]、「まことしからぬことどもなり」(同)と批判されている。この際、『源氏物語』の准太上天皇も「さらでもありぬべきことぞかし」(同)と批判されるのだが、冷泉帝の慮りであり、史上例もあるとして、「さまでの咎にはあるべきにもあらず」(同)とされている。『無名草子』の「まことしからぬ」という批判もまた、中世初期という時代に根ざしたリアリズムによるものなのだが[注(3)]、時代を経て、近代における日本文学研究黎明期の価値評価と響き合いながら、『狭衣物語』の超常現象はネガティブに評価され、それが『源氏物語』に劣るという物語評価にも影響を及ぼしていったと言える。

とはいえ、日本古典文学研究も大作主義を乗り越え、過小評価されていた観のある平安後期物語を視野に収め、『狭衣物語』の超常現象についても問い直しが図られた。久下裕利(晴康)「狭衣物語の構造―回帰する日常性―[注(4)]」では、「彼岸と此岸との往還の繰り返し」で展開する物語の構造を支える方法として、超常現象がとらえ直された。また深沢徹「往還の構図もしくは『狭衣物語』の論理構造(上・下)―陰画としての『無名草子』論―[注(5)]」においても、「〈異界〉と物語世界とのあわいで揺れ続ける主人公狭衣」を語り、「『狭衣物語』独特の、いわば往還の構図とも言うべき論理構造」を支えるものとして、超常現象が位置づけられた。井上眞弓「『狭衣物語』の「天照神」表現を読む[注(6)]」では、時代の天照神信仰の社会的文脈がプレテクストとしてとらえ返され、天照神の託宣から「救済者」としての狭衣帝という造型が析出された。

これらの研究により、『狭衣物語』には『源氏物語』とは違った、独自の特質があることも明確にされていった。こうした先行研究を受けて、今日、『狭衣物語』の超常現象の一つ一つが入念に検討されつつある[注(7)]。

本稿では、先行研究に導かれつつ、かつて考察した『狭衣物語』の超常現象に関わる論を敷衍し、いまいちど天稚御子降下および天照御神託宣を位置づけ直したい。それらは、『狭衣物語』が物語史上の画期をなすにあたり、不可欠のエレメントであったことを論じたいと思う。

二 〈天稚御子降下〉の仕掛

狭衣の笛の音に感応し、天界からこの世に天稚御子が降下するという事態（以下〈天稚御子降下〉と記す）は、この物語を、この物語たらしめる仕掛になっていることを明らかにしたい。まず本節では、〈天稚御子降下〉は狭衣を天地の間に宙吊りにし、その天上的ヒーロー性を象るのだが、たとえばかぐや姫のごとく天上を指向させるでもなく、光源氏のごとく地上での生を充実させるでもなく、宙吊りのままに安定させて、特異な物語を始動させる仕掛となっている点をとらえたい。

では、〈天稚御子降下〉における御子の発話言説から見ていく。

何事もこの世には余りたるに、笛の音さへに忍び難さに迎へに降りたるに、十善の君の泣く泣く惜しみ悲しみ給へば、えひたすらに今宵率て昇らずなりぬる由を、おもしろくめでたう文に作り給ひて、声は聞き知らずおもしろく誦じ給へるに、（参考：大系、四六頁）[注(8)]

この世に降下した天稚御子が「いとゆふのやうなるもの（天の羽衣）」（参考：大系、四六頁）を狭衣にうち掛け、狭衣も辞世の歌を詠む。が、帝・東宮が狭衣の手を捉え、昇天をひきとどめた。そこで、天稚御子は狭衣を昇天させるのを断念した由を漢詩にする。その漢詩の内容を和文に砕いて語っているのが右の引用箇所である。いわく、狭衣の超地上的ありようは感知していたが、この笛の妙音に忍び難くなり、天に迎えるべくやってきた、しかし帝が泣く泣く惜しむので、今回、狭衣を連れて昇天するのは断念したと。〈天稚御子降下〉とは、御子の漢詩朗詠という言説を通じて、狭衣の天上性を顕在化させながら、その狭衣を地上に繫留するものであった。すなわち、狭衣が地上に置き去りにされた天人であることを示したのである。注(9)

次に、この事態を受けての、帝の反応（詠歌）と、それに対する狭衣の返歌および語り手の直接的言説に着目してみる。帝詠から見ていく。

みのしろも我脱ぎ着せんかへしつと思ひなわびそ天の羽衣
（参考：大系、五〇頁）

狭衣に吹笛を無理強いし、〈天稚御子降下〉の原因をつくりながら、狭衣をこの世にひきとどめた帝（嵯峨帝）は、右の歌を詠む。「天の羽衣」を、すなわち天稚御子を返してしまったけれど、それに代わる「みのしろ」を、帝自身が脱ぎ着せるから、落胆するなという内容だ。帝詠（発話言説）の「みのしろ」は、諸注が指摘するごとく、大宮腹の愛娘女二宮であると、まずは解しうる。帝は事態を収拾すべく、女二宮を天稚御子に代わる存在として提示し、天稚御子と昇天するのではなく、女二宮と結婚し、この世に根づくよう促したと言える。

それに対する狭衣の返歌、および語り手の直接的言説を示す。

紫のみのしろ衣それならばをとめの袖にまさりこそせめ

と申されぬるも、何とか聞き分かせ給はん。いづれも昔の御ゆかり離れぬ御仲にもなれば、いとよかりけり。
（参考：大系、五一頁）

「紫のみのしろ衣」は、返歌として表象するものと、狭衣の内的言説の吐露として表象するものとが異なっている。帝への返歌としては、父方の従妹である女二宮を指示して、帝の「みのしろ」を受け取る意向を示す返歌だ。しかし一方、語り手の直接的言説「いづれも昔の御ゆかり離れぬ御仲にもなれば、いとよかりけり」注(10)というフォローが端的に表すように、狭衣の内的言説の吐露としては、むしろ母方の従妹で、かねてより思いを寄せる源氏宮であるなら、天稚御子との昇天に代わるどころか、それにも勝るとの真情を、ふと口走ってしまった独泳的な歌となる。

そして、狭衣は女二宮降嫁をありがたく受け取るような返歌をしたものの、やはり心は源氏宮にあるばかりか、女二宮との縁談が持ちかけられたことで、かえって源氏宮への一途な思いを確立し、「天の羽衣」の「みのしろ」を、女二宮から源氏宮へと組み替えてしまう。そうした次第を端的に表しているのが、以下の独詠歌だ。

いろいろに重ねては着じ人知れず思ひそめてし夜半の狭衣　（参考：大系、五二頁）

これは〈天稚御子降下〉の翌朝に詠まれたもので、源氏宮への一途な恋心を表している。〈天稚御子降下〉は、女二宮降嫁という厄介な問題を片側にひき据えつつ、狭衣の一途な源氏宮恋慕を確立させ、天稚御子との昇天を代替するのは、女二宮降嫁ではなく、源氏宮との恋の成就だと、密かに組み替えさせる事態だったと言える。

ところが、〈天稚御子降下〉は、右のような厄介な状況をたぐり寄せる仕掛となっている以外にも、天稚御子との昇天が転写されたとおぼしい、別様の昇天願望を狭衣に抱かせる仕掛ともなっていた。右の「いろいろに重ねては着じ……」詠とともに、以下のごとき狭衣の様子が語られている。

「兜率の内院にと思はましかば、とまらざらまし」と思し出づ。「即往兜率天上」といふわたりを、ゆるらかにうち出だして、おし返し「弥勒菩薩」と読み澄まし給へる。注(11)（参考：大系、五二一〜五二三頁）

未遂に終わった天稚御子との昇天に代わり、兜率天への往生が優位性を得て、狭衣により希求される様子が語られている。なお、傍線部は『法華経』「普賢菩薩勧発品」からの引用である。

若有受持読誦。解其義趣。是人命終。為千仏授手。令不恐怖。不堕悪趣。即往兜率天上。弥勒菩薩所

〔若し人ありて、受持し読誦し、その義趣《いみ》を解《さと》らば、この人命終するとき、千仏は手《みて》を授けて、恐怖せず悪趣に堕ちざらしめたもうことを為《え》、即ち兜率天上の弥勒菩薩の所に往き〕（下三三八）注(12)

〈天稚御子降下〉の場面には、「楽の声いとど近うなりて、紫の雲たなびく」（参考：大系、四六頁）とあるなど、来迎図を想起させる言説もあり、仏教的転回の契機はすでにあった。が、引用「勧発品」の傍線部直前が端的に示すように、自行の立場に立つこの品では、盛んに修行が勧められ、ここでも『法華経』の受持、読誦、義趣の理解による兜率天往生が約束されている。この転回は、次はいつかわからない天からの迎えを待つのではなく、むしろ修行により自身で往きうる兜率天が、より優位なものとして志向されていることを示しているのであり、そこには、時代の弥勒信仰ばやりを背景に、『法華経』「勧発品」の文言が原動力として働いていたと言えよう。

それにしても、天稚御子との昇天に代替されるものとして、地上的な源氏宮恋慕と天上的な兜率天憧憬とが、狭衣においては、矛盾なく両立しているというより、等価に存在しているのである。注(13)その仕組は以下のような狭衣のありようが示している。

京には、大嘗会など近くなりにければ、「源氏の宮、女御代し給て、やがて参り給べし」とあるに、

聞き給て、大将の心のうちはいかばかりあらん。今始めて聞こゆることにはあらねど、「さらば、かうにこそは」と思ふに、胸の所もなくなりまさり給て、我身も世にあるべき日数、かぞへ立てられて、憂き世離るべき門出し給ひけり。（参考：大系、一九〇頁）

源氏宮との地上的な恋がかなわないと思うや、出家の準備を始める狭衣が語られている。実際この後、出家には至らぬものの、狭衣は「弘法大師の住処《すみか》も見たてまつらん」「弥勒の世にだに安らかなる身にならばや」（参考：大系、五三六頁下段）と、高野・粉河詣でを断行する。地上に置き去りにされた狭衣は、地上的に源氏宮との恋の成就を願うのだが、成就しえぬ場合は、出家・修行を通じて、再度、兜率天という別様の天上界を目指し、遠い未来には、弥勒とともに下生し、安らかな身になりたいと思うのである。

そして、源氏宮恋慕と兜率天往生とは、天上性を帯びつつ地上にあり、天地の間にひき裂かれて宙吊り状態の狭衣を、宙吊りのままに安定させる要因だと言える。それらには、源氏宮との恋を成就し、この世での生の充実を願う側面と、それがかなわぬときには、〈天稚御子降下〉の折に果たせなかった昇天を願う側面とが併存するわけだが、それらはいずれにせよ、狭衣の望むところで、どちらに転んでも等価の宙吊り状態であるがゆえに、双方の間に安定してたゆたっていられる状態だ。かくして、天稚御子との昇天を、源氏宮との恋の成就と兜率天往生とに代替させた〈天稚御子降下〉は、狭衣を天（兜率天）と地（源氏宮）のあわいに安定させて、特異な物語を始動させる仕掛となっているのであった。

三　〈天稚御子降下〉のもう一つの仕掛

〈天稚御子降下〉が狭衣の一途な源氏宮恋慕と、兜率天往生への憧憬とを導き、天上性を帯びてこの世にあるヒーローを、安定した宙吊り状態に置き、特異な物語を始動させる仕掛であった次第は、前節で見てきたごとくだ。ところが、この安定を崩し、〈天稚御子降下〉を別の仕掛として機能させる事態が出来する。偶然、垣間見た女二宮に、狭衣がにわかに恋情を湧き立たせ、密かに関係を結んでしまったことだ。本節では、上述の事態により、〈天稚御子降下〉が狭衣の即位という物語の仕掛として機能していく様子を明らかにしたい。

密通の結果、二人の間には男子が生まれるが、未婚の皇女の懐妊・出産を隠そうと、女二宮の母大宮周辺の計らいで、大宮の懐妊だと偽られ、生まれた男子は大宮腹の嵯峨帝皇子として公表された。通称若宮である。そして巻四になり、いまだ皇子を設けていない後一条帝が退位するにあたり、この若宮を自身の皇子にし、新帝（現東宮）即位後の東宮に据えようとする。後に改めて論じるが、そのときに天照御神の託宣が下り、親を臣下に置いたまま、子供が即位するのはもってのほかだ、親である狭衣が後一条帝の跡を襲って即位すべきだとの神意が示され、狭衣は帝位に即く。このように、狭衣即位の物語が切り拓かれるのには、狭衣と女二宮との密通が必須の因子となっている。

しかし、女二宮との密通は、〈天稚御子降下〉の後に交わされた帝と狭衣との贈答歌の意味合いを、あるいは拡張し、あるいは限定して変容させ、〈天稚御子降下〉を別の仕掛として機能させていくのであった。再び帝詠を掲げる。

みのしろも我脱ぎ着せんかへしつと思ひなわびそ天の羽衣　（参考：大系、五〇頁）

〈天稚御子降下〉時点では、「天の羽衣（天稚御子）」の「みのしろ」は、帝の愛娘女二宮を指示していた。けれども、狭衣の即位を視野に収めると、「みのしろ」の指すものは、詠者である帝の意図を超えて、別様の衣を表象している次第が読み取られてくる。まず、「我脱ぎ着せん」と言うからには、帝の着衣である。しかも、「天の羽衣」の「みのしろ」だ。そして、狭衣は異例の即位を遂げているのであった。とすると、この「みのしろ」は、新帝が大嘗祭沐浴の折にまとう「天の羽衣」であったと読めてくる。『西宮記』巻十一（大嘗会事）に「天皇着天羽衣、浴之如常」[注(14)]とある「天の羽衣」である。

〈天稚御子降下〉は、右帝詠を引き出し、一方では狭衣即位に不可欠の女二宮を前景に据え、かつ一方では帝のまとう「天の羽衣」が、天稚御子という「天の羽衣」に代わって、密かに帝から狭衣に授受されることを暗示していたのだと読めてくる。[注(15)]〈天稚御子降下〉は、後説法的に狭衣即位の仕掛となっていくのである。

狭衣の返歌も再掲する。

紫のみのしろ衣それならばをとめの袖にまさりこそせめ　（参考：大系、五一頁）

「紫のみのしろ衣」は、〈天稚御子降下〉時においては、二人の女君を表象していた。贈答歌のレベルでは女二宮を、狭衣の真情吐露としては源氏宮を表象しつつ、狭衣の一途な源氏宮恋慕が導き出された点は前節で見たとおりだ。

しかし、狭衣は女二宮と密かに通じてしまう。しかも、女二宮の肌の感触に、源氏宮の腕の感触を重ね合わせてさえいる。その様子は、以下のとおりである。

単衣の御ぞもいたくほころびてあらはに、をかしげなる御手あたりの御身なり・肌つきことわり過ぎて、並べつべしと上のご覧ぜられけん我が身も、いと心をごりせらるるにも、かの室の八島の煙焚き初めし折の御かひな思ひ出でられて、…〈中略〉…心強く思しのかるれど、後瀬の山も知りがたう、うつくしき御有様の近まさりにいかがおぼえなり給ひけん。

（参考：大系、一三〇～一三二頁）

一瞬の錯誤であれ、また狭衣にそういう明確な認識がなかったにせよ、逢瀬のとき、狭衣において女二宮は、いわば源氏宮の形代（身代わり）であったと言える。注(16) 事実、物語が進むに従い、源氏宮から女二宮へと、恋着の比重が移っていく。注(17) つまり、女二宮との逢瀬を通じて、狭衣の明確な認識とは別に、「天の羽衣（天稚御子）」に代わる「紫のみのしろ衣」は、源氏宮から女二宮へと組み替えられていったことになる。

〈天稚御子降下〉時の狭衣詠は両義性を有していたが、女二宮との密通以降の展開を視野に収めると、源氏宮を思いつつ、女二宮という「紫のみのしろ衣」を受け取る未来を暗示していたのだと読めてくる。さらに、上述の帝詠に番えてみると、〈天稚御子〉との昇天に代わるべきは兜率天だと見据えつつ、帝の意を超えて提示された「天の羽衣」を、大嘗祭沐浴時に身に着ける「天の羽衣」をまとい、即位する行末を暗示していたとも読めてくる。

このように帝と狭衣との贈答歌が表象するところは、後の展開により、詠者の意を超えて、あるいは拡張され、あるいは限定されて、変容するのであった。かくして、〈天稚御子降下〉は後説法的に、狭衣が意図もせず、望みもせず即位する物語の仕掛となっていったのである。

四　天照御神託宣による仕上

〈天稚御子降下〉は、天地の間に宙吊りにされるヒーローを、宙吊りのままに安定させ、特異な物語を始動させる仕掛であった。かつそのヒーローが即位する物語の仕掛でもあった次第が後説法的に読み取られる。以上について論じてきた。しかし、「紫のみのしろ衣」が源氏宮から女二宮へと組み替えられ、さらに大嘗祭沐浴時に新帝がまとう「天の羽衣」へと組み替えられて、狭衣が即位する物語の道筋は平坦ではない。どころか、かなりの無理筋でさえある。多くの批判が集中するスポットとなるゆえんでもあった。ではなぜ、そのような無理筋が通っているのかについての評価は結論で述べるとして、本節では、この無理筋を仕上げるのに、天照御神が斎宮に神がかりし、帝・堀川大臣の夢枕にも立ち伝えた託宣（以下〈天照御神託宣〉と記す）が、不可欠のエレメントである点をとらえたい。

　斎宮に神がかりした天照御神は次のような託宣を下す。

[a]大将は顔かたち身の才よりはじめ、この世には過ぎて、ただ人にてある、かたじけなき宿世・有様なめるを、おほやけの知り給はであれば世は悪しきなり。若宮はその御次々にて、行末をこそ。[b]親をただ人にて帝にゐ給はんことはあるまじきことなり。さてはおほやけの御ためにいと悪しかりなん。[c]やがて一度に位を譲り給ひては、御命も長くなり給ひなん。この由を夢の中にも度々知らせ奉れど、御心得給はぬにや。

（参考：大系、四二五頁）

　嵯峨帝の跡を襲った後一条帝は、世の中の騒がしさや自身の不例により、退位を考えていた。が、いまだ後継の皇子を設けていなかった。そこで、狭衣と女二宮の子ながら、大宮腹の嵯峨帝皇子と偽装された若宮を、まさかそうとは知らないので、養子にし、退位後の東宮に据えようとした。すると、右の託宣が下ったのである。

狭衣と若宮との親子関係を暴き、親の狭衣を臣下に置いて、子の若宮が即位する事態を難じている（傍線部b）。そして、後一条帝から狭衣への譲位を促すのであった（傍線部c）。この際、狭衣の密通行為により、皇統に臣下の血（若宮）が混じったことへの、皇祖神の怒りはなく、狭衣の天上性（傍線部a）と、親の優位性（傍線部bc）が強調されるばかりだ。これは、狭衣帝を実現させるための強引な託宣であり、裏を返せば、狭衣即位の物語がいかにイレギュラーかを表しているのである。

斎宮の神がかりを聞いた帝・堀川大臣も、若宮の本来の出自を知らないので、託宣を「心得ずあやしう」（参考 大系 四二六頁）思い、大臣夫妻は「あらたなる御心寄せ、とはさだかに聞きながらも、あまりさるまじき程のことは行末もいかが」（同）と心穏やかではない。つまり、帝も大臣夫妻も、託宣の意味を解しかねていたのである。すると、天照御神は夜々帝や大臣の夢枕に立ち「とく代はり居させ給はずは悪しかりなん」（同）と、さらに追い討ちをかける。さすがに帝は不安を募らせ、結局、狭衣を自身の皇子にして、譲位に至った。〈天照御神託宣〉はこうして強引に狭衣を即位に導いたのである。

それにしても、狭衣即位の物語がいかにイレギュラーかは、わずかながら世人の反応に光を当てた語りからも、掬い取られてくる。

「近き世に、かかる例《ためし》もことになきことなり」と公《おほやけ》を誹《そし》りたてまつるべきやうもなければ、「なほいかなることにかあらん」と言ひ悩む人多かるに、　（参考：大系、四二六頁）

世人も、二世源氏の狭衣を皇子にして譲位するなどは異例の事態だと、帝を非難するわけにはいかないので、どういうことなのだろうか、とばかり口に出して心配するにとどまっているが、イレギュラーな即位だと思っている様子が語り取られている。〈天稚御子降下〉が仕掛けた狭衣即位の物語は、〈天照御神託宣〉という外部の力が働かなければ、換言するなら、この世の論理に従う限り、実現せざる展開なのであった。

〈天稚御子降下〉が仕掛け、〈天照御神託宣〉が仕上げた物語こそ、異例にして、良きにつけ悪しきにつけ、この物語を特徴づける狭衣即位の物語なのであった。超常現象は、この物語をこの物語たらしめる必須のエレメントであると位置づけることができるのである。

五　物語の画期と超常現象

〈天稚御子降下〉の仕掛と〈天照御神託宣〉の仕上により導かれた狭衣即位の物語とは何であったのか。それを見極め、稿を閉じたいと思う。

狭衣即位の物語は、「紫のみのしろ衣」が源氏宮から女二宮へと組み替えられなければ、なされなかったわけだが、狭衣はどちらの女君とも恋を全うできず執着し、そして、どちらの女君も狭衣の恋着に悩まされざるをえなかった。また、〈天稚御子降下〉により先鋭化した、狭衣の源氏宮への一途な恋心ゆえに、困窮する飛鳥井君との恋にも手を焼くばかりで、その恋は中絶し、女君は悲劇のうちにこの世を去った。唯一、故式部卿宮の姫君は、源氏宮の形代として、狭衣帝後宮の藤壺に収まるのだが、狭衣は一方で源氏宮を思い、出家後の女二宮に恋着し続けており、姫君も自身にばかり向いているわけではない狭衣の心を「うち解けにくく、隔て多かりぬべき御心」（参考：大系、四一九頁）と密かに思うようになる。狭衣の心は、さまざまな女君をたゆたい、落ち着きどころがない。そんな狭衣に振り回されるように、女君たちも濃淡はあれ、悩ましさ、悲しさ、寂しさを抱え込まざるをえなかった。

狭衣即位の物語は、狭衣という天上的ヒーローをついにこの世での恋の充実に導かぬばかりか、女君たちをも煩わさずにはおかなかった。さらに、そんなヒーローは思いもかけない「みのしろ」すなわち大嘗祭沐浴時に新帝のまとう「天の羽衣」を受け取り、兜率天往生という昇天も、遠くにおぼめくばかりだ。

加えて、狭衣帝の治世もまことに心許ない。このイレギュラーな即位に違和感を覚えたのは、世人ばかりでなく、狭衣帝その人であった。即位が決まると「ふさはしからぬ身の宿世」（参考：大系、四二六頁）と感じ、また前節で掲げた狭衣即位に対する世評を受けて、「この世に言ひ扱ふらんやうに、げにえあるまじきこと」（参考：大系、四二七頁）、「えたもつまじかりける」（同）と、即位の正当性に、そして自身の治世に不安を抱いている。新帝として、治世を充実させうる風ではない。[注(18)]

天地の間に宙吊りのヒーロー狭衣は、それまでの物語史上、例を見ない帝位に、まさしく天地・神人の間にあり、宙吊りの存在にふさわしい帝位に即いた。けれども、ヒーローとしてこの世の恋の物語を充実させることもできなければ、憧れていた輝かしい昇天の物語を遂げることもできず、思いもかけない、望みもしない最高の栄のなかで、弱々しく、絶望的な宙吊り状態に釘づけされているのが最後の姿だ。

超常現象により導かれた狭衣即位の物語とは、物語ヒーローをよろぼう姿に導き、ヒーローの末路とも言うべき姿を語るものだった。しかし、それはあながちネガティブにとらえられるべきものではない。天上的ヒーロー・ヒロインが、この世にあるがゆえに抱える本来的な罪深さや悲しみを前景化し、そうした者たちの物語の末路を語っているのが『狭衣物語』なのである。同じく平安後期の『夜の寝覚』が完膚なきまでにヒロインの物語を打ち壊した[注(19)]のと軌を一にして、いったんヒーロー・ヒロインの物語を終焉させ、

『とりかへばや』『在明の別』などによって幕を切って落とされる中世王朝物語に道を開いている。そのような『狭衣物語』の物語史的トポス＝画期を支えたのが超常現象だったのである。

注

（1）藤岡作太郎『国文学全史2平安朝篇』（平凡社東洋文庫、一九七四年）
（2）本文は、新編日本古典文学全集『松浦宮物語 無名草子』（小学館、一九九九年）に拠った。
（3）鈴木泰恵「『とりかへばや』の異装と聖性―その可能性と限界をめぐって―」（『古代中世文学論考』第6集、新典社、二〇〇一年一月）、のち『狭衣物語／批評』（翰林書房、二〇〇七年五月）、「中世の物語批評―『とりかへばや』『無名草子』から―」（『中世王朝物語・御伽草子事典』神田龍身・西沢正史編、勉誠出版、二〇〇二年五月）
（4）早稲田大学大学院『中古文学論攷』2（一九八一年一一月）、のち『平安後期物語の研究 狭衣・浜松』（新典社、一九八四年）
（5）『文芸と批評』5-3・4（一九七九年一二月・一九八〇年五月）
（6）『物語研究』1（一九八六年四月）、のち『狭衣物語の語りと引用』（笠間書院、二〇〇五年）
（7）たとえば、鈴木泰恵「狭衣物語粉河詣について―「この世」への道筋―」（『中古文学』41、一九八八年五月）、のち『狭衣物語／批評』（翰林書房、二〇〇七年五月）、田村良平「『狭衣物語』・脱現実の幻想―超常現象を中心に―」（早稲田大学大学院『中古文学論攷』9、一九八八年一二月）、木村朗子「特集・カノンとしての王朝文学―イメージ・うた・物語　来迎を象る―『狭衣物語』における天稚御子を想うかたち」（『国文学』48-1二〇〇三年一月）、井上新子「『狭衣物語』粉河詣で場面の仕掛け―仏教引用とそのずらし」（『論叢狭衣物語』3、新典社、二〇〇二年五月）等々。
（8）本文は内閣文庫本に拠り、私に句読点・送り仮名を付し、表記も改めた。なお参考として同本を底本とする大系の頁数を丸括弧内に示した。西本願寺旧蔵本（通称深川本、新全集底本）、流布本系元和九年古活字本（全書底本、同系統の集成本文）においても、論理に変更のない点は確認した。本文の違いにより、説明を要するところは、適宜注を送る。

（9）深沢徹「往還の構図もしくは『狭衣物語』の論理構造（上・下）―陰画としての『無名草子』論―」→注（5）

（10）「昔の御ゆかり」は西本願寺旧蔵本および流布本では「向ひの岡は」で、「武蔵野の向ひの岡の草なればねを尋ねても逢はんとぞ思ふ」（『小町集』、『新勅撰集』雑四、小町）を引くもの。いずれにせよ狭衣もまた源氏宮・女二宮双方と血縁であるから、「紫の…」の歌は問題がないという説明であることにかわりはない。「向ひの岡」がたぐり寄せる小町歌は「武蔵野」を含んで、むしろ女性間の「ゆかり」関係を読みとらせるものだとも言える。

（11）この部分、古活字本ナシ。いわゆる第一系統本特有の本文。ただし、古活字本でも、翌朝の狭衣は「身色如金山　端厳甚微妙」（『法華経』序品の句）を朗詠している。諸仏の美を形容する上句の朗詠は、第一系統本ほど明確ではないものの、やはり天稚御子の姿が仏の姿に転写され、天稚御子との昇天が仏教的に転回されていることを示し、第一系統本の論理と齟齬しない。なお、第一系統本では上記兜率天憧憬が打ち出され、すぐ後に狭衣が「即往兜率天上」「弥勒菩薩」と『法華経』「普賢菩薩勧発品」の句を朗詠している。その部分は古活字本にもあり、巻二末に普賢菩薩が示現するのと呼応しているのだが、第一系統本は天稚御子を介した昇天と、普賢菩薩を介した兜率天往生とを、より緊密に結んだ本文だといえる。

（12）引用本文は岩波文庫本に拠り、その巻数頁数を括弧内に示した。

（13）鈴木泰恵「『狭衣物語』と『法華経』―〈かぐや姫〉の〈月の都〉をめぐって―」（『解釈と鑑賞』787、一九九六年十二月）、のち『狭衣物語／批評』Ⅲ-3（翰林書房、二〇〇七年五月）

（14）故実叢書（吉川弘文館、一九三二年）。三谷栄一「大嘗祭と文学誕生の場」（『國學院雑誌』、一九九〇年七月）

(15)鈴木泰恵「狭衣物語と〈かぐや姫〉—貴種流離譚の切断と終焉をめぐって」(『武蔵野女子大学紀要』32-1、一九九七年三月)、のち『狭衣物語/批評』I-5(翰林書房、二〇〇七年五月)なお、萩野敦子「狭衣物語の発端」(北海道大学『国語国文研究』、一九九三年七月)は、昇天すべく詠んだ狭衣の辞世が「九重の雲の上」ということばを含み、後の狭衣即位と響き合うと指摘している。

(16)鈴木泰恵「狭衣物語と〈形代〉—身体感覚をめぐって」(『武蔵野女子大学紀要』30-1、一九九五年三月)、のち『狭衣物語/批評』I-3(翰林書房、二〇〇七年五月)

(17)久下裕利(晴康)「狭衣物語の構造—回帰する日常性—」↓注(4)

(18)鈴木泰恵「『源氏物語』絵合巻から『狭衣物語』へ—タナトス突出への回路を求めて—」(『源氏物語煌めくことばの世界2』翰林書房、二〇一八年五月)

(19)鈴木泰恵「『夜の寝覚』における救済といやし—貴種の「物語」へのまなざしをめぐって—」(駒沢女子大学日本文化研究所『日本文化研究』二〇〇五年七月)、のち『狭衣物語/批評』Ⅳ-3(翰林書房、二〇〇七年五月)

『狭衣物語』の引歌・歌ことば
——作中歌の形成と受容をめぐって——

後藤康文

一　はじめに

『狭衣物語』の装飾過多とも評せる耽美的文章と優れた和歌には、多彩な引歌ないし本歌が鏤められ、宝石のような歌ことばが随所に埋め込まれている。はたしてそれらは、どこから来てどのように生かされ、どこへ行くことになったのだろうか。——この問題を扱うにあたり本稿では、藤原定家によって「於歌者抜群」（『明月記』貞永二〈一二三三〉年三月二十日条）と絶賛された作中歌にその対象を限定していささかの考察を加えることにしたい。

二　先行歌の単独利用による修辞引用と含意引用

『狭衣物語』作中歌の先行歌利用の方法には、一首の和歌のみを摂取した〝単独利用〟と、二首以上を同時に念頭に置いた〝複合利用〟とがある。そこでまずは、〝単独利用〟の例から見ていくことにするが、これをさらに下位分類するなら、単純な表現上の引用と内容にまで立ち入った引用とに大別される。そして、本稿では便宜上、前者を〝修辞引用〟、後者を〝含意引用〟と呼ぶことにする。

＊

では、さっそく〝単独利用〟による〝修辞引用〟の実例紹介からはじめることにしよう。注(1)

【第一例・巻二】

a 思ひつつ岩垣沼のあやめ草みごもりながら朽ち果てねとや　（上・二四頁一二行〜一三行）

b 思ひつつ岩垣沼の菖蒲草水隠りながら朽ち果てねとや　（①・三四頁一五行〜三五頁一行）

一条院の姫宮（後の一品宮）に宛てた狭衣の歌。この詠作の第二句＋第三句＋「思ひ」は、禖子内親王家宣旨とも日常的交流のあった祐子内親王家小弁の、

※引きすつる岩垣沼のあやめ草思ひ知らずもけふにあふかな

（「天喜三年五月三日六条斎院物語歌合」二二・『後拾遺集』雑一―八七五）

に明らかに依拠している。注(2) 単純な表現の借用ではあるけれども、『狭衣物語』の対一次享受者意識が鮮明にうかがえて興味深い。こうしたいわば同時代歌利用は作中他にも見える現象で、小弁の歌は、巻一冒頭場面でも引かれていた。注(3)

ちなみに、よく知られた『後拾遺集』八七五番歌の詞書は、

五月五日、六条前斎院に物語合し侍りけるに、小弁おそく出だすとて、方の人々こ《とイ》めて、つぎの物語を出だし侍りければ、宇治の前太政大臣、「かの弁が物語は見どころなどやあらむ」とて、こと物語をとどめて待ち侍りければ、『岩垣沼』といふ物語を出だすとて、よみ侍りける

である。

【第二例・巻一】

[a] ほかざまに藻しほの煙なびかめや浦風あらく波は寄るとも　（上・五一頁八行〜九行）

[b] ほかざまに塩焼く煙なびかめや浦風荒く波は寄るとも　（①・六七頁一行〜二行）

女二の宮降嫁問題に直面して、源氏の宮以外の女性を思わぬ決意を新たにする狭衣。この歌の発想の根底には、むろん『古今集』所収のよみ人しらず歌「須磨の海人の塩焼く煙風をいたみ思はぬ方にたなびきにけり」（恋四—七〇八）があるが、修辞面で直接利用されたのは、趣向を同じくする、

※浦に焚く藻塩の煙なびかめや四方の方より風は吹くとも

（よみ人しらず／『惟成弁集』二・『新古今集』恋五—一三六一）

という一首であったと考えられる。

【第三例・巻三】

[a] 憂き身には秋もしらるる荻原や末越す風の音ならねども　（下・八七頁一二行〜一三行）

[b] 身にしみて秋は知りにき荻原や末越す風の音ならねども　（②・一〇一頁五行〜六行）

一品宮との不本意な結婚が決まったのもあなたのつれなさゆえと恨みかかる狭衣の歌「[a] 折れかへり起きふしわぶる下荻の末越す風を人のとへかし」（下・八五頁六行〜七行）を見た女二の宮が、その傍らにや

り場のない胸中を書きつけた歌。その〝本歌〟は次の詠作で間違いないが、レトリックの露骨な借用が際立つ好例といえる。

※荻の葉の末越す風の音よりぞ秋のふけゆくほどはしらるる

（作者不定／「天禄三年八月規子内親王前栽歌合」一四・宮内庁書陵本『源順集』一四八）

【第四例・巻二】

a ふる里は浅茅が原となりはてて虫の音しげき秋にやあらまし

（下・九五頁二行〜三行）

b 故里は浅茅が原となし果てて虫の音繁き秋にやあらまし

（②・一〇八頁一二行〜一三行）

一品宮との婚儀の翌日、女二の宮のもとへ届けられた狭衣の歌に対する返歌で、父嵯峨院の代作。この歌にはたとえば、『源氏物語』桐壺巻の「いとどしく虫の音しげき浅茅生に露おきそふる雲の上人」などの影響もあるが、修辞面で大きく依存したのは、『長恨歌』の障子絵を詠んだ道命の次の一首とみて差し支えない。

障子の絵に、帝の、御前に虫どもの草かげにあれたるを、なげきたまへる所

※ふる里は浅茅が原とあれ《なりイ》はてて夜すがら虫の音をのみぞ聞く

（宮内庁書陵部本『道命阿闍梨集』一四九・『後拾遺集』秋上―二七〇）

桐壺更衣の母の悲しみに満ちた歌も含めて、背景に『長恨歌』の世界を想定したくなるところだが、ここでその必要がないのはむしろおもしろいとすらいえよう。

＊

次に、〝単独利用〟による〝含意引用〟のケースに目を移したい。いずれも『源氏物語』を典拠とする例である。

【第一例・巻一】

ⓐしらぬまのあやめはそれと見えずとも蓬がもとは過ぎずもあらなむ　（上・二二頁一三行〜一四行）

ⓑしらぬまのあやめはそれと見えずとも蓬が門は過ぎずもあらなん　（①・三二頁四行〜五行）

五月四日、内裏からの帰途にあった狭衣に見ず知らずの女性が詠みかけた歌。これに先立つ散文部分が、『源氏物語』夕顔巻巻頭の描写に似ていることはつとに知られているところであり、この「しらぬまも」歌もやはり、同巻のあまりにも有名な夕顔の詠、

※心あてにそれかとぞ見るしら露の光そへたる夕顔の花

を意識しているとみてよく、[注(4)]〝本歌〟の歌意を意図的に反転させるかたちでの利用といえる。むろん享受者層が『源氏物語』に通暁していることを前提とした技法である。

【第二例・巻二】

ⓐ雲居まで生ひのぼらなむ種まきし人も尋ねぬ峰の若松　（上・一八一頁一〇行〜一一行）

ⓑ雲居まで生ひのぼらなん種まきし人もたづねぬ峰の若松　（①・二一九頁四行）

女二の宮が産んだ狭衣に生き写しの若君を見て、密通の相手の冷酷さを恨みつつ孫の行く末を祈る皇太皇宮。この独詠は、『源氏物語』柏木巻で不義の子薫の五十日の祝いの日に、光源氏が今は尼となった女三の宮に詠んだ、

※誰が世にか種はまきしと人問はばいかが岩根の松は答へむ

という歌を踏まえた作。措辞もさることながら、内容的にも強い関連を有しており、読み手はその点に気づかねばならない仕組みになっている。

【第三例・巻三】

ⓐ忍ぶ草見るに心はなぐさまで忘れがたみにもる涙かな　（下・一〇五頁一三行～一四行）

ⓑ忍ぶ草見るに心は慰まで忘れがたみに漏る涙かな　（②・一二〇頁二行～三行）

飛鳥井君の遺児を抱擁し、その母への蘇る思いに噎せ返る狭衣。この独詠の第二句＋第三句が、清慎公藤原実頼の詠作、

・女郎花見るに心は慰までいとど昔の秋ぞ恋しき

（西本願寺本『伊勢集』七九・『古今六帖』二九〇八・『和漢朗詠集』秋―二八一・『新古今集』哀傷―七八二）

を踏まえていることは、同歌の下句が、右狭衣詠の少しあとの散文部分、

ⓐ「女なるしも、かくものげなきさまなるこそ口惜しけれ。などか、今すこし、人ももり聞かむに、人々しきわたりにかかることなかりけむ。なにばかりすぐれたることも見えざりし蔭の小草の、種をしもとどめけむよ」など、数ならずおぼし出づるにしも、いとど昔の秋のみ恋しくなりたまふ。　（下・一〇七頁一〇行～一四行）

にも引かれている事実からして明らかなのだけれども、『狭衣』作者の真の狙いは、むしろその先にあったものと考えられる。すなわち、同じく実頼歌の措辞を利用した『源氏物語』紅葉賀巻の光源氏の一首、

※よそへつつ見るに心は慰までいとど露けさまさる撫子の花

の〝含意利用〟である。藤壺との間に生まれた不義の皇子（のちの冷泉帝）との対面後、やるせない思い

を王命婦に宛ててしたためる光源氏。――右「よそへつつ」歌を含むこの場面は、『狭衣物語』巻一冒頭部でも生かされており、注(5)『源氏物語』を自家薬籠中のものにしていた作者にとってとりわけ印象深いくだりであったようだ。

【第四例・巻四】

a 面影は身をぞ離れぬうちとけて寝ぬ夜の夢は見るとなければ　（下・二六〇頁一三行〜一四行）

b 面影は身をも離れずうちとけて寝ぬ夜の夢は見るとなければ　（②・二八八頁一行〜二行）

源氏の宮に似た故式部卿の姫君の面影が、帰邸後も忘れられない狭衣の〝後朝〟の歌であるが、その初二句が、『源氏物語』若紫巻の光源氏の詠、

※面影は身をも離れず山桜心のかぎりとめて来しかど

をそのまま借用したものであることは一見して明らかだろう。『狭衣』作者は、狭衣と故式部卿の姫宮の関係が光源氏と紫の上のそれを踏襲していることを、こうした手段で赤裸々に告白しているのだ。

三　先行歌の複合利用による修辞合成と含意合成

さて、〝複合利用〟にも、截然と区分しがたい面はあるものの、単なる〝修辞合成〟とその次元にとどまらない〝含意合成〟の二種がある。

＊

はじめに、前者の実例を三例ほど見てみよう。

【第一例・巻二】

[a]かぢを絶え命も絶ゆと知らせばや涙の海にしづむ舟人 （上・一一二頁三行～四行）

[b]楫を絶え命も絶ゆと知らせばや涙の海にしづむ船人 （①・一四〇頁一一行）

筑紫へと向かう船中で詠まれたこの飛鳥井君の歌には、自らの前途に対する絶望と狭衣を思慕するがゆえの痛哭が込められているが、そこに、曾根好忠の代表作、

※由良の門を渡る舟人かぢを絶え行方も知らぬ恋の道かな

（天理図書館本『好忠集』四一〇・『新古今集』恋一―一〇七一）

が踏まえられていることはいうまでもない。『百人一首』にも選ばれたこの名歌は、飛鳥井君詠の直前にあたる散文部分、

[a]移り香のなつかしさは、うちかはしたまへりし匂ひもかはらで、真名仮名など書きまぜたまへるを見れば、「渡る舟人かぢを絶え」など、かへすがへす書かれたるは、「その折は、我と知りて書きたまへるにはあらじなれど、ただ今わが見つけたるは、ことしもこそあれ」と、いかでかかなしとおぼえざらむ。

（上・一一一頁一〇行～一四行）

においてすでに、引歌として効果的に利用されていたのであった。

ところが、話はこれでお終いではなく、実は、好忠の遺したもう一つの歌、

※人恋ふる涙の海にしづみつつ水の泡とぞ思ひ消えぬる

（天理図書館本『好忠集』四四一）

もまた、さらなる〝本歌〟と認定されなければならなかったのである。同一歌人の二首を巧みに縒り合わ

せることで生まれた、新たな作中歌。『狭衣』作者ならではの冴えたマジックを見る思いがする。

【第二例・巻四】

a めぐり逢はむ限りだになき別れかな空行く月の果てをしらねば　（下・三一六頁八行〜九行）

b めぐりあはん限りだになき別れかな空行く月の果てを知らねば　（②・三四八頁三行〜四行）

受禅決定後、夏の月影の中で偶像源氏の宮に捧げられた狭衣の絶唱である。この詠、当時人口に膾炙していたであろう橘忠幹の歌、

※忘るなよほどは雲ゐになりぬとも空行く月のめぐりあふまで
（『拾遺集』雑上―四七〇・『伊勢物語』第十一段）

を〝本歌〟とするのみならず、その下句の表現には、

※思ひいづる時ぞ悲しき世の中は空行く雲の果てを知らねば
（よみ人しらず／『後撰集』雑二―一一九〇）

の下句が、「雲」を「月」に換えただけでそっくり採り用いられていて、たいへん興味深い。

【第三例・巻二】

a 吉野川浅瀬しらなみたどりわびわたらぬなかとなりにしものを　（上・二四七頁一二行〜一三行）

b 吉野川浅瀬白波たどりわび渡らぬ仲となりにしものを　（①・二九六頁一〇行〜一一行）

粉河寺へ赴く途中、吉野川を渡る船中で詠まれた狭衣の独詠である。この作中歌を考案する際、『狭衣』作者の脳裏には、左に掲げる三つの先行歌が同時に浮かんでいた。

※天の川浅瀬白波たどりつつ渡り果てねば明けぞしにける

（紀友則／『古今集』秋上―一七七・『古今六帖』一五九・西本願寺本『友則集』一七・宮内庁書陵部本『兼輔集』三九）

※かはと見て渡らぬなかにながるるはいはでもの思ふ涙なりけり

（よみ人しらず／『後撰集』恋二―六三六・御所本『深養父集』五〇）

※今さらにおぼつかなしやまたなさむへだてぬなかとなりにしものを

（藤原朝光／宮内庁書陵部本『朝光集』七四）

周知の二首に加えて朝光歌の表現までをも摂取した三首合成の力技。――何ともはや恐るべきテクニックではないか。

＊

つづいて、後者の実例を二つほど紹介する。先に見た〝単独利用〟の場合と同じく、どちらも『源氏物語』を背景にしている。

【第一例・巻二】

ⓐ夕暮れの露吹きむすぶ木枯しや身にしむ秋の恋のつまなる

（上・一一九頁四行～五行）

ⓑ夕暮の露吹き結ぶ木枯や身にしむ秋の恋のつまなる

（①・一四八頁七行）

飛鳥井君を追想する狭衣の独詠だが、その上句の措辞が、「天禄三年八月規子内親王前栽歌合」一九番の但馬君の作、

※浅茅生の露吹きむすぶ木枯しに乱れても鳴く虫の声かな

（宮内庁書陵部本『源順集』一五六・『続古今集』秋下―三七九）

の傍線部に確かに拠っているほか[注6]、内容面では、次の『源氏物語』作中歌二首をともに念頭に置いて作られたものと考えられる。

※宮城野の露吹きむすぶ風の音に小萩がもとを思ひこそやれ　（桐壺巻）

※荻の葉に露吹きむすぶ秋風も夕べぞわきて身にはしみける　（蜻蛉巻）

前者は、桐壺帝が、更衣を亡くして悲しみに暮れる祖母邸の遺児（光源氏）を思いやった歌。[注7]後者は、妻の姉女一の宮への密かな恋情が込められた薫の心中詠である。状況的に密着度の高い〝本歌〟とは必ずしもいえないかもしれないが、これらの作中詠が第一次享受者たちの脳裏に自然と浮かんで来るのは必至であったと想像される。

【第二例・巻四】

ａ消え果てて屍は灰になりぬとも恋の煙は立ちも離れじ　（下・三七二頁七行〜八行）

ｂ消えはてて屍は灰になりぬとも恋の煙はたちもはなれじ　（②・四〇九頁一行〜二行）

自らの諦めきれぬ恋情を女二の宮に直接ぶつけた狭衣の歌。これについては、宮内庁書陵部本『篁集』の二六番歌、

※消え果てて身こそは灰になるとても夢のたましゐ君にあひそへ

および、『源氏物語』柏木巻の柏木の詠、

※行方なき空の煙となりぬとも思ふあたりを立ちは離れじ

双方の影響が的確に指摘されているが[注8]、ともにただならぬ執念を湛えた歌である。さらに、第四句中に用

いられた歌語「恋の煙」も、『源氏物語』篝火巻の光源氏の歌、

※篝火に立ちそふ恋の煙こそ世には絶えせぬ炎なりけれ

に拠ったものであろう。

四　再生された歌ことばとその受容

さてここからは、『狭衣物語』作中歌が後代の和歌に与えた多大な影響の一端を、「歌ことば」に焦点を絞って見てみることにするが、はじめに、先例のある歌ことばが『狭衣』作者の手によって〝再生〟され、後世に受容された代表的ケースを二例取り上げる。

【第一例・巻「言はぬ色」】

a いかにせむ言はぬ色なる花なれば心のうちを知る人ぞなき　（上・一〇頁一〇行～一一行）

b いかにせん言はぬ色なる花なれば心の中を知る人はなし　（①・一八頁八行～九行）

これは、義妹源氏の宮への〝言はで思ふ恋〟の懊悩を、眼前の山吹の花に寄せて表出した狭衣の心中詠であり、二百余首におよぶ『狭衣物語』作中歌の最初を飾る歌。その第二句に用いられた歌語「言はぬ色」が、次の円融院御製、

※九重にあらで八重咲く山吹の言はぬ色をば知る人もなし

（建治本『実方集』一一・『円融院御集』九・『新古今集』雑下―一四八一）

に拠るものであることは、本書「文学史上の狭衣物語」においてすでに触れたところだが、ここで注目し

たいのは、『狭衣物語』以前の現存和歌において山吹等の「くちなし色」をこのように「言はぬ色」と詠んだ例は、ほかに異本『中務集』中の、

・言はぬ色を思ひけらしな山吹の君帰りての今朝の露けさ

（宮内庁書陵部三十六人集本『中務集』二二七）

というわずか一例を認め得るにすぎず、これがかなりめずらしい表現であったと考えられる点なのである。この歌ことばは、『狭衣物語』よりのちにも長らくその所見がなく、調べたかぎりでは、仁安二（一一六七）年八月の「太皇太后宮亮経盛朝臣家歌合」時に出詠された藤原定長（寂蓮）の次の作（七番右・一四）が、再び「言はぬ色」を詠み込んだ最も早い例であるようだ。

・声たてて鳴く虫よりも女郎花言はぬ色こそ身にはしみけれ

（『夫木抄』四二七八）

定長の右の歌は、番えられた源有房の作「萩が花わけ行くほどはふる里へ帰らぬ人も錦をぞ着る」（七番左・一三）に敗れているのだけれども、興味深いのは、同歌合の判者を務めた藤原顕輔が、

左、よく詠まれて侍り。右、言はぬ色とはいかなる色にか。くちなし色と思ひなされたるにや。心得がたくや。いかにも左勝に侍るめり。

と裁定した、この時の判詞の内容なのである。

これに拠ると、当時歌壇の重鎮であった碩学清輔の目には、「くちなし色」と同義の「言はぬ色」なる歌語が、いかにも「心得がた」いものに映ったことが知られ、そのように詠み慣わされていないことばを用いた定長の歌を、伝統を重んじる彼の立場から負けとしたものと思われる。詠者が当日御子左家からただ一人出席していた新進で、清輔とは対立関係にあった藤原俊成（顕広）の猶子であったこと、また、清

輔が「偏頗ある判者」(『無名抄』)だったと伝えられていることなどを考えあわせると、先の判詞にも感情的なものに起因する不公正さがあったのではないかと勘繰りたくもなるが、どうやらそれはないらしい。なぜなら、この歌合の判は作者名を隠して行われたようなので、注(9)判者がそこに特定の私情を差し挟めたとは思われないし、よしんば作者名がわかっていたとしても、博覧強記をもって知られた清輔が、「言はぬ色」という表現の先蹤を承知していながら、そらとぼけたとも考えにくいからだ。だからといって、彼が『狭衣物語』をまったく読んでいなかったはずはないので、当座たまたま失念していただけであり、まさしく千慮の一失だったというのが実情なのであろう。

ともあれ、この清輔の言説を根拠に、円融院御製から『狭衣物語』へと受け継がれてきた歌ことば「言はぬ色」は、平安朝末期に至ってもなお一般的なものではなかったとみることができるのである。

ところが、いわゆる新古今時代以降になると、この表現は多くの歌の中に見出されるようになる。左に任意の五首をまずは列挙する。

・尋ねつつこしまが崎の山吹の言はぬ色しもしるべ顔なる　(藤原有家/「千五百番歌合」五二〇)

・散らすなよ井手のしがらみ堰きかへし言はぬ色なる山吹の花　(藤原定家/『拾遺愚草』四一九)

・言はぬ色の心をくみてあはれとも君ぞみつのの山吹の花　(源家長/『夫木抄』二〇五六)

・忍べども言はぬ色なる山吹の花に恋しき井手のふる里　(源通光/「千五百番歌合」五四三・『夫木抄』一四二五七)

・ことに出でて言はぬ色とや水無瀬川変はらじ春の山吹の花　(順徳院/「健保名所百首」一九三・『夫木抄』二〇二〇)

円融院御製は『新古今集』にも撰入されており、これらの中世和歌に用いられた「言はぬ色」という歌語が、狭衣詠と比較した場合そのいずれを念頭に置いたものなのか、一概に決めつけることはできない。けれども、次のような歌の存在に鑑みると、そこに『狭衣物語』の影響を想定せずにはいられないはずだ。

Ⅰ過ぎがてに井手のわたりを見渡せば言はぬ色なる花の夕映え
（後鳥羽院／「正治初度百首」一九・『後鳥羽院御集』一九）

Ⅱ咲きぬとも言はぬ色なる山吹の籬の中を知る人もなき
（後嵯峨院／「宝治百首」六八一）

Ⅲ暮れぬともをちかた人にこと問はむ言はぬ色なる花は何ぞも
（同／「白川殿七百首」一一八）

右三首のうち、Ⅲについては、「言はぬ色なる花」という措辞がより狭衣詠との合致度が高いといえる程度であるが、Ⅰの後鳥羽院御製は、同歌を含む『狭衣物語』巻一冒頭部分を確実に意識した作と判断される。ちなみに今、Ⅰの歌と『狭衣物語』当該本文との間に見られる語句上の対応関係を示すと、

ａ（上略）池の水際の八重山吹は、井手のわたりにことならず見渡さるる夕映えのをかしさを、ひとり見たまふも飽かねば、侍童のをかしげなるして、一枝折らせたまひて、（中略）「この花の夕映えこそ、常よりもをかしく侍れ。（中略）」とて、うち置きたまふを
（上・九頁八行〜一四行）

Ⅰ過ぎがてに井手のわたりを見渡せば言はぬ色なる花の夕映え

となる。さらに、Ⅱの後嵯峨院御製の下句「籬の中を知る人もなき」は、狭衣詠の「心の中を知る人ぞなき」（ａ）を換骨奪胎したもので、この一首が『狭衣物語』歌を踏まえて詠まれたこともまた明白だといわねばならない。

北村季吟は、先の円融院御製に注して、「山吹はくちなし色なれば、言はぬ色と詠み慣はせり」（『八代

集抄』）というが、以上の考察から、そうした定着を見るのは中世以降のことなのであり、なおかつ、「言はぬ色」という和歌表現がそのように流行した源には、『狭衣物語』冒頭歌の存在が厳然としてあったことが判明したものと思う。

ところで、同歌についてはもう一つ別の観点からも後代和歌への影響を看取できるので、あわせて指摘しておく。それは、この狭衣詠がもつ初句「いかにせむ」―結句「知る人ぞなき／知る人のなき／知る人もなし／知る人はなし」という独自の型式であって、平安時代末期以降、これを踏襲した和歌が出現するのである。

・いかにせむ玉江の葦の下ねのみ世を経てなけど知る人のなき（藤原顕輔／『続後撰集』恋一―六四五）

・いかにせむ御垣が原に摘む芹のねにのみなけど知る人のなき注(10)（平経盛／「治承三十六人歌合」六四・『千載集』恋一―六六八）

※いかにせむ袖のしがらみかけそむる心の中を知る人ぞなき（藤原定家／『拾遺愚草』六一一）

※いかにせむ朽木の桜老いぬとも心の花は知る人もなし注(11)（西園寺実氏／「宝治百首」二八〇〇・『続千載集』恋一―一〇七一）

※いかにせむよそには見えぬものなれば心の色を知る人はなし（笠間時朝／宮内庁書陵部本『時朝集』二七五）

※いかにせむ袖のみ濡れて石見潟言はぬうらみは知る人もなし（藤原為綱／『続拾遺集』恋五―一〇七八）

右六首のうち、顕輔と経盛の歌は外枠の〝型式〟のみが一致するにとどまるが、定家以下の四首に関しては、どれもがそれ以上に多くの表現を狭衣詠から採り込んでおり、これらがみな同歌を〝本歌〟にした詠作であることは歴然としている。

【第二例・巻二「草の原」】

a 尋ぬべき草の原さへ霜枯れて誰に問はまし道芝の露（上・一二七頁九行〜一〇行）

b たづぬべき草の原さへ霜枯れて誰に問はまし道芝の露（①・一五七頁五行〜六行）

素性も知らぬまま行方知れずになってしまった飛鳥井君を空しく追慕する狭衣の独詠で、巻二巻頭の歌。これが、『源氏物語』花宴巻の朧月夜尚侍の詠、

※憂き身世にやがて消えなば尋ねても草の原をば問はじとや思ふ

を〝本歌〟としていることは自明だ。そして、後世の和歌に与えた影響という点で、たとえば、

・世に知らぬ朧月夜は霞みつつ草の原をば誰か尋ねむ（藤原定家／『拾遺愚草員外』六一五・『夫木抄』一五八一）

などのごとく、『源氏物語』歌の方を重視しなければならない場合も当然あるが、その一方で、以下に列挙するとおり、直接『狭衣物語』歌に依拠して詠出された作もまた少なからず遺されているのである。

※霜枯れの賤が荒田の草の原春なつかしき色を待つかな（慈円／『拾玉集』二九三六）

※夢路まで人目はかれぬ草の原おき明かす霜に結ぼほれつつ（藤原定家／『拾遺愚草』二四三五）

※霜枯れはそことも見えぬ草の原誰に問はまし秋のなごりを（俊成卿女／『俊成卿女集』一九五・『新古今集』冬―六一七・『正徹物語』五五）

※草の原誰に問はまし人目だにみな霜枯れの秋のなごりを（祝部成茂／「宝治百首」二二一〇八）

※草の原露の宿りを吹くからに嵐に変はる道芝の霜

（後鳥羽院／『後鳥羽院御集』一五三二）

※草の原霜のふり葉も枯れ果てて尋ぬる道もえやは見えけむ

（藤原家良／『家良集』七〇八・『新撰六帖』一五四一）

※尋ぬべき行方も知らず草の原霜に跡なく秋はいぬめり

（飛鳥井雅有／『隣女集』五五七）

※草の原露のよすがになく虫のうらみやなぞと誰に問はまし

（伏見院／『続後拾遺集』秋下—三六〇）

問題を作中歌の表現面に限定してやや乱暴に述べるならば、『源氏物語』の歌にはない「霜枯れ（て）」「誰に問はまし」「道芝の（露）」などといった狭衣詠固有の要素がある程度確実に詠み込まれていれば、こちらをその詠作の〝本歌〟ないし〝影響歌〟（の一つ）と認めてよいと思われる。

また、右の諸例は、すべて『源氏物語』歌と共通する中心的歌語「草の原」を含有するものであったが、さらに進んで、これをはずすかもしくは解体した受容の形態も別に見られる。左にその一例として、藤原良経の歌を二首掲げておこう。

※若草のつまもあらはに霜枯れて誰にしのばむ武蔵野の原

（『秋篠月清集』六六三）

※答ふべき荻の葉風も霜枯れて誰に問はまし秋の別れ路

（「千五百番歌合」一六二二・『秋篠月清集』八五四・『夫木抄』六三三二）

五　創造された歌ことばとその受容

次に、『狭衣』作者が〝創造〟した歌ことばの受容例を瞥見する。

【第一例・巻二「四方の木枯し」】

a吹きはらふ四方の木枯し心あらば憂き名を隠す隈もあらせよ（上・一七四頁四行〜五行）

b末はらふ四方の木枯心あらば憂き名を隠す雲間あらせよ[注12]（①・二一〇頁一二行）

狭衣の突然の侵入によってその子を身籠り、深い憂愁に沈む女二の宮の歌。その第二句「四方の木枯し」は、これ以前に用例のない表現である。一方、中世和歌にあっては、

※よしさらば四方の木枯し吹きはらへ一葉曇らぬ月をだに見む（藤原定家／「正治初度百首」一三六三・『拾遺愚草』九六〇）

・真木の屋のあられ降る夜の夢よりもうき世をさませ四方の木枯し（俊成卿女／『俊成卿女集』六六）

・深山吹く四方の木枯しさえそめて真木の葉白く初雪ぞ降る（後鳥羽院／「千五百番歌合」一八三〇・『後鳥羽院御集』四六二）

・山高み夕日隠れの松の葉に声吹きとむる四方の木枯し（藤原光経／『光経集』四八〇）

・こずゑにはうたて残らぬもみぢ葉を庭まではらふ四方の木枯し（実材母／『実材母集』三四六）

・時雨れつる空は雪消にさへなりてはげしく変はる四方の木枯し（永陽門院少将／『玉葉集』冬―八七一）

といった詠作が見られる。右五首のうち、とりわけ定家の歌は、第三句「吹きはらへ」も女二の宮詠の初句「吹きはらふ」（a）に拠ったものと思われ、『狭衣物語』の影響が確認できようか。

【第二例・巻二「葦の迷ひ」】

a知らざりし葦の迷ひの鶴の音を雲の上にや聞きわたるべき　（上・一九九頁六行～七行）

b知らざりし葦のまよひの鶴の音は雲の上にや聞きわたるべき　（①・二三八頁七行～八行）

女二の宮のもとに再び忍び入った折に、そこでわが子の声を聞いたことに触発されて詠まれた狭衣の歌。ここにおいて創出されたらしい「葦の迷ひ」という歌語は、それほど多くはないものの、次のような中世和歌に継承されることとなった。

※わかの浦や葦の迷ひの鶴の音は雲ゐの月もあはれ知らなむ
（藤原家隆／「最勝四天王院障子和歌」一〇七・『壬二集』一八五一）

・鶴の鳴く葦の迷ひのうき波に幾夜かなしき月を見つらむ　（同／『壬二集』二七四一）

・忘れずよほのぼの人をみしま江のたそかれなりし葦の迷ひに
（藤原良経／「六百番歌合」六四七・『秋篠月清集』三五三）

右三首中、特に家隆の「わかの浦」の詠は、狭衣歌と「葦の迷ひの鶴の音」までがまったく同じであるほか、表現上、「雲の上」に対して「雲ゐ」、「知らざりし」に対しては「知らなむ」がそれぞれ呼応しており、両首の密接な関係には疑う余地がない。

【第三例・巻四「杉の木末《こずゑ》」】

a神垣の杉の木末にあらねども紅葉の色もしるく見えけり　（下・三四二頁一二行～一三行）

b神垣は杉の木末にあらねども紅葉の色もしるく見えけり　（②・三七六頁一四行～一五行）

平野行幸の折に、今は斎院となった源氏の宮の居所近辺が美しい紅葉の錦に彩られているのを眺めやって詠んだ狭衣の歌。この一首が、有名な古歌「わが庵は三輪の山もと恋しくはとぶらひ来ませ杉立てる門」（よみ人しらず／『古今集』雑下―九八二）を念頭に置いた作であることは、すでに『狭衣物語』諸注の指摘するところだが、第二句中の「杉の木末《こずゑ》」という歌ことばは、『狭衣』作者の意匠により生まれ出たものと考えられる。中世期の和歌でこの語が用いられた歌はかなりな数見られるが、以下には、そのうちの代表的なものを五首ほど例示しておくことにする。

・心こそ行方も知らね三輪の山杉の木末の夕暮れの空
（慈円／『拾玉集』一六一五・『新古今集』恋四―一三二七）

・三輪の山杉の木末の五月雨に待ちみぬ人もなほ待たれけり
（藤原家隆／『壬二集』六一二）

・たどりつる道に今宵はふけにけり杉の木末に有明の月
（藤原良経／「六百番歌合」六五七・『秋篠月清集』三五四）

・尋ね来る人は音せで三輪の山杉の木末の雪の下折れ
（飛鳥井雅経／「正治二度百首」二四五・『明日香井集』一三八・『新続古今集』冬―六九九）

・春はまづ杉の木末の薄緑霞を染むる逢坂の関
（俊成卿女／「最勝四天王院障子和歌」一八四）

一見して察知されるとおり、先の『古今集』よみ人しらず歌を踏まえる詠作が多い。しかしながら、そのことと「杉の木末」ということばとが結びついている事実は、これらの歌が狭衣の「神垣は」（b）歌を経由して形成されたことをおのずと物語っているといえるだろう。

【第四例・巻四「入江の沢」】

a 人知れぬ入江の沢に知る人もなくなく着する鶴の毛衣
（下・三五九頁一三行～一四行）

b 人知れぬ入江の沢にしる人もなくなくきする鶴の毛衣
（②・三九五頁一行～二行）

わが子一品宮の産衣に書きつけられた飛鳥井君の遺詠。ここに見られる「入江の沢」もまた、『狭衣物語』作者の案出した歌語であるようだ。そして、この表現は、

※人知れぬ葦間に月の影とめて入江の沢に秋風ぞ吹く

（藤原定家／「仙洞句題五十首」一六七・『拾遺愚草』一八五六・『夫木抄』一〇六三〇）

・今日とても摘む人あらじ隠れ沼の入江の沢にもゆる若菜は

（藤原行家／「宝治百首」一八八）

・鶴のすむ入江の沢に鳴く雉もろ心にや子を思ふらむ

（正徹／『草根集』一七一八）

・漁夫小舟入江の沢に寄る波の数かく鴫の夕暮れの声

（同／「正徹千首」四五二・『草根集』四五七〇）

といった後世の和歌に継承され、中世王朝物語『苔の衣』の作中歌にも、

・ひたすらにかなしきものは鶴の子を入江の沢におきて別るる

がある。中でも最初の定家の作は、初句「人知れぬ」も完全に一致しており、『狭衣物語』の歌を明らかに〝本歌〟としている。

六　おわりに

以上、問題を作中歌の形成と受容のありさまに絞って、「『狭衣物語』の引歌・歌ことば」の実相を概観した。今日に至るまで、この方面における研究は地道に行われており、着実に新しい成果が報告されてきている。注(13) 物語史のみならず、和歌史においても『伊勢』『源氏』と並んで後世の文芸に甚大な影響を与えた『狭衣物語』であってみれば、その〝和歌的〟特質に関する具体的解明が今後とも鋭意継続されること

が望まれるといえよう。

注

（1）本稿での『狭衣物語』作中歌の引用は、[a]鈴木一雄『新潮日本古典集成 狭衣物語上・下』（新潮社、昭和60〈一九八五〉年・昭和61〈一九八六〉年）、[b]小町谷照彦・後藤祥子『新編日本古典文学全集 狭衣物語①・②』（小学館、平成11〈一九九九〉年・平成13〈二〇〇一〉年）の二種の注釈書の本文を原則並列するかたちで行う。

（2）この歌の初句、二十巻本類聚歌合所収の「六条斎院物語歌合」では「引き過ぐし」に作る。「すつる」の「つ（川）」は「く（久）」の誤写で、もとは「すくる」＝「過ぐる」かとも思うが、ここではさしあたり、『後拾遺集』の本文をそのままの形で採っておく。

（3）本書所収拙稿「文学史上の狭衣物語」第二節参照。

（4）ちなみにこの両首は、『物語百番歌合』においても番えられている（十番）。なお、双方の共通点については、樋口芳麻呂「源氏狭衣百番歌合の配列について」（「文学・語学」第五十七号、昭和45〈一九七〇〉年9月）→『平安・鎌倉時代散逸物語の研究』（ひたく書房、昭和57〈一九八二〉年）参照。

（5）注（3）に同じ。

（6）本稿第二節の「〝単独利用〟による〝修辞利用〟の実例」の第三例においても、この有名な歌合の別の作が踏まえられていた。『狭衣』作者のよく知る文献だったことがうかがえる。

（7）土岐武治『狭衣物語の研究』（風間書房、昭和57〈一九八二〉年）は、「狭衣の歌は、歌詞の上から、趣向の上から見て、この「宮城野の」歌に依っての作ではなからうかと思はれる」としている（二七六頁）。

（8）池田和臣「狭衣物語の修辞機構と表現主体」（「国語と国文学」第六十三巻第三号、昭和63〈一九八八〉年3月）→『源氏物語の表現構造と水脈』（武蔵野書院、平成13〈二〇〇一〉年）参照。

（9）『日本古典文学大系 歌合集』（岩波書店、昭和40〈一九六五〉年）中世篇解説（谷山茂氏執筆）に、「恋十番判詞に「これはたれが詠みたるにか侍るらむ」などということばが見えるので、おそらく作者隠名であったと思われ」、そうしたのは「歌そのものに対する判者の忌憚のない自由な批評を求めるためであったろう」とある（三〇四頁）。

（10）この歌の第二句には、「みやぎの原に」（「治承三十六人歌合」）・「みかきが原に」（『千載集』）の異同が見られるが、「か（加）」と「や（也）」かつ「か（可）」と「の（乃）」の交替が容易に想定できる。ここでは、『千載集』の本文が正しいと判断してこれを優先した。

（11）この歌の第二句「朽木の桜」も、『狭衣物語』巻四の狭衣の独詠「[a]折りみばや朽木の桜ゆきずりに飽かぬにほひは盛りなりやと」（下・二二〇頁五行〜六行）に拠る表現。

（12）「雲間」すなわち「くもま」は「くまも」の転化本文と断定してよい。「隈」（[a]）ならぬ「雲間」（[b]）では「憂き名」の隠しようがあるまい。

（13）西暦二〇〇〇年以降の主な業績としては、

・濱本典子「俊成卿女の『狭衣物語』摂取について―後鳥羽院歌壇期の詠作を中心に―」（「和歌文学研究」第八十六号、平成15〈二〇〇三〉年6月）

・井上新子「『狭衣物語』における歌ことばの形成と中世和歌への影響―「後枕」・「葦のまよひ」・「古き枕」に着目して―」（『狭衣物語』を中心とした平安後期言語文化圏の研究』翰林書房、平成19〈二〇〇七〉年）

・佐藤達子「『狭衣物語』が拓く歌ことば―「苔のさむしろ」「かたしき」「巌の枕」における連鎖と連想から―」（『狭衣物語が拓く言語文化の世界』翰林書房、平成20〈二〇〇八〉年）

・江草弥由起「名所「虫明」をめぐる『狭衣物語』受容歌」（『平安文学の古注釈と受容 第二集』武蔵野書院、平成21〈二〇〇九〉年）

等々がある。

『狭衣物語』の古筆切

久下裕利

一　はじめに

物語の作品研究において最も重視しなければならないのは、その本文であり、依拠すべき写本が由緒伝来が確かな最善本であるならば、それ程問題がないにしても、『狭衣物語』の場合、最古写本と知られる深川本でさえ既に改作本との混態本文状態であることからすれば、本文についてはとりわけ慎重な配慮が必要となろう。

つまり、古筆切研究は、あくまで写本の一紙が切り取られてあるに過ぎない断簡ではありながら、本文研究の一翼を担う基礎的研究として評価され得るし、場合によってはその時代性から本文研究において大きく寄与する段階に至ることも可能で過小評価すべきではなかろう。

『狭衣物語』においてはその諸本伝本の多さからして本文に激しい異同があってそうとう複雑な吟味検

討を踏まえて、古筆切の伝本本文上でその素性の位置付けがまず求められよう。であるならば、古筆切研究が、新出の切の資料提供のみで済ますところで終止すべきでないのは当然の配慮と言えよう。

とは言うものの、狭衣切九葉掲出の藤井隆・田中登『国文学古筆切入門』(〜続々。和泉書院、昭和60〈一九八五〉年〜平成4〈一九九二〉年)、三十九葉掲出の小松茂美『古筆学大成24』(講談社、平成5〈一九九三〉年)、七葉掲出の久曽神昇『物語古筆断簡集成』(汲古書院、平成14〈二〇〇二〉年)、そして六葉掲出の田中登『平成新修古筆資料集成』(第一集〜第五集。思文閣出版、平成12〈二〇〇〇〉年〜平成22〈二〇一〇〉年)、及び六葉掲出の同『古筆の楽しみ』(〜続。武蔵野書院、平成27・29〈二〇一五・一七〉年)のような膨大な収集の成果をみると、ひとまず便宜的にそれらを基準として新出の切を判断してもよかろうと思われる。

二　伝阿仏尼筆切と伝蜷川親当筆切

二〇〇〇年以降、筆者の企画により古筆切をタイトルにした論集を二冊(『平安文学の新研究—物語絵と古筆切を考える』新典社、平成18〈二〇〇六〉年—以下、これを第一論集とする。『考えるシリーズⅡ知の挑発①王朝文学の古筆切を考える—残欠の映発』武蔵野書院、平成26〈二〇一四〉年)—以下、これを第二論集とする。)刊行して、『狭衣物語』の古筆切に関しては、田中登、藤井隆、小林強、須藤圭と新旧の研究者を交えて、古筆切研究の前進を図ったが、多くが既出の古筆切の整理や新出断簡の紹介で終わってしまっていた。

そうした中でも第二論集の須藤圭「狭衣物語のからみあう異文—古筆切を横断する—」は、五十種一八〇葉の断簡を確認していると豪語するだけあって、古筆切研究の一つの成果とみられる藤井隆が指摘した甘露寺親長筆の四半切が巻一・巻二のみが現存する蓮空自筆本（天理図書館蔵）の失われている巻三に当たる断簡であることを、注(1) 新出の断簡（個人蔵）と金沢大学附属図書館蔵本との両方の書影を掲出して、実証してみせたのである。

さて、筆者にも伝蜷川親当筆の大四半切が現存本の鷹司本（書陵部蔵）ときわめて近い関係の兄弟本であることを指摘した「『狭衣物語』の古筆切について」注(2) があって、古筆切研究の成果に加えられよう。しかしその後、藤井隆「古筆切と狭衣物語」注(3) において当該切に対する本文素性に対する疑念表明もあって、再度「『狭衣物語』の古筆切について―本文表現史の視界―」注(4) において伝蜷川親当筆切と鷹司本との関係がある程度の確かさをもって指摘できるというのは、当該断簡が全てツレであり、しかも**巻一**に集中していたからで、切られた一片の塵も積もれば山となる例えの如くである。

さらにそうした古筆切本文の素性を現存伝本との比較検討によって探求する研究の成果は、須藤圭「狭衣物語古筆切の一様相―伝阿仏尼筆切（伝冷泉為相筆切・伝花山院師賢筆切）から―」注(5) にもあって、鎌倉中後期の書写年代と思われる伝阿仏尼筆切第一種十七葉の本文が、従来確認されている押小路本や伝清範筆本などとの近似性よりも、元和九（一六二三）年古活字本や承応三（一六五四）年整版本といった近世の刊本にいっそう近い本文であることを指摘している。古活字本や整版本の祖本とされる未詳の伝本が、鎌倉中後期にまで遡り得る可能性があるとすれば、伝本系統における筆者の極論である分類を流布本と非流布本（深川本・内閣文庫本など）との大きな対立関係に収束されることにも近づくことになろう（もちろん伝本分類上、他に別本、改作本などの項目は必要）。

そう言うことからしても、須藤氏が採り挙げた伝阿仏尼筆切十七葉が全て**巻二**の本文であったことで導き出された同様の成果であった。自説は伝蜷川親当筆切を真筆と考えていて、応仁の乱後の古典復興に関わる連歌師たちによる普及の結果であり、近世の流布本の祖本となし得ると考えていたが、須藤氏が指摘した鎌倉中後期の伝阿仏尼筆切を近世の流布本の祖と言えるとすれば、当然室町期の流布本との比校が必要となろう。巻が異なるので、伝阿仏尼筆切と伝蜷川親当筆切との直接的な書承関係は指摘できないにしても、伝蜷川親当筆切と最も近しい兄弟本である鷹司本との比較は可能であり、しかも鷹司本は押小路本の上位本文である。とりあえず一例だが、須藤氏が採り挙げた田中登蔵L（極札―為相）を引いて検証してみることにしよう（なお本文中の傍線は筆者が論述上の必要で付したもの）。

○**伝阿仏尼筆切**（一面十三行）

宮にはさかの三のみやそゐさせ給
ける大将の御心よのつねさまさらま
しかは斎宮斎院世にたえ給て
やあらましとそ人しれすおほ
しけるすゝかゝはのよそになり
たまひぬれはさはかりの御こゝろには
なにとおほさるましけれとか
うときい給はたゝならすついにいか
なるすくせあるにかかうまても
めやすかるへきことはさま〱もては

なれゆくももしから国の中将
のやうにこもちてひしりやまう
けんとすらむとわれなからまれ〳〵

○**鷹司本**（七六オ～七七ウ）

（あさましきことにそいひけるさい）宮にハさかの、宮ゐ
させ給けるにも大将の御こゝろよのつねならましかは
斎院斎宮世にたえ給てそあらましと人しれすおほ
されけりすゝか川のなみのよそになり給ぬるをさかり
の御こゝろにハなにとおほさるましけれともれいの
御くせなれハかくときゝ給ハたゝならすつゐにいかなるすく
せのあるにかかくまてもありぬへくめやすかるへきことハ
さま〳〵もてはなれ行もからくにの中納言のやうに
こもちひしりやとけむとすらんと我なからまれ〳〵（ひと）

○**元和九年古活字本**（『校本』四〇九・四一一頁。朝日古典全書巻二（下）三六五頁）

（斎）宮にはさか野の宮そゐさせ給にけるも大将の御心のよのつねのさまならましかは斎宮斎院世に
絶給てやあらましとそ人しれすおほしけるすゝか河のなみのよそになり給ぬれはさはかりの御心には

なにとおほさるましけれとかうと聞給ふはたゝならすつゐにいかなるすくせのあるにかかうまてもめやすかるへき事共はさま〱もてはなれ行よもしからくにの中将のやうにこもちひしりやまうけんとすらんとわれなからまれ〱（ひとりゑみせられ給けり）

当該場面の内容は、源氏の宮が斎院に、嵯峨院女三の宮が斎宮に卜定されるに及んで、狭衣大将がもし世間並みの色好みであったならば、両者とも絶えてしまっただろうとする。それにしても狭衣大将の心中は穏かでいられるはずもなく、思い通りにならない自らの宿世の意外さに苦笑せざるを得ないというのであろう。古活字本「すゝか河のなみのよそに」（傍線）以下の文脈は、非流布本の深川本では「鈴鹿川よそになりたまひぬるは、さばかりの御心には何と思さるまじけれど、例の御癖なれば、かくと聞きたまふはただならず。」（『新編全集』①二七六頁。傍線久下）となり、斎院となる源氏の宮の件とは違って、狭衣の配偶候補者となるはずだった嵯峨院女三の宮まで斎宮となり神域に入ってしまうことで、自らの悠長さをあらためて後悔するという意味で「例の御癖」の用語が付置されている。須藤氏はこの「例の御癖」に注視して、伝阿仏尼筆切と流布本が省略している共通性を指摘しているのである。

さらに当該切には、後半にもう一ヵ所「（唐国の）中将」（傍線）が古活字本と一致し、鷹司本は「中納言」となり、これも深川本では「中納言」（①二七七頁）であり、明らかに対立していて、伝阿仏尼筆切が「刊本に近似する近世書写の伝本よりも、ひときわ刊本に近い本文が鎌倉期に流布していたことを示しているのであって、その成りたちにかかわる問題にも連なってくるのではなかろうか。」とする提言となっている。

しかし、再度伝阿仏尼筆切の本文を確認してみると、前半の傍線二ヵ所「さかの三のみや」「すゝか、はのよそに」は、古活字本では各々「さか野の宮」「す、か河のなみのよそに」（傍線）となり、前者は「三」が付加され、後者は「なみ」が欠落しているのであり、逆に鷹司本では「さかの、宮」「す、か川のなみのよそに」となり、古活字本本文と一致しているのである。

しかも、嵯峨院女三の宮を示す「三」の増補は、深川本の本文「嵯峨野の三の宮」に対応し、さらに「す、か、はのよそ」についても「鈴鹿川よそに」と「浪」の省略された本文となっているのである。要するに深川本ではこの一例からしても、伝阿仏尼筆切の本文が、近世における流布本のルーツとするには早計だが、須藤氏の言述にあったように「ひときわ刊本に近い本文が鎌倉期に流布していたことを示している」（傍点久下）とは言い得ようし、ならば「既に鎌倉期に」と一言付け加えても大過なさそうである。ところがまた一方、逆に流布本と非流布本の本文が両者ともに混合しているとも言えそうで、そうなれば鎌倉中後期以前に流布本と非流布本との対立関係は顕在化してあったということにもなり得よう。

ここまで議論をすすめてきて、伝蜷川親当筆切で桜花散らしの装飾料紙の新出断簡を紹介することになる。[注6] それは実践女子大学蔵古筆手鑑『筆陣』に貼られる〔一五二〕伝蜷川親当筆大四半切（縦25.4cm×横18.8cm）で、既出の全九葉と同じく本文は**巻一**である。

○**『筆陣』伝蜷川親当筆大四半切**

まて一つつ心ミむとのたまハするを春宮も興あ
ることとのたまハせてさま〳〵の御こと、もたてま
つりわたす中納言ひハ兵衛督しやうのこと宰相中

将わこむ中つかさの宮の少将しやうのふえ源中将に
よこ笛たまハすた丶今ゆしきもの丶上手ともなる
へしをの〱こよひもの丶ねとも手をつくしてき
かせよと仰らる丶をたれもひとつにかきませてこそあ
やしさもまきらハしてつかうまつらめいとわりなきわさ
かなとうけ給ハりにく丶わひたまふなかに源中将は
さらによろつのことよりもたハふれにたにまねひ侍ら
ぬものをとそうし給をた丶そのしらさらむことをこよひ

物語場面は、内裏での管絃に際し、主人公源中将（狭衣）が横笛を担当することになり、天稚御子の降下につながる箇所で、小学館『新編全集』①三八頁に相当する。

本文は現存伝本の鷹司本と共通祖本となる兄弟本であることは前記した。他の伝称筆者を蜷川親当筆とする七葉の断簡も書写状態は同様で、詳しくは久下第二稿を参照されたい。

なお当該切に関しては、近々実践女子大学古筆手鑑『筆陣』の全容が書影とともに同大文芸資料研究所の『年報』で報告されることになろう。

三　伝阿仏尼筆切と伝二条為明筆切

阿仏尼を伝称筆者とする断簡については前節で対象とした第二種十七葉とは異なるグループだが、藤井隆はこの時点では四種存するとして次の如く区別していた。注(7)

○伝阿仏尼筆六半切〈八行本〉――古筆手鑑『古今墨林』

○伝阿仏尼筆六半切〈十行本〉――徳川黎明会蔵古筆手鑑『藁叢』

○伝阿仏尼筆六半切〈十一行装飾紙本〉――MOA美術館蔵古筆手鑑『翰墨城』

○伝阿仏尼筆六半切〈十一行素紙本〉――藤井蔵

しかし、その後藤井氏は久下第一稿で紹介した田中重太郎旧蔵(相愛大学春曙文庫現蔵)の二葉(十行装飾料紙)を加えて整理した前掲「物語古筆切の成果」では伝阿仏尼筆切を六葉としたにすぎなかった。またその後、前掲久曽神『集成』には装飾料紙の伝阿仏尼筆切二葉が掲出され、十二行切(第九〇図)を甲とし、十行切(第九一図)を乙としてあたかも別種の断簡とするかのように採り挙げているが、この二葉は金銀砂子散らしの料紙で同筆とみられ、明らかにツレである。ここに見られる過失は藤井氏の区分にも見える〈八行本〉〈十行本〉などとする呼称で、たとえ〈十二行本〉であっても切られた断簡が八行であったり十行であったりする場合がある訳だから、的確な類別呼称とは言えない(もちろん同一写本であっても一面の行数が異なる書写をする場合もある)。さらに伝阿仏尼筆切には装飾料紙であっても別様の切があり(後述する)、金銀砂子散らしの切をとりあえずAグループとしておくこととする。

つまり、本節で特に取り挙げるのは伝阿仏尼筆切でも金銀砂子散らしの装飾料紙切であり、この断簡の問題点に関しては既に久下第三稿において論じたように、伝阿仏尼筆切第一種Aグループと伝二条為明筆切第一種(『大成24』図版88 89 90 92)は伝称筆者が異なっていても、同一写本の切であってツレなのである。

すなわち、異なる伝称筆者だからと言って、それらが必ずしも別々の写本の断簡であるとは限らないということなのである。この例は幸いにして料紙が美麗な金銀砂子散らしの装飾紙であったため、その筆跡への検討を促したことによって、同筆との判断に至ったのだともいえよう。注(8)

ところで、筆者架蔵のツレ（伝称筆者「二条為明」）は、前掲『平安文学の新研究—物語絵と古筆切を考える』及び『王朝物語文学の研究』のカラー口絵を飾ったが、いまは実践女子大学に寄贈したので、久下第三稿以後に新たに入手した切や管見に入った断簡をまず紹介しておくこととする。

○国文学研究資料館蔵古筆手鑑六半切（伝称筆者）「四條局阿仏」、斐紙、縦15.9cm×横14.1cm、一面に12行。注(9)

1れにハかにわたり給ていかにつゝま
2しうのミおほさるらんなときこゑ
3あつかひ給ほとにとのもいり給てな
4にことそとゝひ給へはしか〳〵の
5ことのあやしさ[か]の御こゝろひと
6つにおもひあつかひ給らんほいなき
7ことなりやとの給へはいみしうきゝ
8おとろき給てすへて大二か心の
9くちをしきなりみつからこそ内
10にきかせ給はむ事によりてさも
11つゝみたまはめそれにした

12かひてわれさへしらすかほゝつく　※□の箇所は判読不明で推量による。

○**久下架蔵六半切**〔伝称筆者〕「為明」（二代古筆了任の極札）、斐紙、縦15.5㎝×横6.9㎝、一面5行。

1まことにあるましきにやとけふ
2までもおなしさまにてみえたて
3まつるこそはつかしけれとてな
4き給へハいてやいとこゝろうき御
5心にこそ侍りけれわか宮お思ひ

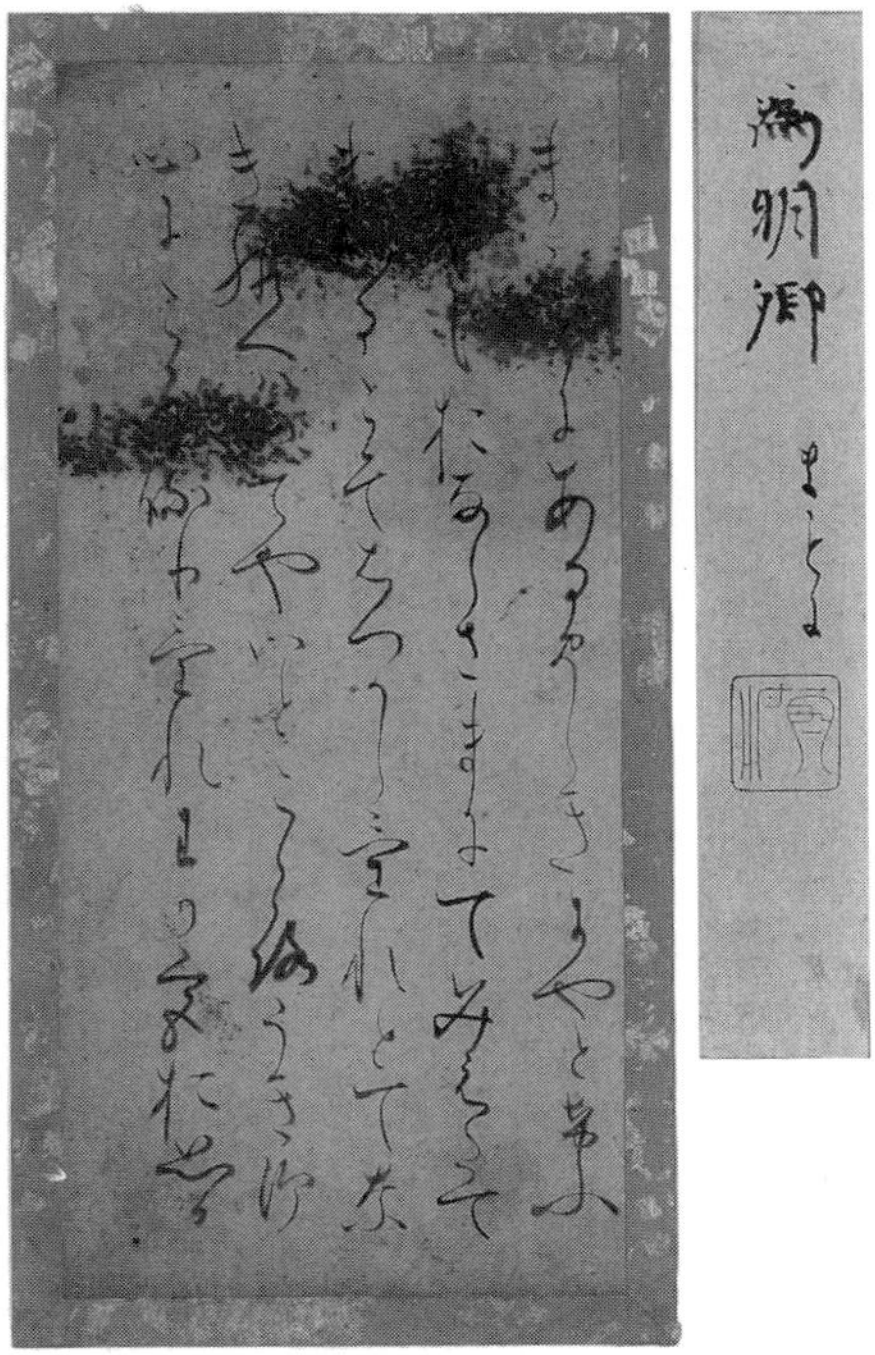

前者の国文学研究資料館の断簡は、『新編全集』②三二〇頁11行目〜三二一頁4行目に相当する箇所で、狭衣が式部卿宮の姫君（宰相中将妹）を内密に引き取ったことを知らされない母堀川の上や父大臣が大弐の乳母を叱責する場面である。一方、後者は写本の一面10行ないし12行をわずか5行に切断した断簡で、『新編全集』②二二三頁3行目〜6行目に相当する箇所で、狭衣が出家の意向を中納言の典侍に語るにつけ、女二の宮と若宮を安ずる場面である。

とはいえ、これら二つの断簡が同じく**巻四**だからといって久下第三稿によって示し得た伝阿仏尼筆切（鶴見大学図書館蔵）と伝二条為明筆切（『大成24』図版90）との本文接合によって、同一写本のツレであることを明示的に指摘することができる事例ではもとよりないし、特に後者はわずか5行であるゆえ、本文異同に関しても何かを言い添えることはできない。ただ前者の切には4行目から5行目にかけて不用意な脱文が考えられる。

つまり『新編全集』の本文を掲げれば、「しかじかの事(あ)りけるを、今まで知らざりける(あ)やしさ」（②三二〇頁。〇は久下の所為）の箇所が、当該断簡では「しか〳〵のことのあやしさ」となっていて、「あ」の目移りにより生じた脱文と考えられよう。

こうした脱文の傾向は蓮空本の特徴として知られているが、ここでは蓮空本に脱文はなく、よく連動する飛鳥井雅章筆本にも脱文は認められない。注(10) さらに片岡利博が巻四において蓮空本グループとした伝為明筆本（写本と古筆切の伝為明筆切との連動性・関係性はない）や伝慈鎮筆本にも注(11)こうした脱文は見られないから、ひとまず当該断簡における独自の脱文としておくこととする。

ところで、前記したように伝阿仏尼筆切には装飾料紙であっても別様の切のグループがあり、既に『大成24』（図版76 77 78 79）や川崎市市民ミュージアム蔵古筆手鑑『披香殿』（淡交社）で知られる金銀泥で薄・女郎花・紅葉などの折枝を散らし、さらに飛ぶ小鳥たちを描く装飾料紙を特徴としている。それらがともに**巻四**の切であることもAグループと共通している。このようなBグループにさらに実践女子大学蔵古筆手鑑『筆陣』の一葉を加えることができる。

○**実践女子大学蔵『筆陣』六半切**〔伝称筆者〕「四條局阿佛」（二代古筆了任の極札）、斐紙、縦15.2cm×横15.4cm、一面9行。

1ち給はしとたけうおほさるゝ物からいかはか
2りの御心にてとし月ふれとつれなき
3御けしきならんとけふハいますこし
4うらめしさもたくひなけれは雲のかよ
5ひちさへあとたへてのちハいとゝやるかたな
6き心のうちなとこまやかになりぬれと
7よへのありさまひとりみ侍しもあはれなる
8事おほくなとやうにて
9　としつもるしるしことなるけふよりハ

当該断簡の相当箇所は、『新編全集』②三八一頁で、その物語内容は狭衣と女二の宮（入道の宮）との若宮が兵部卿となり、その成長ぶりをともに祝えない現況に、狭衣が女二の宮への思いを今さらながらに募らせる場面である。

A・Bグループともに鎌倉時代中後期、十三世紀後半の書写と思われ、伝称筆者である阿仏尼の活躍期に相当するし、また作中歌の一字下げという表記方法も共通している。本文系統も『大成24』の解説に「第一類本に属する内閣文庫本と近似した写本なることが判明する」(三九三頁)とある通りだが、**巻四**は巻一から巻三までの本文状況とは異なり、基本的に流布本と非流布本との本文対立がほぼ解消する。一方、新たな異本の存在が知られてくるので、注(12)やはりそれなりの注意を要することになる。

当該断簡の本文異同は二箇所(2〜3行目「つれなき御けしきならんと」―「変らぬ御心のつれなさならんと」、6行目「心のうちなと」―「心の中などばかりに」)ある。特に前者の女二の宮の頑な拒絶姿勢を語る異文が何を意味するのかを早急に決論づけることはできない。ただ伝阿仏尼筆切のA・Bの区別はその装飾料紙の相違だけにとどまることなく、本文系統(つまり新たな異本)も異なる可能性があり、さらなるツレの出現によって巻四の異文の実体を解明できる日が来ることを期待したい。

四　むすびに代えて――伝源通親筆切

『源氏物語』の本文系統論・分類論においても『源氏物語大成』の底本とした大島本への絶対的評価から脱して各諸本・各伝本間の相対的見直しがはかられた時期と呼応するかのように、『狭衣物語』においても分類系統論の見直しがはかられ、三谷榮一・中田剛直両碩学の本文評価の対立も改作本(巻一為家本、巻二以下九条家旧蔵本)を中軸に据えての愚かな架空の構図に過ぎなく、もはや『狭衣物語』の伝本分類は流布本と非流布本との大きな二極の概念だけで充分だろうという認識に至っていて良いはずなのである。

そうした中で、古筆切研究がすすむにつれて、前記したように流布本系本文の祖形が鎌倉中後期にまで遡り得る可能性が言われ、一方、非流布本系の代表伝本とされる深川本が既に改作本を摂り入れている混態本文状況を示していながらも、吉田幸一『深川本 狭衣とその研究』（古典文庫、昭和57〈一九八二〉年）は、その書写年代を「鎌倉前期を下るものでないことだけはほぼ間違いない」（三七二頁）とするから、現存最古の伝本ということになる。

ところが、古筆切の中で伝源（久我）通親筆六半切のツレで、**巻三**に集中する九葉（『大成24』図版67 68 69 73 74の五葉。続及び続々『国文学古筆切入門』の各一葉。『平成新修古筆資料集 第二集』の一葉。『続古筆の楽しみ』の一葉）は、藤井隆の言によれば「鎌倉初期」注(13)を思わせる書写とするから、深川本より若干先行して成立していたらしい伝本の存在をうかがわせているのである。その上、千坂英俊が新たに池田和臣蔵五行切をそのツレの新出断簡として紹介し、なおかつ「池田氏の断簡と大成の一葉、藤井氏の一葉と大成の一葉がそれぞれ連続した本文となっている」と、注(14)奇跡的な出会いをも新たに指摘するに至っていた。つまり、一組は池田断簡＋『大成24』図版68であり、もう一つは『続国文』図版九一の六行切（藤井蔵）＋『大成24』図版67の本文接続合体によって、ツレ同士が結び付いたのであった。

ところで、それらの本文素性だが、藤井氏が近似する伝本として中田『校本巻三』（桜楓社）の分類呼称に拠る第一類本第二種Eの淡川本を挙げているのに従って、千坂氏が検証したところに拠ると第一類第一種Aの深川本よりも第二種の淡川本の方が本文的には親しい点から、深川本よりも古い形態を保持しているということだから、分類の評価基準としては逆転する可能性もあろう。もちろんこれからも同様のツレの出現を待っての慎重な姿勢を崩せないが、それに加えて、『続々国文』には中田『校本巻三』に言う第一類第二種Fに当たる「押小路本、鷹司本、東大平野本に最も近いようである」（二二〇頁）とも見え、鷹司本グループへの系統集約化の可能性も皆無ではないとすると、筆者にとっては二〇〇〇年以降の二十年程で長足の進歩を遂げた古筆切研究への期待がさらに増す思いがする。

このように古筆切研究は、もはや趣味や享受資料という領域を越えて、本文研究のただ中にその地位を占めることができるようになったと言うことができよう。

注

（1）藤井隆「物語古筆切の成果」（古筆学叢林第5巻『古筆学のあゆみ』八木書店、平成7〈一九九五〉年）。但し当該藤井論考には検証はなく、模写本である金沢大本との比校もない。そもそも蓮空本本文への疑念が多いことは、久下「『狭衣物語』―本文研究の現在を考える」（『国語と国文学』978、平成17〈二〇〇五〉年5月。のち『王朝物語文学の研究』武蔵野書院、平成24〈二〇一二〉年）にまとめておいたのでそれを参照願いたい。

（2）久下「『狭衣物語』の古筆切について」（昭和女子大学「学苑」534、昭和59〈一九八四〉年6月。のち『狭衣物語の人物と方法』新典社、平成5〈一九九三〉年）。以下同論考を久下第一稿とする。

（3）藤井隆「古筆切と狭衣物語」（『講座 平安文学論究 第五輯』風間書房、昭和63〈一九八八〉年）

（4）久下「『狭衣物語』の古筆切について―本文表現史の視界―」（昭和女子大学「学苑」749、平成15〈二〇〇三〉年1月。のち『王朝物語文学の研究』（前掲）「『狭衣物語』の古筆切について(1)―伝蜷川親当筆切を中心に―」。以下同論考を久下第二稿とする。

（5）須藤圭「狭衣物語古筆切の一様相―伝阿仏尼筆切（伝冷泉為相筆切・伝花山院師賢筆切）から―」（立命館

大学「論究日本文学」97、平成24〈二〇一二〉年12月。のち『狭衣物語受容の研究』新典社、平成25〈二〇一三〉年）。なお、この十七葉の中にはA田中登編『平成新修古筆資料集 第五集』（前掲）図版九十五とM小松茂美『古筆学大成24』（前掲）図版八十をツレとして掲出しているが、前書の解説（中葉芳子担当）ではツレではないとした断簡である。筆者はツレとしての認識に賛するものだが、N個人蔵として掲出された切は疑わしい。しかし、仁平道明が未公開の一葉（久下の手元にその書影あり）を所持しているようなので、いちおう十七葉としておくこととする。

（6）本稿における新出断簡とは久下第三稿以後に実物ないし書影を確認した古筆切をいう。なお成城大学図書館蔵古筆手鑑『もゝちとり』については小島孝之「成城大学所蔵古筆手鑑『もゝちどり』概要」（「成城国文学論集」35、平成25〈二〇一三〉年3月）によって「伝為明筆切」と「伝親当筆切」の二葉が知られるが、現在成城大学図書館のインターネットサイト「成城インフォメーション」は閉じられていて、その書影を確認できない。またこの新出断簡は他と同筆らしくさらに鷹司本との関連も同じだが、ツレとの認識を留保する。

（7）藤井隆前掲「古筆切と狭衣物語」に拠る区分で、前掲『続国文学古筆切入門』でも踏襲している。

（8）但し伝二条為明筆切の金銀砂子を散らした装飾料紙であっても、田中登編『平成新修古筆資料集 第三集』（前掲）の八六図は同筆ではなくツレとしての認定に欠ける。本文相当箇所も巻三である。

（9）久保木秀夫「国文学研究資料館蔵古筆手鑑2点の紹介その2」（「国文研ニューズ20」平成22〈二〇一〇〉年8月）及び海野圭介「国文学研究資料館蔵「古筆手鑑」（99—136）影印・解題」（国文学研究資料館「調査研究報告」36、平成28〈二〇一六〉年3月）

（10）吉田幸一編『狭衣物語諸本集成』（笠間書院）に拠る。以下伝為明筆本、伝慈鎮筆本等も同じ。なお同書四七二頁には、雅章筆本、鈴鹿本、書陵部四冊本を「三本兄弟本というべし」との中田剛直の見解を掲げる。

(11) 片岡利博「狭衣物語巻四の本文系統―蓮空本の異文をめぐって―」(『講座 平安文学論究 第十六輯』風間書房、平成14〈二〇〇二〉年。のち『異文の愉悦』笠間書院、平成25〈二〇一三〉年)

(12) 例えば『風葉和歌集』(文永八〈一二七一〉年成)巻四、秋上に「立かへりをらて過うき女郎花はなのさかりを誰にみせまし」(一二三六)とある。これは巻四最末部の場面で狭衣がつれない女二の宮を思って詠じた独詠歌だが、その下句は諸本とも「なほやすらはむ霧の籬に」とあるのが通例である。

(13) この「初期」というタームを「前期」というタームより早い時期を示す用語と認識する。また『続古筆の楽しみ』の須藤圭の解説では「平安末期から鎌倉初期の書写」(一六八頁)とする。

(14) 千坂英俊「伝源通親筆狭衣物語切についての研究」(「中央大学国文」51、平成20〈二〇〇八〉年3月)。なお、その後池田和臣『古筆資料の発掘と研究―残簡集録散りぬるを―』(青簡舎、平成26〈二〇一四〉年)によって所蔵者自身の所見が記された。とにかく伝源通親筆切は現存最古の『狭衣物語』写本の断簡であることに間違いはない。

『狭衣物語』の注釈書

川崎佐知子

一　はじめに――注釈書と「書入本」

『狭衣物語』における最初の注釈書は、連歌師紹巴の『狭衣下紐』である。承応三（一六五四）年九月刊行の整版本に『狭衣下紐』四冊が附刻されることから、近世を通じて、『狭衣下紐』が長く基準であり続けたのであろうと推測する。

いま試みに、国文学研究資料館の日本古典籍総合目録データベースで、「狭衣物語」を検索すると、多数の国書の所在が示される。なかに、人名を冠した「書入本」をいくつか見いだす。古活字本、あるいは整版本に、勘注が書き入れられた体である。たとえば、紀伝学者河村秀根手沢の整版本である。同本から、のちに勘注部分だけが抜き出され、『狭衣入紐』という注釈書にまとめられたことは、拙著『狭衣物語享受史論究』（思文閣出版、二〇一〇年）に論じたとおりである。「書入本」は、独立した注釈書につながる可能性を帯びている。注釈としての書名は与えられていなくとも、注釈書の一種と認識しなければならない場合も多いことに気づく。

ところで、村田春海（一七四六―一八一一）門下の清水浜臣（一七七六―一八二四）の年譜、丸山季夫氏『泊洦舎年譜』（私家版、一九六四年二月）に、つぎのようにある。

△八月村田春海古本を以て、狭衣物語を校合す。（旧南葵文庫蔵書雲光（ママ）氏写）
浜臣にも古本及古活字本による狭衣物語（自筆無窮会蔵）の校合書入あり。其の発端を「少年の春云々」に非す。三丁目の「此ころ堀川のおとゞといへる云々より初る所の古本を拠として論を立つ。其他浜臣の案及書入多し。中に契沖、春海、躬弦の説など見ゆ。この浜臣系の書入に、天保四年木村定良書写の本、大阪府立図書館には、小出翠庵の書写本ありと云。又上野図書館蔵の石川雅望手写本にも古本のこと見ゆれど、雅望は「少年の春」の発端をよしとす。恐らく古本とあるは春海校合に用ひし本なるべし。其今逸せるは惜むべし。尚静嘉堂文庫には、元和九年心也開版の古活字本四冊ありて、千蔭の自筆書入多し。「橘氏蔵書」「逸楽窩」の印記あり。又小野高尚旧蔵の古活字本六冊もあり。何れも時期不明なれ共、当時の狭衣研究の一面を伺ふべし。更に時期稍後るれど高田与清にも狭衣物語類語の編あり。（無窮会、南葵文庫）

（丸山季夫氏『泊洦舎年譜』）

寛政七（一七九五）年八月、村田春海の『狭衣物語』校合の項目である。注(1) 契沖（一六四〇―一七〇一）・村田春海・安田躬弦の説を含む清水浜臣の校合書き入れをはじめ、加藤千蔭・小野高尚など、『狭衣物語』研究に一定の拡がりがあったことに言及する。

少なからず現存する「書入本」が、右の記述を裏付けるのである。往々、近世中期以降の国学者が関与していることも読み取れる。彼らは何を問題視し、いかなる事柄を説いたのか。まずは、「書入本」そのものを検討する必要があるように思う。

そのような観点でたずね出した本が、京都大学吉田南総合図書館蔵『狭衣』（請求記号〈416//83〉、以下「京都大学吉田南総合図書館蔵本」と呼称）である。刊記不明の整版本を本体とする同本には、全冊にわたり、主として村田春海によると思われる書き入れがある。本稿は、京都大学吉田南総合図書館蔵本を紹介し、注釈書たる意義を考察する。

二　京都大学吉田南総合図書館蔵本の書誌

京都大学吉田南総合図書館蔵本の書誌を、簡潔に述べる。

本体の製版本は、袋綴冊子本十冊。薄縹色無地紙表紙。寸法、竪二三・六糎、横一六・〇糎。表紙の中央に、素紙の題簽を押し、外題「さころも一之上（―四之下）」と墨書。小口に「サコロモ一上（―四之下）」と墨書。見返しは本文共紙。本文料紙は楮紙。匡郭は単郭で、寸法は、竪一六・八糎、横一一・四糎。柱心に「狭衣一之上（―四之下）」とあり、下に丁付がある。内題「狭衣巻第一之上（巻第四之下）」。尾題「狭衣巻第一之上終（―巻第四之下終）」。本文は毎半葉十一行。墨付丁数は、第一冊五二丁、第二冊四三丁、第三冊四八丁、第四冊六〇丁、第五冊四三丁、第六冊四八丁、第七冊五〇丁、第八冊四八丁、第九冊五三丁、第十冊五六丁。第一冊の巻頭に、遊紙二丁がある。

右十冊の内容は、『狭衣物語』四巻の本文である。第一冊は巻一之上、第二冊は巻一之下、第三冊は巻二之上、第四冊巻は巻二之下、第五冊は巻三之上、第六冊は巻三之中、第七冊は巻三之下、第八冊は巻四之上、第九冊は巻四之中、第十冊は巻四之下である。通常、承応三年整版本は、物語四巻十冊のほかに、『狭衣下紐』四巻四冊、『狭衣目録並年序』一冊、『狭衣系図』一冊の六冊を加えた計十六冊からなる。そのうちの『狭衣系図』の巻末に、承応三（一六五四）年五月付けの一華堂切臨による跋文があり、承応三（一六五四）年九月の刊記が続く。京都大学吉田南総合図書館蔵本が『狭衣系図』を欠くため、刊記は不明である。

以上は、本体である整版本の説明である。これに、墨や朱墨などで勘注が書き添えられる点が、京都大学吉田南総合図書館蔵本の特色といえよう。勘注は、本体の見返し、遊紙、匡郭外の余白、本文の行間にも及ぶ。第十冊の巻末に、「寛政五年十一月古本もて考へしるせり　平春海」との墨書がある。「平春海」は、村田春海（本姓平）である。仁尾雅信氏「天理図書館蔵村田春海書入れ『実方朝臣家集』小考」（『山邊道』第三十号、一九八六年三月）に紹介された天理大学附属天理図書館蔵『実方朝臣家集』（請求記号〈081/イ37/109〉）の巻末に、つぎのようにある。

寛政八年三月六日数本をもて考へをはりぬ　平春海

同様の同筆と思われる署名は、天理大学附属天理図書館蔵『いほぬし』（請求記号〈081/イ37/76〉）ほか、天理大学附属天理図書館の春海文庫の数本に確認できる。京都大学吉田南総合図書館蔵本の勘注は、村田春海によるとみてよいかと思う。寛政五（一七九三）年十一月は、村田春海による書き入れが完了した日付と考える。

京都大学吉田南総合図書館蔵本には、つぎに掲げるとおり、数種の蔵書印を認め得る。なお、現所蔵機関に関連するそれを除く。

①神代文字朱印

②方形単郭陽刻朱印、印記「郁子園蔵」

③方形単郭陽刻朱印、印記「諏善堂図書」

④方形単郭陽刻朱印、印記「馬場文庫」

⑤方形双郭陽刻朱印、印記「岩名蔵本」

①から④までは各冊の巻頭に捺される。⑤は第三冊・第六冊・第十冊の巻頭に、捺印された紙片が貼り付けられる。このうち、①は契沖、②は長島尉信（一七八一―一八六七）、③は久貝正典（一八〇六―一八六五）の蔵書印である。いずれも、渡辺守邦・後藤憲二両氏編『（日本書誌学大系一〇三）増訂新編蔵書印譜』（青裳堂書店、二〇一三年）に確認できる。①は上三六〇頁、②は中七二八頁、③は上三四〇頁にそれぞれ登載の印影と同様である。

①の蔵書印により、京都大学吉田南総合図書館蔵本が契沖の旧蔵書とわかる。村田春海の手を経たのちも、数人に伝わり、現在に至る。珍重されてきた様がうかがえる一本である。

三　勘注の特色（その二）

京都大学吉田南総合図書館蔵本の勘注は、おおよそ三種に分類できる。

一、目録と年序

二、語釈

三、本文校合

以下に、これらをひとつずつ検討する。

目録と年序は、物語における主要な出来事の項目、および物語の設定上で経過した年月を指す。京都大学吉田南総合図書館蔵本の各冊巻頭、第一冊は遊紙に、そのほかは見返しに、いずれも墨をもって記される。第一冊（巻一之上）のそれを、つぎに掲げる。

一の巻上

初年 三月、さ衣大将、藤花一枝をりて、源氏宮に持参り給ふ、

堀河の関白殿の殿作り、北方三人すみ給ふ、

狭衣十八才、皃儀能芸たくひなき事、

五月四日に、さ衣大将すき行給ふに、半蔀より女ともみ奉りて、哥よみかくる事、

五日の夕は、大将その外、内へ参り、ひとり〳〵琴笛とも手をつくし給ふ、天若みこ天降、大将に羽衣をかけて天上へさそひ給ふ、

六月、わりなくあつき日のひるつかた、源氏宮へ大将参り給へは、斎院より給はせたるゑともを、源氏宮み給ふ時なり、

堀河殿へ大将参り、御物語ともあり、次に母宮へまゐり給へり、

中宮と一宮と堀河殿の里へ出給ふ、

春宮へ参りて、大将むつ物語御まへにてし給ふ、

二条大宮にて、牛の引かへある女車に、大将あひ給ふ、是は飛鳥井君《姫》なり、仁和寺の威儀師、姫君をぬすみ行を、大将みきゝ給ひて、女の宿へ送り給ふ、所は堀河大納言のむかひに竹おほくある所といへり、此所に蚊遣火けふりたて、その夜大将とまりて、契りをかはしてより、夜毎に行給ふ、

（京都大学吉田南総合図書館蔵本・第一冊巻頭遊紙第一丁裏）注(2)

物語初年の「三月」「五月四日」「六月」と時間を区切り、それぞれの出来事の要点を記す。さらに、巻一之下より巻四之下までの相応する年次が続く。

一の巻下　七月の事　九月の事
二の巻上　冬　正月《次年》　三月　暑の頃　十月
同下　十二月　正月《次年》　夏ころ　七月　八月　九月　三月《次年》　十一月
三の巻上　二月《次年》
同中　六月　八月　十一月
同下　十二月　正月《次年》　四月　九月　十一月
四の巻上　三月《次年》　四月　七月　五月《次年》　六月　七月
同中　九月　正月《次年》　暑比
同下　暑比　八月　十月　十一月　四月《次年》　九月《次年》　十月　八月《次年》

（京都大学吉田南総合図書館蔵本・第一冊巻頭遊紙第二丁表）

「次年」は、物語初年から年があらたまったことをあらわすのだろう。「二の巻上」（巻二之上）の「暑の頃」、「同下」（巻二之下）の「夏ころ」は、それぞれ、物語本文の「やう〳〵あつき程になるまゝに」

（京都大学吉田南総合図書館蔵本第三冊二八丁裏、新編日本古典文学全集『狭衣物語』①二六一頁）、「その夏比より」（同本第四冊二八丁裏、新編日本古典文学全集『狭衣物語』①一九六頁）の表現にもとづくと思われる。

ここまでの目録と年序が村田春海筆であるのはたしかである。内容は、承応三年整版本の『狭衣目録並年序』から、ほぼそのままを引き写している。この目録と年序に、つぎの文章が続くことからも、それはわかる。

一、狭衣年序は、一の巻は三月より九月までの事あり、二の巻、同年の冬より書そめて、二ヶ年の春をへて、八月に、さかの院おり居させ給ふへきあらましの時に、一の巻にて位につかせ給ひてより治世二十年とあり、此時、後一条院に位をゆつり給ひて、又の年冬十一月迄をしるす、三の巻は、おなしき冬十一月よりの事ありて、年をふたつこして、十一月までをしるせり、四の巻は、おなしき十一月より、六たひ年をこしての八月までにをはりぬ、四の巻の帝は今上なり、されは、書あらはせる所は三代の帝、年は十二ヶ年なり、此うち、二の巻に、嵯峨院のあらましの時、はたとせ世をゝさめ給ふとある詞によらは、すへて二十九年の春秋の事といふへからくのみ、承応甲午年季夏比、東京黄台山釈切臨扐《カツフ》《オス》之、（京都大学吉田南総合図書館蔵本・第一冊巻頭遊紙第二丁裏）

『狭衣目録並年序』巻末にある承応三年六月付の一華堂切臨（一五九一—一六七一か）による跋文とほとんど同じである。京都大学吉田南総合図書館蔵本の本体は、製版本の『狭衣物語』十冊のみであり、『狭衣目録並年序』を含まない。村田春海が同書を所有したかどうかも判然としない。しかしながら、右の記述から、間違いなく参照したとはいえるだろう。物語の注釈にあたり、村田春海が『狭衣目録並年序』の時間経過を基本にしたことが、京都大学吉田南総合図書館蔵本の書き入れから判明する。

四　勘注の特色（その二）

京都大学吉田南総合図書館蔵本の匡郭外の天部余白には、注釈が書き込まれている。内容は匡郭内の物語本文の語句に対する注などで、全冊にわたる。墨、赤墨、朱墨、青墨などで書かれるが、その区別は明確ではない。筆跡は、村田春海筆とわかるものも多いが、別筆も混じるように思う。いくつかの注を掲げ、その特徴を論じる。

『狭衣物語』巻一、主人公狭衣が、「立つ苧環の」と源氏宮を恋慕する場面がある。

立つ苧環の、とうち嘆かれて、母屋の柱に寄り居たまへる〔狭衣の〕御容貌、この世には例あらじかし、とみえたまへるに、よしなしごとに、さしもめでたき御身を、室の八島の煙ならではと、立ち居思し焦がるるさまぞ、いと心苦しきや。（『狭衣物語』①一八頁[注3]）

傍線部「立つ苧環の」（整版本第一冊巻一之上二丁裏では「たつをだまきの」）に対する京都大学吉田南総合図書館蔵本の注は、つぎのとおりである。

アをたまきは、枝葉もなき枯木なり、

イ谷ふかみたつをたまきは我なれやおもふ心のくちてやみぬる

ウ契沖云、此哥は末に狭衣の粉川にてよめる哥也、こゝの詞は古哥をひきたるとみゆ、六帖なとにも見及はす、

エ或抄物、定家卿の説とてひける古哥に、古本をか玉の木

おく山にたつをたまきのゆふたすきかけておもはぬときのまそなき
此哥古哥ならは、こゝにひけるによく叶へり、
(京都大学吉田南総合図書館蔵本・第一冊二丁裏頭注)

便宜上、注を四つに分け、**ア**から**エ**までの符号を付した。**ア**に「をたまき」の意をいい、**イ**に『狭衣物語』巻三初めの狭衣歌「谷深く立つ苧環は我なれや思ふ心の朽ちて止みぬる」(②一七頁、京都大学吉田南総合図書館蔵本第五冊一丁表・同丁裏は「たにふかみたつをたまきは我なれや思ふ心のくちてやみぬる」)を引く。**ウ**は、**イ**が、粉河に飛鳥井君の兄阿闍梨を狭衣が訪ねた際に詠んだ物語内の和歌であることを念押しし、「立つ苧環の」を典拠不詳の古歌に基づくかとする。**エ**は、**ウ**を受け、定家の説にいう古歌「おく山に」歌を補う。「或抄物」としかないが、新編日本古典文学全集『狭衣物語』の注六(①一九頁)にもあるとおり、これは『僻案抄』物名部の「をがたまの木」(『日本歌学大系』第五巻所収本では第四三一項に相当)を指す。**ア**と**エ**は墨、**イ**と**ウ**は赤墨で書かれている。少なくとも、赤墨の**イ**・**ウ**と、墨の**エ**とは、注釈内容に段階があるように思う。

それと書かれてはいないものの、京都大学吉田南総合図書館蔵本の頭注は、『狭衣下紐』の説が前提であると思われる。

一、たつをだまき　引谷ふかみたつをだまきは我なれやおもふ心の朽てやみぬる　此哥第三巻にあり、
しる人のなきといふ心也、
(『狭衣下紐』巻一・三三四頁)注(4)

「谷ふかみ」歌の右肩に「引」とある。同じ和歌を掲げ、同じように物語巻三の和歌としながらも、『狭衣下紐』は、「谷ふかみ」歌を引歌とみなすのである。けれども、古歌でもない、同じ物語のなかの和歌

を、引歌と呼んだものだろうか。**ウ**は、引歌ならば古歌があるはずといいながら、適当なそれを見いだせずに終わっている。『狭衣下紐』の説をふまえればこそ、引歌に当たらないことを言い得ている。「古哥ならは」との条件付きで引歌を提示した**エ**も、『狭衣下紐』への問題認識を共有するといえるのではないか。**エ**は**ウ**を補足するような内容であり、**イ・ウ**から**エ**にかけては、あきらかに進展が認められる。とすると、赤墨の頭注は、墨で書かれたそれよりも、どちらかというと先行する説なのではないだろうか。ことに、**ウ**は「契沖云」で始まる。京都大学吉田南総合図書館本が契沖の旧蔵書であることも思い合わされる。ただし、赤墨の頭注がことごとく契沖の手で書き入れられたのかどうかの確証は、いまのところ見いだせない。同本における頭注の複数の墨色に使い分けがあることだけはいってよいかと思う。

同じく『狭衣物語』巻一、「かくばかり思ひ焦がれて年経やと室の八島の煙にも問へ」（『狭衣物語』①六〇頁）と狭衣が思いを打ち明けて以降の源氏宮が、「伏し目になりたまへる」場面である。

　中将の君〔狭衣〕、ありし室の八島の煙立ちそめて後は、宮〔源氏宮〕のこよなう伏し目になりたまへるをいとどつらくて、いかにせまし、と嘆きの数添ひたまへり。我が心も慰めわびたまひて、なほおのづからの慰めもやと、歩きに心入れたまへど、ほのかなりし御かひなく、辺りに似るものなきにや、姥捨こそいとわりなかりける。（『狭衣物語』①七二頁）

『狭衣下紐』は、「伏し目」に対しとくに注しない。「我が心も慰めわびたまひて」「姥捨」などの引歌を指摘する注に、わずかに本文を引く程度である。

　一、中将　さ衣は、源氏の宮ふしめに成給へる時のおもかげ、手さぐりに似たるもやと忍びありきし給へど、似たるもなさに、なぐさめかね給へる也、引わが心なぐさめかねつ更科《さらしな》やをば捨《すて》山にてる

月をみて、の心なるべし、

（『狭衣下紐』巻一・三六六―三六七頁）

いっぽう、京都大学吉田南総合図書館蔵本は、まず、押紙に青墨で、つぎのように、大意を示す。

ふしめになり給へる　よそ〳〵しくなる意なり

（京都大学吉田南総合図書館蔵本・第一冊三九丁表押紙）

また、該当本文の頭注にも、つぎのようにある。

字鏡　低視邪見逆見也太加比目又不志目　源氏物語若紫にふしめといふ詞あり

（京都大学吉田南総合図書館蔵本・第一冊三九丁表）

「字鏡」とは『新撰字鏡』であろう。たしかに、『新撰字鏡』につぎのようにある。

低視　耶見逆見也太加比《邪歟》目又不志目

（『新撰字鏡』連字部百七）注(5)

阪倉篤義氏「新撰字鏡解題」（京都大学文学部国語学国文学研究室編『天治本新撰字鏡（増訂版）』第七版　臨川書店、一九九九年）に、『新撰字鏡』は、宝暦十三（一七六三）年三月、村田春郷・春海兄弟が、京の書肆で抄録本を発見したことにより普及したと指摘する。つまり、自ら発見した資料を利用したのである。村田春海ならではの注といえる。

五　勘注の特色（その三）

さきに触れたとおり、京都大学吉田南総合図書館蔵本の第十冊巻末には、「寛政五年十一月古本もて考へしるせり　平春海」とある。「古本」とは、『狭衣物語』の一本かと思われる。

頭注には、「古本」に関係する注も多くみられる。それによると、「古本」は、京都大学吉田南総合図書館蔵本の本体の整版本とは、かなり異なる本文であったと見て取れる。たとえば、物語巻一の書き出しについて、通行のそれは、「少年の春惜しめども留まらぬものなりければ、三月も半ば過ぎぬ。」(『狭衣物語』①一七頁)と知られる。主人公狭衣の源氏宮への恋慕を、一つ妹背とみなす周囲は気づくことがないという、物語の主題ともいうべき冒頭である。続けて、「この頃、堀川の大臣と聞こえさせて関白したまふは、一条院、当帝などの一つ后腹の五の皇子ぞかし。」(『狭衣物語』①二一頁)と、登場人物に言い及ぶ。いっぽう、「古本」は、この堀川大臣の箇所、すなわち常套の人物紹介より始まる。

古本、此堀河のおと丶云々を発端とす、(京都大学吉田南総合図書館蔵本・第一冊三丁裏頭注)

該当本文の頭注に、右のとおり、本体の整版本本文と「古本」との本文の相違を記す。それでは、通行の物語冒頭部分「少年の春」以下を、「古本」に見つけることはできないのかというと、そうではない。

少年の春といふより、たまふましかりけりといふまて、古本、此かくいふほとにといふ上に入てあり、(京都大学吉田南総合図書館蔵本・第一冊一〇丁表頭注)

「少年の春」に始まり、「たまふましかりけり」までの箇所とは、物語冒頭部分(『狭衣物語』①一七頁より二一頁三行目まで)である。「古本」によると、この部分は、「かくいふほとに」の直前にあるという。右の頭注は、つぎに掲げる本文に対応する。

かくいふほどに、卯月もすきて、五月四日にもなりにけり、(京都大学吉田南総合図書館蔵本・第一冊一〇丁表)

新編日本古典文学全集に「四月も過ぎぬ。五月四日にもなりぬ。」(『狭衣物語』①三〇頁)とある右の箇所は、さきの人物紹介が狭衣・源氏宮までひととおり及んだのちにあたる。「古本」とは、現在よく知られている本文とも、整版本とも異なる書き出しだったのである。

なお、「たまふましかりけり」に相応する京都大学吉田南総合図書館蔵本の本文は、つぎのとおりである。

まことの御せうとならさらんおとこは、いみじうともむつましうこそ《ナシイ》おふしたて給《古聞え給は》ふまじき《かり古》わざなりけれ《りイ》、

（京都大学吉田南総合図書館蔵本・第一冊三丁裏）

整版本の「いみじうともむつましうこそおふしたて給ふまじきわざなりけれ、」とある本文の一部を、墨の傍点で消し、右傍に「古」「イ」などと表記したうえで、べつの本文を書き込んでいる。「古本」では、「聞え給はまじかりけり」だったのである。しかも、対校は、きわめて厳密な姿勢でなされた。頭注に一部を引用する場合ですら、なおざりではなかったといえる。

かさねて頭注をみると、「古本」以外の複数の本を参照したことがわかる。

流ても《飛鳥井君》あふせありやと身をなげてむしあげのせとにまち心みん

とて、そでをかほにをしあてて、とみにもうごかれぬほどに、

（京都大学吉田南総合図書館蔵本・第二冊四二丁表）

『狭衣物語』巻一の巻末、入水を決意した飛鳥井君が辞世を詠む場面である（『狭衣物語』①一五一頁）。整版本の本文は、「流ても」歌の一首を示す。京都大学吉田南総合図書館蔵本には、右の二行目の「とて」の前に、朱墨で「△」印が書き入れられる。頭注にも同じ朱墨の印が記され、べつの和歌が掲げられる。

△イ古本

よせかへる沖の白波心《便古》あらはあふせをそことつけもしてまし

此哥、寛光かもたる本には、二本ともに、此おくの△ノ印の所にあり、

（京都大学吉田南総合図書館蔵本・第二冊四二丁表頭注）

「よせかへる」歌は、「△」印とは異なる赤墨、そのほかの「イ古本」、および和歌の右傍「便古」と「此哥」以下の記述とは墨である。墨色の区別は、この注を付すのにいくらかの段階があったことをうかがわせるが、いまはおく。「古本」には、「イ」とし、もう一首の辞世「よせかへる」歌もあった。さて、この「よせかへる」歌は、「寛光かもたる本」では、「古本」とはまたべつの箇所にあったという。そこで、さらに奥へ一丁読み進めると、つぎのような墨書きの頭注がある。

△此しるしの所に、寛光本、二本ともに前ノ丁ノ頭にのせたる哥入れり、

（京都大学吉田南総合図書館蔵本・第二冊四三丁表頭注）

たしかに、京都大学吉田南総合図書館蔵本の該当本文「すゞりをせがいにとり出て」の直前に、「△」印が墨で書き込まれている。「寛光本」での「よせかへる」歌の場所を示す印なのであろう。では、「寛光かもたる本（寛光が持たる本）」・「寛光本」とは何であろうか。

村田春海の弟子に、片岡寛光（生年不詳—一八三八）がいる。『国学者伝記集成』（名著刊行会、一九六七年）の「片岡寛光」項によれば、著に『参考狭衣草子』がある。注(6)「寛光かもたる本」・「寛光本」とは、片岡寛光の所蔵する本であろう。「二本ともに」とあるため、二種あったと考えられる。村田春海はこれらを借り出し、校合した結果を頭注として書き残したのだろう。

六　おわりに——村田春海の『狭衣物語』研究

京都大学吉田南総合図書館蔵本の書き入れから、村田春海が、整版本だけでなく、「古本」をはじめとする複数の本を参照したことがうかがわれた。「古本」とはどのような本であったのか。その由来は、京都大学吉田南総合図書館蔵本の第一冊巻頭遊紙に書かれる。

古本筆者
一ノ巻　二条院讃岐
二ノ巻　越部禅尼　首一葉為家卿補写
三ノ巻　為家卿
四ノ巻　後土御門勾当内侍
　此古本者、浜田の城しらす君の所蔵なり、

「古本」は、「浜田の城しらす君」が所蔵するのであり、巻一・巻二・巻三は鎌倉期、巻四は室町期の筆者と伝える。

近江の膳所しらす君の御館にして、夏の水鳥とふ事を
涼みとる君が御池は常世かも沖つ鴨鳥のあそばふみれば
（『楫取魚彦家集』一一九）

右の詞書から、「しらす君」は城主・藩主・領主の意である。大家に蔵する鎌倉・室町期の書写本は、「古本」と呼ぶに相応しい由緒ある本とみなされ、尊重されたものであろう。

さきに引用した丸山季夫氏『泊洦舎年譜』に、村田春海が『狭衣物語』校合に「古本」を用いたとあった。同じく「古本」ではあるが、京都大学吉田南総合図書館蔵本のそれと等しいといえるのか。『泊洦舎年譜』が寛政七（一七九五）年八月の項目であり、京都大学吉田南総合図書館蔵本の寛政五（一七九三）年十一月識とは食い違う点も気になる。

『泊洦舎年譜』の記事の典拠「旧南葵文庫蔵書雲光氏写」とは、東京大学総合図書館蔵（旧南葵文庫蔵）『狭衣』八冊（請求記号〈A00・4035〉、以下「東京大学総合図書館蔵本」）である。無刊記十三行の古活字本で、全冊にわたり、墨・朱墨などで注が書き入れられる。第一冊（巻一之上）巻頭の見返しに、つぎのようにある。注(7)

古本筆者

巻一　二条院讃岐

巻二　越部禅尼　首一葉為家卿補写

巻三　為家卿

巻四　後土御門勾当内侍

此古本松平周防守の家にあり、

各巻の伝称筆者は、京都大学吉田南総合図書館蔵本の記述に一致する。「松平周防守」は石見国浜田藩の松平（松井）康定（一七四七―一八〇七、従五位下、左京亮、周防守　奏者番兼寺社奉行）であり、注(8) 京都大学吉田南総合図書館蔵本の「浜田の城しらす君」と同じ人物と思われる。

『泊洦舎年譜』の記事のよりどころは、つぎに掲げる東京大学総合図書館蔵本の第八冊（巻第四之下）巻末の記述であろう。

寛政七とせ八月、平春海ぬしか古本もて考へしるせるをかりえて、そのま、にうつし侍りて、おなし
十月十日の夜をはりぬ、

出雲光氏

東京大学総合図書館蔵本は、村田春海の勘考した本を、出雲光氏が転写した本である。『泊洦舎年譜』の記事は、「寛政七とせ八月」を、「平春海ぬしか古本もて考へしるせる」が受けるとの判断があって書かれたものだろう。しかし、この年次は、「かりえて（借り得て）」にかかるとも解釈できるのではないか。村田春海の本を借り受けたのが寛政七（一七九五）年八月、そののち、およそ三ヶ月が、転写のために費やされた。『泊洦舎年譜』にみえる村田春海の『狭衣物語』校合は、必ずしも寛政七（一七九五）年八月になされたとは言い得ない、と考えるのである。

「平春海ぬしか古本もて考へしるせる」が、京都大学吉田南総合図書館蔵本の「寛政五年十一月古本もて考へしるせり　平春海」に似通う記述であり、「古本」に言い及ぶこと、両本ともに「古本筆者」を特筆することに注意したい。「古本」は、普及した製版本や古活字本に対峙する基準的な本文と目され、村田春海による『狭衣物語』研究の特徴をなしている可能性がある。引き続き、京都大学吉田南総合図書館蔵本の書き入れなどを、さらに詳しく検討しなければならない。

『古今和歌集』・『新古今和歌集』・『伊勢物語』・『源氏物語』など、国学者としての村田春海による古典校勘の功績は多彩である。その一環に、『狭衣物語』の研究もあった。本稿に紹介した京都大学吉田南総合図書館蔵本は、村田春海がおこなった研究の一端を示す資料であると考える。

末筆ながら、貴重書の調査をお許し下さった京都大学大学院人間・環境学研究科准教授長谷川千尋氏、および関係諸機関に御礼申し上げる。

本研究は、JSPS科研費17K02435の助成を受けたものである。

注

（1）田中康二氏『村田春海の研究』（汲古書院、二〇〇〇年）所収第六部「実生活と年譜」第三章「織錦斎略年譜稿」は、丸山季夫氏『泊洦舎年譜』を根拠に、「（寛政七年）八月、古本を以て『狭衣物語』を校合す。（旧南葵文庫）〔泊洦〕」とする。

（2）引用に際し、適宜、読点を補った。清濁は原本のとおりである。以下同様。

（3）『狭衣物語』の引用は、とくに断らないかぎり、新編日本古典文学全集『狭衣物語』（小学館、一九九九年、二〇〇一年）による。丸数字と頁数は、同書の冊数と頁数である。また、適宜、〔　〕内に注を補った。以下同様。

（4）『狭衣下紐』の引用は、三谷栄一氏編平安朝板本叢書2『狭衣物語下』（有精堂出版株式会社、一九八六年）による。頁数は同書の頁数である。引用に際し、適宜、読点を補った。清濁は原本のとおりである。以下同様。

（5）引用は、天理大学附属天理図書館蔵『新撰字鏡』（春海文庫、請求記号〈081/イ37/124〉）による。群書類従本（第二十八輯雑部）もほぼ同じである。なお、京都大学文学部国語学国文学研究室編『天治本新撰字鏡（増訂版）』（第七版、臨川書店、一九九九年）では、つぎに掲げたとおり、本文が異なる。

　低視　邪見也遆見也低須乎見也太加比目又不志目　（『新撰字鏡』巻十二・二二丁表）

（6）片岡寛光については、丸山季夫氏「江戸神田の歌人片岡寛光覚書」、「三島自寛晩年の逸事」（ともに、丸山

季夫遺稿集刊行会編『国学史上の人々』吉川弘文館、一九七九年）、『国書人名事典』第一巻（岩波書店、一九九三年）、『朝日日本歴史人物事典』（朝日新聞社、一九九四年）の「片岡寛光」項（久保田啓一氏執筆）を参照した。

（7）引用に際し、適宜、読点を補った。清濁は原本のとおりである。以下同様。

（8）『寛政重修諸家譜』第六（続群書類従完成会、一九八〇年、第四刷）による。前掲注（1）田中康二氏著書九頁に引用される村田春海書簡に、本居宣長『古今集遠鏡』の「浜田侯御本」を「伝ヲ以拝借仕候（伝を以て拝借仕り候）」とあるほか、同書所収第六部「実生活と年譜」第三章「織錦斎略年譜稿」に、松平周防守康定との関わりを示す複数の項目がある。

『狭衣物語』―研究の現在と展望
―付、二〇〇〇年以降の研究文献目録

有馬義貴

研究状況を概観したものとして、二〇〇〇年以降に書かれたものでは、【三谷榮一二〇〇〇】[注(1)]、【倉田実二〇〇四c】所収「狭衣物語研究の現在」、片岡利博「狭衣物語」（田中登・山本登朗編『平安文学研究ハンドブック』和泉書院、二〇〇四年）等がある。【王朝物語研究会編二〇〇〇〜二〇〇三】についても、二〇〇〇年以降の研究の方向性をおさえる上で参考になろう。

例えば「歴史との往還」をテーマとする【王朝物語研究会編二〇〇二】の「あとがき」には、「『狭衣物語』に内在する歴史的状況あるいは歴史的背景ないし時代性に関わる表現に視点を据えて考えてみようというのが目的である」と述べられており、また、「頼通文化圏の総決算を志向する『狭衣物語』という観点」といった文言もみえる。【久下裕利編二〇〇三】、【倉田実二〇〇四a】などもその流れを汲むものといえ、【和田律子・久下裕利編二〇一六】からもうかがえるように、『狭衣物語』に限らず、「平安後期」の「頼通文化世界」については引き続き注目されている。[注(2)] また、桜井宏徳・中西智子・福家俊幸編『藤原

彰子の文化圏と文学世界』（武蔵野書院、二〇一八年）のように、頼通の姉彰子の文化圏にあらためて注目しようという動きもみえる。彰子や頼通、その周辺に関連する「歴史的状況」などへの着目は、『狭衣物語』研究においてもなお求められるところであろう。

『狭衣物語』については、近い時代のものを含めた多くの先行文学の引用が指摘されるが、そのような問題も「歴史的状況」などと無関係のものではない。例えば【倉田実二〇〇四a】では、『狭衣物語』における『伊勢集』引用が「六条斎院宣旨の圏内にいる人々」による伊勢への「尊崇」と関わっている可能性が指摘されている。また、『狭衣物語』中の『枕草子』引用について三谷榮一は、「枕草子を知らない人々は気がつかないですごしてしまうような引用の方法」から、「枕草子は禖子内親王家の女房達の共通の知識として、サロン全体が熟知していた」ものだろうと指摘する。注(3)【久下裕利二〇一七】所収「生き残った『枕草子』―大いなる序章」（初出は二〇〇五年）は、その三谷論も挙げつつ、「道長政権によって「抹殺されかねない運命であった」『枕草子』がいかにして「生き残った」か、その「伝流の系譜を形成」した「血縁や人脈」について更に詳しく示している。そのように、いかなるものがいかに引用されているかは、『狭衣物語』が成立した時代の状況、作者やその周辺の状況などとも関わる問題である。引用をめぐる研究においては、その引用がテクストの内部でいかなる意味を持つのかといった点も重要だが、そればかりではなく、かつての「影響論による模倣とか亜流とかの評語を無にするためにも」（【王朝物語研究会編二〇〇二】「あとがき」）、当時の人々がいかなる時代状況、文化環境の中で、いかにそれらを享受したのか、といった点なども意識することが求められよう。「六条斎院禖子内親王家歌合題物語」にみえる表現が踏まえられているなど、『狭衣物語』が禖子サロンにとって「記念碑的」な性格を持つ物語であっ

たとすれば尚更である。注(4)
ちなみに、【王朝物語研究会編二〇〇二】には、『小夜衣』や『今とりかへばや』など、後続の物語における『狭衣物語』引用を論じたものも収められているが、それは後代における享受・受容の例といえる。引用の問題に限らず、注釈、絵画化等々、『狭衣物語』がいかに享受・受容されてきたかという観点からの研究もまた重要であろう。まとまった仕事としては、【中城さと子二〇〇三b】、【川崎佐知子二〇一〇】、【須藤圭二〇一三】等が注目される。【須藤圭二〇一三】の「はじめに」では研究史の概観もなされており、また、「狭衣物語受容の様相が、いかに豊かなものであるか」、その研究がどうあるべきかなどについても述べられている。大方はそちらに譲り、ここでは享受・受容に関する問題の一つである本文のことについてのみ、最後に触れておきたい。例えば、【王朝物語研究会編二〇〇〇】では「本文と表現」、同【二〇〇三】では「本文の様相」と、シリーズ全四冊中二冊において本文の問題がテーマとされている点などからも、『狭衣物語』研究における本文の問題の大きさはうかがいしれよう。本文研究の状況についてまとめているものとしては、冒頭で挙げたもののほか、横井孝「狭衣物語の本文研究を概観し、近刊専著の紹介におよぶ」(「実践国文学」五九、二〇〇一年三月)や【久下裕利二〇一一a】所収「『狭衣物語』―本文研究の現在を考える」等がある。多彩な異本の存在とどのように向き合うべきかは、『狭衣物語』の内容・表現を論じようとする場合でも立ちはだかってくる問題である。【小町谷照彦・後藤祥子校注・訳二〇〇一】や【狭衣物語研究会編二〇〇七~一四】のように、深川本を底本としたテキストの刊行は二〇〇〇年以降の研究史において大きな意義を持つ出来事であったといえようが、それらをどのように活用すべきかについては各々がなお慎重に考えねばならないところであろう。

紙幅の都合や稿者の力不足により、挙げるべき重要な論考、指摘などの多くを捨象した大雑把なまとめとなってしまったが、現在の研究状況をおさえるということは「知の遺産」シリーズ全体の趣旨としてあるもので、本書所収の各論考もそれを踏まえたものであるため、具体的なテーマごとの状況についてはそちらを参照されたい。

注

（1）以下、後掲の【主要文献目録】に挙げたものについては、【　】を用いて略号で示す。

（2）「日記文学研究誌」一九（二〇一七年七月）にも、前年に開催されたシンポジウム「藤原頼通の時代と文化世界」の発表内容に基づく論文などが掲載されている。

（3）三谷榮一「枕草子の影響―狭衣物語その他」（『枕草子講座4 言語・源泉・影響・研究』有精堂、一九七六年）。

（4）久下裕利（晴康）「『狭衣物語』の創作意識―六条斎院物語歌合に関連して」（『平安後期物語の研究 狭衣浜松』新典社、一九八四年）、【久下裕利二〇〇二c】、【神田龍身二〇一四】、【神田龍身二〇一八】等。

主要文献目録

一　紙幅の都合上、図書のみを掲げる（雑誌に掲載された論文・資料等について調べる方法としては、例えば「国文学論文目録データベース」〈http://base1.nijl.ac.jp/~rombun/〉や「CiNii Articles」〈https://ci.nii.ac.jp/〉などの活用がありえよう）。

一　「狭衣」を書名に含む論集については収録論文全てを掲げ、そうでない論集の場合は『狭衣物語』について論じたもののみを掲げることとする。

一　後に単行本に再録されたものについては「↓」で示す
一　初出年は「＊」で示す（収録雑誌名・号数等については省略する）。
一　単行本については、『狭衣物語』に関する書き下ろし論文や二〇〇〇年以降に発表された論文の再録を含むものについてのみ掲げることとする。すなわち、二〇〇〇年以降に刊行された本でも、初出が一九九九年以前である論文の再録しかない場合は原則として掲げない（但し、『狭衣物語』の論文を複数掲載しているもの、関連する重要なテーマを取り上げたものなど、特に参照すべきと思われるものについては一部掲げている）。
一　掲げた単行本に含まれている論文のうち、初出が一九九九年以前であるものや、『狭衣物語』を主な対象としていないものについては省略する。

【二〇〇〇年】

乾澄子「後冷泉朝の物語と和歌―『狭衣物語』『夜の寝覚』の作中詠歌」（後藤重郎先生算賀世話人会編『和歌史論叢』和泉書院、2月）

井上眞弓「「わたし」を語る物語―『狭衣物語』における語りの様相」（守屋省吾編『論集日記文学の地平』新典社、3月）↓二〇〇五

王朝物語研究会編『論叢狭衣物語1　本文と表現』（新典社、5月）

片岡利博「文学研究における本文批評の位置」↓二〇一三／**小町谷照彦**「狭衣物語の歌と本文の問題―深川本の「或本の歌」をめぐって」／**後藤康文**「『狭衣物語』本文の機械的脱漏について―大系本・全

書本本文の対比を軸に」→二〇一一／**倉田実**「狭衣物語の灯影と月影」→二〇〇四c／**中城さと子**「「春宮より源氏宮への文」の場面における表現―『源氏物語』と『枕草子』の受容」／**上野英子**「紹巴所持本狭衣物語と『下紐』をめぐる考察―巻一を中心に」／**横井孝**「物語・首尾のかたち―『堤中納言物語』から『狭衣物語』へ」／**萩野敦子**「『狭衣物語』跋文の諸相と執筆動機」／**井上新子**「「飛鳥井の君物語」の悲劇の諸相―『狭衣物語』巻一の諸本をめぐって」／**斎木泰孝**「狭衣物語の改変―紅梅文庫本狭衣物語の飛鳥井女君と『狭衣文談』」／**久下裕利a**「『狭衣物語』〈本文表現史〉の視界」

久下裕利b『物語の廻廊―『源氏物語』からの挑発』（新典社、10月）

所京子『斎王の歴史と文学』（国書刊行会、3月）「『狭衣物語』にみる斎院の史的考察」

三角洋一『王朝物語の展開』（若草書房、9月）

三谷榮一『狭衣物語の研究［伝本系統論編］』（笠間書院、2月）「狭衣物語研究小史―序にかえて」

【二〇〇一年】

稲賀敬二a「堀川関白は幼帝補佐の摂政を経験した―狭衣物語作者の政治史認識」（『安田文芸論叢 研究と資料 安田女子大学日本文学科開設三十五周年記念論文集』安田女子大学日本文学科事務局、3月）→二〇〇七

井上眞弓a「『狭衣物語』の楽の音とうた声―共振する世界と更衣の意味をめぐって」（河添房江・神田龍身・小嶋菜温子・小林正明・深沢徹・吉井美弥子編『叢書 想像する平安文学 第8巻 音声と書くこと』勉誠出版、5月）→二〇〇五

王朝物語研究会編『論叢狭衣物語2 歴史との往還』（新典社、4月）

稲賀敬二b「東宮実仁親王の死は狭衣物語を変貌させたか―物語前史としての「源氏のおとど」の物

語」→二〇〇七／**井上眞弓b**「記憶と〈歴史〉―内閣文庫本『狭衣物語』の斎院記事をめぐって」→二〇〇五／**中城さと子**「『狭衣物語』と禖子内親王の周辺の人々」／**堀口悟**「狭衣即位の意義―『狭衣物語』の主人公の天皇即位を考える」／**須田哲夫**「『狭衣物語』―その社会意識と歴史意識について」／**久下裕利**「蔵人少将について―王朝物語官名形象論」→二〇一二a／**樋口芳麻呂**「小弁が物語は見どころなどやあらむ」／**井上新子**「天喜三年六条斎院禖子内親王物語歌合について―物語の形成と史的空間の反映」→二〇一六／**和田律子**「後冷泉朝文化圏と藤原頼通―平等院を中心として」／**萩野敦子**「『狭衣物語』における主人公と語り手との距離―独詠歌を取り巻く語り、そして作者を取り巻く環境」／**後藤康文**「『夜の寝覚』と『狭衣物語』―その共有表現を探る」→二〇一一

片岡利博「狭衣物語巻二本文整理ノート―嵯峨帝譲位」（片桐洋一編『王朝文学の本質と変容 散文編』和泉書院、11月）→二〇一三

川崎佐知子「河村秀根『狭衣入紐』について―自筆稿本跋文の解釈と作成事情を中心に」（伊井春樹編『古代中世文学研究論集 第三集』和泉書院、1月）→二〇一〇

小町谷照彦・後藤祥子校注・訳『新編日本古典文学全集30 狭衣物語②』（小学館、11月）

鈴木泰恵「飛鳥井女君と乗り物―浮舟との対照から」（河添房江・神田龍身・小嶋菜温子・小林正明・深沢徹・吉井美弥子編『叢書 想像する平安文学 第2巻〈平安文化〉のエクリチュール』勉誠出版、10月）→二〇〇七

【二〇〇二年】

王朝物語研究会編『論叢狭衣物語3 引用と想像力』（新典社、5月）

片岡利博a「引用論の基礎的問題」→二〇一三／**長谷川佳男**「引用本文と異本を生む想像力」／**田中**

佐代子「『狭衣物語』引き歌表現の諸相」／**後藤康文**「『狭衣物語』引歌拾遺」→二〇一一／**倉田実**「『狭衣物語』の若宮をめぐって―『源氏物語』引用からの創造」→二〇〇四c／**野村倫子**「飛鳥井君をめぐる「底」表現―流離と入水の多重性」→二〇一一／**井上新子**「『狭衣物語』粉河詣で場面の仕掛け―仏教引用とそのずらし」／**田渕福子**「「飛鳥井物語」の変貌―『小夜衣』女性主人公像を中心として」→二〇一一［大槻］／**西本寮子**「『今とりかへばや』にみる先行物語引用の方法・再考―『源氏』『浜松』そして『狭衣』」／**久下裕利**「宰相中将について―王朝物語官名形象論」→二〇一二a／**一文字昭子**「伝為明筆本『狭衣物語』巻三の性格―飛鳥井君造型の方法」／**中城さと子**「二本の紹巴奥書本の成立過程」→二〇〇三b

平安文学論究会編『講座平安文学論究 第16輯』（風間書房、5月）

平井仁子「狭衣物語試論―子の意味を問う」／**片岡利博b**「狭衣物語巻四の本文系統―蓮空本の異文をめぐって」→二〇一三／**上原作和**「『狭衣最秘鈔』―『狭衣物語』引用漢籍註疏稿」

三谷榮一『狭衣物語の研究［異本文学論編］』（笠間書院、2月）「異本文学とは何か―序にかえて」

池田節子「物語史における元服と裳着―『源氏物語』『狭衣物語』を中心に」（服藤早苗・小嶋菜温子編『生育儀礼の歴史と文化―子どもとジェンダー［叢書・文化学の越境9］』森話社、3月）

王朝物語研究会編『論叢狭衣物語4 本文の様相』（新典社、4月）

【二〇〇三年】

片岡利博「深川本本文の実態」→二〇一三／**西臺薫**「伝慈鎮本狭衣物語について」／**一文字昭子**「伝為明筆本『狭衣』の諸本における位置―和歌からの視点」／**斎木泰孝**「狭衣物語の「ある本に」の歌

について―「飛鳥井雅章筆本」を中心に」／**森下純昭**「松浦本『狭衣』研究史と本文の性格」／**中城さと子a**「京大近衛本巻一について―流布本との関わりにもおよぶ」／**萩野敦子**「神宮文庫本狭衣物語に関する考察」／**長谷川佳男**「或る異本の様態―九州大学付属図書館蔵細川文庫本『狭衣物語』」／**久下裕利a**「改作本としての九条家本―本文表現史の視界」→二〇一二a／**久下裕利b**「翻刻・教秀筆本『狭衣物語』」

久下裕利編『狭衣物語の新研究―頼通の時代を考える』（新典社、7月）

坂本賞三「『春記』に見える頼通の時代」／**和田律子**「宇治関白藤原頼通の最晩年―「宇治と宮と」の意味」／**三原まきは**「「高陽院行幸和歌」の性格」／**古瀬雅義**「長久二年弘徽殿女御生子歌合がもたらしたもの―関白頼通のあせりと歌合に対する姿勢の変化」／**高重久美**「西宮邸―和歌六人党の詠歌の場」／**古池由美**「堀河朝における勅撰集撰集への動向―歌人たちの期待と天皇の思惑」／**井上新子**「『逢坂越えぬ権中納言』と歌合の史的空間」→二〇一六／**仁平道明**「『夜の寝覚』末尾欠巻部断簡考―架蔵伝後光厳院筆切を中心に」／**小町谷照彦**「狭衣物語の和歌の時代性」／**増淵勝一**「狭衣物語考―行事の描写から作者に及ぶ」／**久下裕利c**「フィクションとしての飛鳥井君物語」→二〇一二a／**久下裕利d**「あとがき―頼通の時代を考える」

中城さと子b『流布本狭衣物語と下紐の研究』（新典社、12月）「『狭衣物語』の諸本の収集と『下紐』の著述」＊二〇〇〇／「里村本『狭衣物語』の成立過程」／「心也開板本『狭衣物語』の成立」／「版本『狭衣物語』の成立」／「紹巴本系から里村本系への本文の変遷」／「里村紹巴著『下紐』の成立過程」＊二〇〇一／「菊亭本『下紐』の成立」／「版本『下紐』の成立」／二〇〇二再録

目加田さくを『平安朝サロン文芸史論』（風間書房、3月）

【二〇〇四年】

金孝淑「権威付けの装置としての「唐土」と「高麗」―『うつほ物語』『源氏物語』『狭衣物語』を通して」（田中隆昭編『日本古代文学と東アジア』勉誠出版、3月）↓二〇一〇

伊井春樹先生御退官記念論集刊行会編『日本古典文学史の課題と方法―漢詩 和歌 物語から説話 唱導へ』（和泉書院、3月）

加藤昌嘉「作り物語と作り物語」↓二〇一四／**倉田実a**「頼通の時代と『狭衣物語』」↓二〇〇四c

倉田実b「狭衣物語の皇位継承」（高橋亨編『源氏物語と帝』森話社、6月）↓二〇〇四c

倉田実c『王朝摂関期の養女たち』（翰林書房、11月）「源氏の宮の養女性」＊二〇〇二／「今姫君の養女性」＊二〇〇三／「預かりの若宮の即位」＊二〇〇二／「飛鳥井の姫君の位置づけ―養女から実女へ」＊二〇〇〇／「嵯峨院とその皇女たち」＊二〇〇三／「狭衣物語の「ゆかり」の位相」＊二〇〇〇／「狭衣物語研究の現在」＊二〇〇三／二〇〇〇・二〇〇二・二〇〇四a・二〇〇四b再録

小嶋菜温子『源氏物語の性と生誕―王朝文化史論』（立教大学出版会〈発売 有斐閣〉、3月）「〝妊婦の自殺譚〟と〈産む性〉―『狭衣物語』飛鳥井姫君と『今物語』（二五）の女」

【二〇〇五年】

井上眞弓『狭衣物語の語りと引用』（笠間書院、3月）「『狭衣物語』におけるアレゴリー言説―狭衣をめぐる様式美と語り」＊二〇〇三／「嵯峨帝のまなざしと耳―父の娘管理に触れて」＊二〇〇三／「狭衣と女二宮の「心ひとつ」の位相」＊二〇〇三／二〇〇〇・二〇〇〇一a・二〇〇一b再録

勝亦志織「物語史における斎宮・斎院の変貌」（『古代中世文学論考 第13集』新典社、2月）↓二〇一〇

田村隆「狭衣抄」（『古代中世文学論考 第14集』新典社、5月）

土井達子a「『狭衣物語』―飛鳥井女君（文学史の中の『源氏物語』Ⅱ）」（西沢正史企画監修・上原作和編『人物で読む『源氏物語』第八巻―夕顔』勉誠出版、6月）

土井達子b「『狭衣物語』―女二宮（文学史の中の『源氏物語』Ⅱ）」（室伏信助監修・上原作和編『人物で読む『源氏物語』第九巻―末摘花』勉誠出版、11月）

萩野敦子a「『狭衣物語』―男主人公狭衣と『源氏物語』（文学史の中の『源氏物語』Ⅱ）」（西沢正史企画監修・上原作和編『人物で読む『源氏物語』第二巻―光源氏Ⅰ』勉誠出版、6月）

萩野敦子b「『狭衣物語』―「身代わり」の物語の行方（文学史の中の『源氏物語』Ⅱ）」（西沢正史企画監修・上原作和編『人物で読む『源氏物語』第四巻―藤壺の宮』勉誠出版、6月）

松岡千賀子「『狭衣物語』に於けるフミの考察―メディアとしての特性と役割」（伊東祐子・宇佐美昭徳・神田龍身・福留温子・村尾誠一編『平安文学研究 生成』笠間書院、11月）

渡邊守順『仏教文学の叡山仏教』（和泉書院、7月）「『狭衣物語』の天台」＊二〇〇二

【二〇〇六年】

久下裕利・久保木秀夫編『平安文学の新研究―物語絵と古筆切を考える』（新典社、9月）

小林強「狭衣物語の古筆切点描」／**久下裕利**「『狭衣物語』の古筆切について―飛鳥井雅章筆本との関連」↓二〇一二a

後藤康文「後期物語」（全国大学国語国文学会編『日本語日本文学の新たな視座』おうふう、6月）↓二〇一一

【二〇〇七年】

稲賀敬二（妹尾好信編・久下裕利解説）『稲賀敬二コレクション4 後期物語への多彩な視点』（笠間書院、10月）二〇〇一a・二〇〇一b再録

井上眞弓「『狭衣物語』・『夜の寝覚』の通過儀礼―成人儀礼と出家の意味生成に向けて」（小嶋菜温子編『平安文学と隣接諸学3 王朝文学と通過儀礼』11月）

神田龍身「狭衣物語―独詠歌としての物語」（加藤睦・小嶋菜温子編『源氏物語と和歌を学ぶ人のために』世界思想社、10月）

狭衣物語研究会編『狭衣物語全註釈Ⅱ（巻一下）』（おうふう、10月）

井上宗雄責任編集『大東急記念文庫善本叢刊 中古中世篇 第1巻 物語』（大東急記念文庫・汲古書院、2月）「狭衣下紐」

鈴木泰恵『狭衣物言／批評』（翰林書房、5月）二〇〇一再録

永井和子編『源氏物語へ 源氏物語から―中古文学研究24の証言』（笠間書院、9月）

後藤祥子「狭衣の即位―平安後期物語の皇位継承」／**上野英子**「紹巴の場合―『紹巴抄』から『狭衣下紐』への展開」

萩野敦子「『狭衣物語』における「あやめ」場面の形成について」（文学形成研究系「平安文学における場面生成研究」プロジェクト編『物語の生成と受容②』人間文化研究機構国文学研究資料館、2月）

【二〇〇八年】

神野藤昭夫『知られざる王朝物語の発見 物語山脈を眺望する』（笠間書院、10月）

木村朗子『恋する物語のホモセクシュアリティ　宮廷社会と権力』（青土社、４月）「欲望の物語史―『狭衣物語』から『石清水物語』へ」＊二〇〇七

狭衣物語研究会編ａ『狭衣物語全註釈Ⅲ（巻二上）』（おうふう、10月）

狭衣物語研究会編ｂ『狭衣物語が拓く言語文化の世界』（翰林書房、10月）

三谷邦明「狭衣物語の位相・「時世に従ふにや……」―狭衣物語の語り手あるいは影響の不安とイロニーの方法」／**井上眞弓**「『狭衣物語』の転地―飛鳥井女君／今姫君／狭衣」／**桜井宏徳**「『狭衣物語』における〈ことば〉としての地名―「唐泊」を中心として」／**正道寺康子**「『狭衣物語』の七絃琴」↓二〇一六／**スエナガエウニセ**「狭衣の父―世俗的な堀川大殿が新たな論理を獲得するとき」／**乾澄子**「『狭衣物語』の表現―歌枕をめぐって」／**井上新子**「『狭衣物語』における歌ことばの形成と中世和歌への影響―女二の宮の屹立する孤独とことば」／**佐藤達子**「『狭衣物語』が拓く歌のことば―「苔のさむしろ」「かたしき」「巌の枕」における連鎖と連想から」／**鈴木泰恵**「『狭衣物語』とことば―ことばの決定不能性をめぐって」／**野村倫子**「『狭衣物語』巻一の歌ことば受容をめぐる諸相―「あやめ」を詠んだ和歌六首を基点に」／**萩野敦子**「『狭衣物語』の物語世界と和歌の方法―作中和歌の伝達様式・表出様式に着目して」／**宮谷聡美**「『狭衣物語』の歌の意義―『伊勢物語』六十五段「在原なりける男」とのかかわりから」／**木村朗子**「土地の名の物語史―『狭衣物語』を契機として」／**下鳥朝代**「虫めづる姫君の生活と意見―『堤中納言物語』「虫めづる姫君」をよむ」／**助川幸逸郎**「ヒステリー者としてのヒロイン―『夜の寝覚』の中君をめぐって」／**宮下雅恵**「『夜の寝覚』の男主人公をめぐって―物語史論のために」↓二〇一一

高橋亨「『狭衣物語』の絵画資料と歌」（石川透編『広がる奈良絵本・絵巻』三弥井書店、11月）
和田律子『藤原頼通の文化世界と更級日記』（新典社、12月）

【二〇〇九年】

植田恭代「後期物語と雅楽―『狭衣物語』『夜の寝覚』『浜松中納言物語』の楽描写」（堀淳一編『平安文学と隣接諸学8 王朝文学と音楽』竹林舎、12月）
江草弥由起「名所「虫明」をめぐる『狭衣物語』受容歌」（陣野英則・新美哲彦・横溝博編『平安文学の古注釈と受容 第2集』武蔵野書院、9月）
片岡利博「狭衣物語研究から見た源氏物語」（森一郎・岩佐美代子・坂本共展編『源氏物語の展望 第六輯』三弥井書店、10月）↓二〇一三
久下裕利「狭衣物語の位相―物語と史実と」（秋山虔編『平安文学史論考』武蔵野書院、12月）↓二〇一七
後藤祥子編『平安文学と隣接諸学6 王朝文学と斎宮・斎院』（竹林舎、5月）
井上眞弓「『狭衣物語』の斎宮―託宣の声が響く時空の創出に向けて」／**神野藤昭夫**「王朝文学のなかの「六条斎院禖子内親王家歌合題物語」の問題を俯瞰する」／**鈴木泰恵**「『狭衣物語』の斎院―『竹取』『伊勢』『源氏』から離れて〈物語〉の彼方へ」／**勝亦志織**「後期物語における斎王の変貌」
狭衣物語研究会編『狭衣物語全註釈Ⅳ（巻二下）』（おうふう、9月）
高橋亨「【研究編】『狭衣物語』の絵画」
立命館大学中古文学研究会編『平安文学研究・衣笠編』（和泉書院、3月）
須藤圭a「十本対照「さころもの哥」本文と校異―青山会文庫蔵「さころもの哥」の紹介」／「（付）青

山会文庫蔵「さころもの哥」全文影印」

須藤圭b「鷹司信房筆「さころもの哥き丶書」についての考察―近世前期における狭衣物語享受の一断面（付 山路の露切・源氏物語切各一葉）」（『古代中世文学論考 第23集』新典社、10月）↓二〇一三

中西健治「平安後期物語に見る交通―狭衣・浜松・寝覚・とりかへばやを中心に」（倉田実・久保田孝夫編『平安文学と隣接諸学7 王朝文学と交通』竹林舎、5月）↓二〇一三

【二〇一〇年】

勝亦志織『物語の〈皇女〉―もうひとつの王朝物語史』（笠間書院、2月）「『源氏物語』以後―後期物語における女二宮」／二〇〇五再録

川崎佐知子『『狭衣物語』享受史論究』（思文閣出版、2月）「紹巴所用『狭衣物語』とその意義」＊二〇〇一／「紹巴と奈良連歌」＊二〇〇〇／「『狭衣物語抄』の関連資料」＊二〇〇二／「延宝五年の「狭衣」校合」＊二〇〇六／「翻刻・陽明文庫蔵近衛尚嗣筆外題『狭衣下紐』」／『翻刻・陽明文庫蔵近衛信尹筆外題『狭衣下紐』」／「翻刻・陽明文庫蔵近衛尚嗣筆『狭衣系図』」／「翻刻・東京大学総合図書館南葵文庫蔵『狭衣系図』」／「翻刻・宮城県図書館伊達文庫蔵『狭衣物語抄』／二〇〇一再録

金孝淑『源氏物語の言葉と異国』（早稲田大学出版部、4月）二〇〇四再録

狭衣物語研究会編『狭衣物語全註釈V（巻三上）』（おうふう、11月）

高橋亨「【研究編】『狭衣物語』現存絵画資料場面一覧」

鈴木貴子「『狭衣物語』におけるメディアとしての〈涙〉―女二の宮を中心に」（三田村雅子編『源氏物語のことばと身体』青簡舎、12月）↓二〇一一

鈴木泰恵「『狭衣物語』の服飾―「裸体と衣装」そして「われもかう」」（河添房江編『平安文学と隣接諸学9 王朝文学と服飾・容節』（竹林舎、5月）

馬場淳子「和歌と絵画による後期物語の享受―閑院宮旧蔵『狭衣物語』の読解へ」（高橋亨編『平安文学と隣接諸学10 王朝文学と物語絵』竹林舎、5月）

深澤瞳「『狭衣物語』の土忌―飛鳥井の君失踪譚の背景として」（倉田実編『王朝人の婚姻と信仰』森話社、5月）

【二〇一一年】

井上眞弓・乾澄子・鈴木泰恵編『狭衣物語 空間／移動』（翰林書房、5月）

「口絵 プラハ本狭衣屏風全図」／**高橋亨**「プラハ本「狭衣物語絵」の物語場面」／**井上眞弓**「風の物語としての『狭衣物語』」／**高橋裕樹**「『狭衣物語』〈子〉と〈空間〉―「一条の宮」を起点として」／**本橋裕美**「『狭衣物語』の〈斎王〉―斎内親王・女三の宮の位置づけをめぐって」→二〇一六／**鈴木泰恵a**「今姫君の居住空間―狭衣物語に流入する芸能の〈空間／移動〉」／**野村倫子**「『狭衣物語』における「飛鳥井」の位相―旅を基点として狭衣と対置させる」／**乾澄子**「『狭衣物語』の和歌的表現―意味空間の移動をめぐって」／**須藤圭**「「うしろの岡」「うしやの岡」、あるいは「むかひの岡」か―京都大学文学研究科蔵『さころも』（五冊本）の和歌の異文と空間」→二〇一三／**井上新子**「「恋の道」の物語―『狭衣物語』における恋心の形象と〈道〉及び〈土地〉に関わる表現をめぐって」／**萩野敦子**「〈移動〉からみる中古王朝物語文学史・粗描」／**三村友希**「『浜松中納言物語』吉野の姫君の〈衣〉空間―「あらぬところ」を求めて」／**助川幸逸郎**「『浜松中納言物語』と物語の彼岸―反物語空間としての唐土／吉野」／**下鳥朝代**「『あさぢが露』の冒頭場面をめぐって」
大槻福子『『夜の寝覚』の構造と方法―平安後期から中世への展開』（笠間書院、8月）「『狭衣物語』跋文の解釈についての試論」＊二〇〇一／二〇〇二［田淵］再録
加藤静子『王朝歴史物語の方法と享受』（竹林舎、2月）「作り物語における『栄花物語』享受―付、『有明の別れ』作者の位相」
北村英子『文脈語彙の研究―平安時代を中心に』（和泉書院、2月）「狭衣物語における「うるはし」」＊二〇〇八
後藤康文『狭衣物語論考―本文・和歌・物語史』（笠間書院、11月）二〇〇〇・二〇〇一・二〇〇二・二〇〇六再録
鈴木貴子『涙から読み解く源氏物語』（笠間書院、3月）「『狭衣物語』の汗と涙―『源氏物語』との比較から」＊二〇〇六／二〇一〇再録
鈴木泰恵b「枕草子から狭衣物語へ―脱物語化の契機」（小森潔・津島知明編『枕草子 創造と新生』翰林書房、5月）
野村倫子『『源氏物語』宇治十帖の継承と展開―女君流離の物語』（和泉書院、5月）「『狭衣物語』の女院―等価・置換による物語の展開手法」＊二〇〇四／二〇〇二再録
宮下雅恵『夜の寝覚論―〈奉仕〉する源氏物語』（青簡舎、5月）二〇〇八再録
【二〇一二年】
井上新子「『狭衣物語』における「橋」―狭衣の生をかたどる象徴表現」（井上眞弓・下鳥朝代・鈴木泰恵編

『平安後期物語』翰林書房、3月）
岡田貴憲「『狭衣物語』女二宮密通譚の表現意図—「一夜孕み」からの脱却と狭衣即位」（『古代中世文学論考 第27集』新典社、12月）
久下裕利a『王朝物語文学の研究』（武蔵野書院、5月）「『狭衣物語』の古筆切について（1）—伝蜷川親当筆切を中心に」＊二〇〇三／「『狭衣物語』—本文研究の現在を考える」＊二〇〇五／二〇〇一・二〇〇二・二〇〇三a・二〇〇三c・二〇〇六再録
久下裕利編『考えるシリーズ4 源氏以後の物語を考える—継承の構図』（武蔵野書院、5月）
井上新子「『浜松中納言物語』・『狭衣物語』の終幕—『竹取物語』における〈永訣〉の構図の継承と展開」／**久下裕利b**「あとがき—『狭衣物語』の世界」
狭衣物語研究会編『狭衣物語全註釈Ⅵ（巻三中）』（おうふう、2月）
中野幸一編『平安文学の交響—享受・摂取・翻訳』（勉誠出版、5月）
大倉比呂志「『狭衣物語』—冒頭と巻末、そして〈身代わり〉の独自性」／**有馬義貴**「きょうだいの恋の転換点としての『狭衣物語』と『源氏物語』—『狭衣物語』巻一〈第一系統〉本文の加筆部分にみる享受者の意識」→二〇一四／**鈴木泰恵**「肥りすぎのオイディプス—『源氏』から『狭衣』そして『風に紅葉』へ」→二〇一三
須藤圭「「狭衣三箇秘訣切紙」の方法—狭衣物語と涅槃経」（『古代中世文学論考 第26集』（新典社、4月）
物語研究会編『「記憶」の創世〈物語〉1971–2011』（翰林書房、3月）
千野裕子a「物語における「物語」—『狭衣物語』の方法」／**笹生美貴子**「物語の〈夢〉—平安後期物

語の夢に込められた『源氏物語』批評の意識」／**千野裕子b**「『狭衣物語』を動かす女房たち―女二宮物語から」

大倉比呂志『物語文学集攷―平安後期から中世へ』（新典社、2月）「狭衣物語―狭衣大将の即位の意味」＊二〇〇七

片岡利博『異文の愉悦―狭衣物語本文研究』（笠間書院、10月）「深川本狭衣物語本文批判」（二「巻一冒頭の脱文をめぐって」＊二〇〇〇／四「深川本の位置づけ」＊二〇〇二）／「狭衣物語巻三系統論存疑」＊二〇〇四／「狭衣物語諸本の本文分析」（一「いかにすべき忘れ形見ぞ」／二「狭衣の楽才」／三「ないがしろなる御うちとけ姿」／四「春宮からの手紙」＊二〇〇一／六「斎院移居」＊二〇〇三／七「にごりえに漕ぎ返る舟」＊二〇〇六／八「有明の月かげ」＊二〇〇八／九「大方は身をや投げまし」＊二〇一〇）／二〇〇〇・二〇〇一・二〇〇二a・二〇〇二b・二〇〇三・二〇〇九再録

狭衣物語研究会編『狭衣物語全註釈Ⅶ（巻三下）』（おうふう、2月）

須藤圭『狭衣物語　受容の研究』（新典社、10月）「狭衣物語歌集の成立と展開」／「『類句和歌』の狭衣物語所収歌」／「伝尊鎮法親王筆『さころもの哥』」＊二〇〇九／「近衛信尹外題筆『さ衣之集詞』」＊二〇一三／「『古今類句』の狭衣物語所収歌」＊二〇一二／「切臨の解釈一面―承応三年版本の傍注と巻四「よそなから」歌の詠者」＊二〇一〇／「巻四飛鳥井女君詠二首の異文」＊二〇一一／「狭衣物語古筆切の一様相―伝阿仏尼筆切（伝冷泉為相筆切・伝花山院師賢筆切）から」＊二〇一二／資料紹介「冷泉家時雨亭文庫蔵『口伝和歌釈抄』所収「さころもの哥」」・「尊経閣文庫蔵『類句和歌四句』狭衣

物語所収歌」・「寛文六年版『古今類句』狭衣物語所収歌」・「元禄五年東園基雅筆『源氏狭衣歌』所収「狭衣和歌抜書」」／二〇〇九b・二〇一一・二〇一二再録

中西健治『源氏物語のなごり―梗概本・後期物語など』（新典社、1月）二〇〇九再録

原槇子『斎王物語の形成―斎宮・斎院と文学』（新典社、5月）「『狭衣物語』に描かれた斎王―「源氏の宮」造型の意味」＊二〇一一

【二〇一四年】

有馬義貴『源氏物語続編の人間関係　付 物語文学教材試論』（新典社、7月）二〇一二再録

池田和臣『古筆資料の発掘と研究　残簡集録 散りぬるを』（青簡舎、9月）「伝源通親筆 狭衣物語切」／「伝顕昭筆 狭衣物語六半切」

井上眞弓・乾澄子・鈴木泰恵・萩野敦子編『狭衣物語 文の空間』（翰林書房、5月）

神田龍身「『狭衣物語』―物語文学への屍体愛＝モノローグの物語」／**渡邉裕美子**「『源氏物語歌合』の特質―中世初期における『源氏物語』享受の一様相」／**大倉比呂志**「『風に紅葉』における〈精進落とし〉の記事をめぐっての断章―『源氏物語』の摂取の新たな技」／**井上眞弓a**「京師三条邸という空白―『狭衣物語』空間の文を考える」／**高橋裕樹**「『狭衣物語』の「ふところ」―もうひとつの〈空間〉」／**千野裕子**「飛鳥井女君物語の〈文目〉をなす脇役たち」→二〇一七／**勝亦志織**「『狭衣物語』の堀川大殿と嵯峨院―『うつほ物語』享受という〈文〉」／**萩野敦子**「〈あや〉なき物語を支える〈文〉としての〈歌物語的方法〉―『伊勢物語』から『狭衣物語』へ」／**乾澄子**「女君の詠歌をめぐって―『狭衣物語』贈答歌の〈文〉」／**井上新子**「狭衣の〈恋の煙〉―『狭衣物語』における「煙」の表象をめぐって」／三

村友希「飛鳥井の女君「渡らなむ水増さりなば」をめぐって—水・涙表現の〈文〉をたどる」／**野村倫子**「『狭衣物語』飛鳥井遺詠の異文表現—「底の水屑」と「底の藻屑」から紡がれる世界」／**須藤圭**「『虫の声々、野もせの心地」の遠景—『狭衣物語』における引用とその享受」／**鈴木泰恵**「『浜松中納言物語』恋の文模様—唐后転生へのしらけたまなざしから」／**本橋裕美**「『夜の寝覚』における前斎宮の役割—父入道の同母妹として」↓二〇一六／**伊達舞**「『とりかへばや』の女君・宰相中将と宇治の若者—親子関係の〈文〉」／**片山ふゆき**「『とりかへばや』の宰相中将の恋—過剰な「ことばの〈文〉」の空間」

井上眞弓b「源氏・狭衣それぞれの悲哀—「住む」「住まふ」ということばをめぐって」（原岡文子・河添房江編『源氏物語 煌めくことばの世界』翰林書房、4月）

加藤昌嘉『『源氏物語』前後左右』（勉誠出版、6月）「作り物語のエレメント」＊二〇〇九／二〇〇四再録

倉田実『王朝の恋と別れ—言葉と物の情愛表現』（森話社、11月）

狭衣物語研究会編『狭衣物語全註釈Ⅷ（巻四上）』（おうふう、4月）

須藤圭「狭衣物語のからみあう異文—古筆切を横断する」（横井孝・久下裕利編『考えるシリーズⅡ ①知の挑発 王朝文学の古筆切を考える—残欠の映発』武蔵野書院、5月）

古田正幸『平安物語における侍女の研究』（笠間書院、2月）「『狭衣物語』における侍女の変容—「後見」の比較を通じて」

【二〇一五年】

井上眞弓「住み処をめぐる語り—『夜の寝覚』『狭衣物語』と『栄花物語』と」（加藤静子・桜井宏徳編『王朝歴史物語史の構想と展望』新典社、3月）

【二〇一六年】

井上新子『堤中納言物語の言語空間—織りなされる言葉と時代』（翰林書房、5月）「「冬ごもる」断章と『堤中納言物語』—四季の「月」と『狭衣物語』の影」＊二〇〇七／二〇〇一・二〇〇三再録

上原作和・正道寺康子編著『日本琴學史』（勉誠出版、2月）二〇〇八［正道寺］再録

畠山大二郎『平安朝の文学と装束』（新典社、2月）「平安文学の「織物」—『狭衣物語』を中心として」

本橋裕美『斎宮の文学史』（翰林書房、10月）二〇一一・二〇一四再録

和田律子・久下裕利編『考えるシリーズⅡ ③知の挑発 平安後期 頼通文化世界を考える—成熟の行方』（武蔵野書院、7月）

西本寮子「『狭衣物語』にみる頼通の時代」／**有馬義貴**「創作物としての物語—『狭衣物語』の同時代性をめぐって」

【二〇一七年】

井上眞弓編『狭衣物語 文学の斜行』（翰林書房、5月）

田村良平（**村上湛**）「能〈狭衣〉小考—能劇としての可能性」／**井上眞弓**「書き付けから始まる〈恋〉—『狭衣物語』中将妹君の登場を読む」／**井上新子**「性空上人と『狭衣物語』—聖たちの時空を〈斜行〉する狭衣」／**水野雄太**「〈斜行〉する狭衣の生—狭衣の内面と「世」のかかわりから」／**萩野敦子**「『狭衣物語』諸本を〈斜行〉する古歌—「あな恋し」歌の引用をめぐって」／**野村倫子**「「斜行」する「形見」たち」／**三村友希**「結ぼほる大君—『夜の寝覚』の斜行するまなざしをめぐって」／**千野裕子a**「『狭衣物語』を斜行する者—大弐の乳母をめぐって」／**乾澄子**「『夜の寝覚』—斜行する〈源氏〉の物語」／

山際咲清香「『夜の寝覚』の寒暖語と〈風〉―物語展開における働き」／**勝亦志織**「『いはでしのぶ』における『狭衣物語』享受―邸宅の名称から」／**伊達舞**「『木幡の時雨』継子いじめからの《斜行》―母娘・姉妹の物語へ」／**横山恵理**「『恋路ゆかしき大将』における法輪寺―文学作品に見えるイメージの斜行」／**片山ふゆき**「英訳された『とりかへばや』―〈斜行〉する『とりかへばや』の世界」

久下裕利『源氏物語の記憶―時代との交差』（武蔵野書院、5月）二〇〇九再録

田村隆『省筆論―「書かず」と書くこと』（東京大学出版会、7月）「「思ひやるべし」考」＊二〇〇四

千野裕子b『女房たちの王朝物語論『うつほ物語』『源氏物語』『狭衣物語』』（青土社、10月）「一品宮物語と『源氏物語』夕霧巻」＊二〇一五／「背中合わせのふたりの皇女と、夕霧としての狭衣」／二〇一二b・二〇一四再録

【二〇一八年】（十月二十日現在）

鈴木泰恵「『源氏物語』絵合巻から『狭衣物語』へ―タナトス突出への回路を求めて」（原岡文子・河添房江編『源氏物語 煌めくことばの世界Ⅱ』翰林書房、4月）

高橋亨・辻和良編『栄花物語 歴史からの奪還』（森話社、10月）

桜井宏徳「エクリチュールとしての『栄花物語』―『狭衣物語』との近似性に着目して」／**神田龍身**「『狭衣物語』と『栄花物語』についての一考察―賀茂斎院神事の記録」

諸井彩子『摂関期女房と文学』（青簡舎、4月）

◆執筆者紹介（* 編者）

*後　藤　康　文（ごとう・やすふみ）　北海道大学大学院教授

〔主要著書・論文〕『狭衣物語論考 本文・和歌・物語史』（笠間書院・2011 年 11 月）、『堤中納言物語の真相』（武蔵野書院・2017 年 4 月）

*久　下　裕　利（くげ・ひろとし）　昭和女子大学名誉教授
早稲田大学非常勤講師

〔主要著書・論文〕「浮舟設定と入水前後」「宇治十帖と国宝『源氏物語絵巻』」（『知の遺産　宇治十帖の新世界』武蔵野書院・2018 年 3 月）、「末摘花巻の成立とその波紋」（昭和女子大学「学苑」939 号・2019 年 1 月）

今　井　久　代（いまい・ひさよ）　東京女子大学教授

〔主要著書・論文〕『源氏物語構造論―作中人物の動態をめぐって』（風間書房・2001 年）、「『源氏物語』内裏絵合をめぐる二つの絵―朱雀院の節会絵と「須磨の日記」」（「中古文学」96 号・2015 年 12 月）、「『狭衣物語』異本系本文の世界―飛鳥井君物語を中心に―」（「国語と国文学」・2017 年 12 月号）

*倉　田　　　実（くらた・みのる）　大妻女子大学教授

〔主要著書・論文〕『王朝の恋と別れ』（森話社・2014 年 11 月）、『庭園思想と平安文学―寝殿造から』（花鳥社・2018 年 11 月）

井　上　新　子（いのうえ・しんこ）　大阪大谷大学非常勤講師
甲南大学非常勤講師

〔主要著書・論文〕『堤中納言物語の言語空間―織りなされる言葉と時代―』（翰林書房・2016 年 5 月）、性空上人と『狭衣物語』―聖たちの時空を〈斜行〉する狭衣」（井上眞弓編『狭衣物語　文学の斜行』翰林書房・2017 年 5 月）

萩　野　敦　子（はぎの・あつこ）　琉球大学教授

〔主要著書・論文〕『清少納言―人と文学（日本の作家 100 人）』（勉誠出版・2004 年 6 月）、「『狭衣物語』諸本を〈斜行〉する古歌―「あな恋し」歌の引用をめぐって」（井上眞弓編『狭衣物語　文学の斜行』翰林書房・2017 年 5 月）

野　村　倫　子（のむら・みちこ）　京都橘大学教授

〔主要著書・論文〕『『源氏物語』宇治十帖の展開と継承―女君流離の物語』（和泉書院・2011 年 5 月）、「『思はぬ方に泊まりする少将』を読む―「宇治十帖を起点に」―（『知の遺産シリーズ 4　堤中納言物語の新世界』（武蔵野書院・2017 年 3 月）

井　上　眞　弓（いのうえ・まゆみ）　東京家政学院大学教授

〔主要著書・論文〕『狭衣物語の語りと引用』（笠間書院・2005 年 3 月）、「書き付けから始まる < 恋 >―『狭衣物語』中将妹君の登場を読む」（井上眞弓編『狭衣物語　文学の斜行』（翰林書房・2017 年 5 月））

鈴　木　泰　恵（すずき・やすえ）　東海大学特任教授

〔主要著書・論文〕『狭衣物語／批評』（翰林書房・2007 年 5 月）、『狭衣物語　文の空間』（共編著・翰林書房・2014 年 5 月）

川 崎 佐 知 子（かわさき・さちこ）　立命館大学教授

〔主要著書・論文〕『『狭衣物語』享受史論究』（思文閣出版・2010 年 2 月）、名和修・筒井紘一・熊倉功夫監修『御茶湯之記　予楽院近衛家凞の茶会記』（校訂、思文閣出版・2014 年 6 月）

有　馬　義　貴（ありま・よしたか）　奈良教育大学准教授

〔主要著書・論文〕『源氏物語続編の人間関係　付 物語文学教材試論』（新典社・2014 年 7 月）、「作り物語の〈時代〉―『狭衣物語』成立の背景―」（「日記文学研究誌」第 19 号・2017 年 7 月）

知の遺産シリーズ　6

狭衣物語の新世界

2019年2月25日 初版第1刷発行

編　　者：後藤康文・倉田実・久下裕利

発 行 者：前田智彦

発 行 所：武蔵野書院

〒101-0054
東京都千代田区神田錦町 3-11 電話 03-3291-4859　FAX 03-3291-4839

装　　幀：武蔵野書院装幀室

印　　刷：三美印刷㈱

製　　本：㈲佐久間紙工製本所

ISBN 978-4-8386-0483-8　　Printed in Japan